校园实录

DOCUMENT
Minato Kanae

[日] 凑佳苗/著

徐嘉悦/译

天津出版传媒集团
百花文艺出版社

图书在版编目（CIP）数据

校园实录 /（日）凑佳苗著；徐嘉悦译. -- 天津：
百花文艺出版社，2023.9
　　ISBN 978-7-5306-8613-3

Ⅰ.①校… Ⅱ.①凑… ②徐… Ⅲ.①长篇小说－日本－现代 Ⅳ.①I313.45

中国国家版本馆CIP数据核字(2023)第119822号

原著名：《ドキュメント》，著者：凑かなえ
DOCUMENT
©Kanae Minato 2021
First published in Japan in 2021 by KADOKAWA CORPORATION, Tokyo.
Simplified Chinese translation rights arranged with KADOKAWA CORPORATION, Tokyo.
Translation copyright ©2023 by Guangzhou Tianwen Kadokawa Animation & Comics Co., Ltd.
未经出版者预先书面许可，不得以任何方式复制或抄袭本书的任何部分。
著作版权合同登记号：02-2023-144

本书为引进版图书，为最大限度保留原作特色，尊重作者写作习惯，酌情保留了部分外来词汇。特此说明。

校园实录
XIAOYUAN SHILU

［日］凑佳苗 著；徐嘉悦 译

出 版 人：薛印胜
责任编辑：胡晓童
出版发行：百花文艺出版社
地　　址：天津市和平区西康路35号　邮编：300051
电话传真：+86-22-23332651 (发行部)
　　　　　+86-22-23332656 (总编室)
　　　　　+86-22-23332478 (邮购部)
网　　址：http://www.baihuawenyi.com
印　　刷：恒美印务（广州）有限公司
开　　本：890毫米×1240毫米　1/32
字　　数：203千
印　　张：7.25
版　　次：2023年9月第1版
印　　次：2023年9月第1次印刷
定　　价：55.00元

本书如有印装质量问题，请与广州天闻角川动漫有限公司联系调换。
联系地址：中国广州市黄埔大道中309号 羊城创意产业园3-07C
电　　话：（020）38031253　传真：（020）38031252
官方网址：http://www.gztwkadokawa.com/
广州天闻角川动漫有限公司常年法律顾问：北京市盈科（广州）律师事务所
版权所有　侵权必究

contents|目录

序章 …………………………………… 001

第一章　无人航拍机…………………015

第二章　情节…………………………041

第三章　对讲…………………………071

第四章　节目流程表…………………099

第五章　数字化………………………127

第六章　反应镜头……………………157

第七章　候场…………………………185

终章 …………………………………… 215

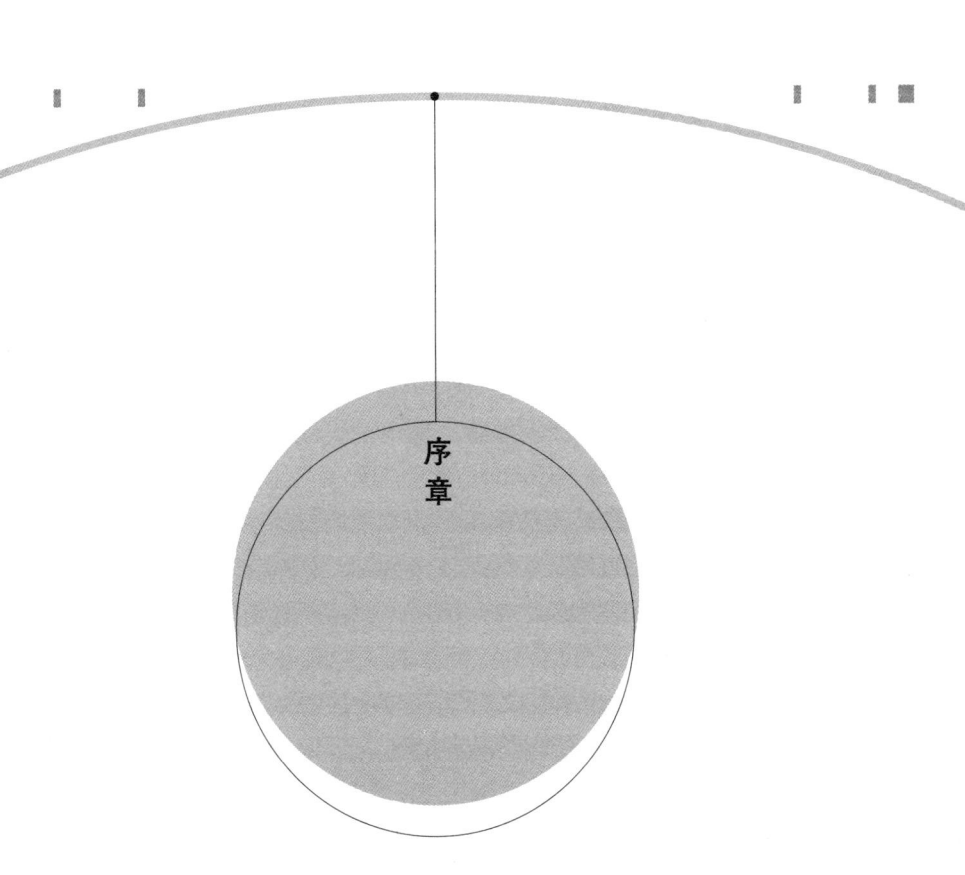

序章

高三的五位学姐退社后，广播室变得很安静，不由得让人以为离开的人数翻了倍。话虽如此，9月里连着两天举办了体育节和文化节，广播社的出场机会比想象中多得多，没时间沉浸于哀伤之中——不，说到底，我也没有那么留恋学姐们。等回过神儿时，已经到10月份了。

　　我一边看着挂在墙上的月历，一边无所事事地想着这些，纯粹是因为我难得第一个来到广播室。每逢星期一、星期三和星期五，高二要上到第七节课，比高一多上一节。不过，正也和久米同学是在做什么呢？

　　正也和我不同班，说不定他还要补习，但久米同学和我同班，而且我隐约记得她下了课后是比我先离开教室的。

　　正想着，广播室的门被猛地推开了。

　　"哟嗬！"

　　正也还是一如既往的调调。他走了进来，身后还有久米同学。

　　"我们碰巧在教师办公室门口遇到了。"

　　正也有点害羞地挠了挠鼻尖。其实，就算他们两个是一起来的，我也不会去揣测其中的原因，更不会觉得被同伴孤立而心里别扭，即便他们手里拿着同样的传单。

　　正也拉开我旁边的一把椅子——明明现在高二的人都不在，地方够大，可以随便坐。即使心里这么想，我也还是坐在了和往常一样的位置上。久米同学则和我们隔开一小段距离，坐下了。最近她敢于朝前看了，不过现在又是视线低垂的状态。

　　怎么了？是有什么重大宣言吗？难道是要宣布他们两个交往了？如果真是这样，我倒是非常欢迎。

　　"那我就开门见山了。圭祐，你在体育节上跑步了吧？"

　　一个出乎意料的提问。

　　"不过是借物赛跑。"

　　在上高中之前，我遭遇了一场交通事故。自那以后，别说跑步了，我连走路都有点问题，这样的日子持续了一段时间。在暑假期间，我做了第二次手术，已经恢复到能够以相当于竞走的速度小跑一小段距离了。

"那么，马拉松呢？当然了，不是跑42.195千米，而是20千米，不对，应该算是'半马'（注：指半程马拉松，路程长度是21.0975千米）吧……"

正也的视线落在其手上。

"你说的是在勤劳感谢日（注：日本法定节日，为每年的11月23日）举办的三崎马拉松友谊大赛吧？"

"是啊！怎么，原来圭祐也拿到申请表了？"

正也看似安心了，把传单摊开放在桌上。久米同学也抬起了头。原来我表面上的恢复状态依然让他们这么费心顾虑啊！我努力克制住这种失望的心情。

"也不是。毕竟传单每年的设计都一样，初一、初二那会儿，我们社团参加过。不过，没想到你也要参加马拉松。"

我只记得他在体育节上的表现。

"我不喜欢跑步。我原本想永远做个孩子，唯独在长跑的时候，才会祈祷自己早点变成大人。不过，你看看这里。"

正也指着传单下方，那里印着为参赛者提供的一部分奖品的照片。

"有笔记本电脑、平板电脑、手持摄像机……都是广播社必不可少的东西呢。"

又不是所有人都能拿到这些奖品。

"每年都有三百人参加，怎么可能拿得到？就算在我状态好的时候，也只能拿到2千克大米。"

"即便如此，概率也不会为零啊……对吧，久米同学？"

见正也突然抛来话题，久米同学转而面向我说：

"说得没错。刚才宫本同学在教师办公室门口看着宣传海报，嘴里念叨着'要拿到第几名才能获得这些奖品呢'，我简单解释了一下，他马上拉我去拿申请表。不过，町田同学应该已经知道了吧？"

"算是吧。"

这下我可以理解他们俩怎么会拿着一样的传单一起来到广播室了。

三崎马拉松友谊大赛是在这种小地方较受欢迎的比赛。对于外行人来说，"半马"的路程算是相当有难度了。尽管每人必须交3000日元的参赛费用，但规定的三百人名额还是一下就满了。

正如正也眼热的原因，这个活动那么受欢迎的秘密，就在于那些豪华奖品。而且，据说每个跑完全程的人都有机会获得奖品。一般的比赛大多都是从名列前茅的人开始，按名次给予豪华奖品，但我们镇上的马拉松大赛就不一样了。

我们这儿可以按照跑完全程的顺序来抽奖。

奖品与参赛者人数一样，都是三百份。除了正也提到的很想要的那些之外，还有电视机、吸尘器之类的家电，此外，肉类、大米、水果等食物类奖品也很丰富。每年，那个最博人眼球的特等奖都是当天才公布的，这也是提高期待值的要素之一。有时是最新款的游戏机，有时是度假酒店的住宿券，有时是A5等级的和牛，因为品种并不单调，所以难以预测的奖品也让人兴趣倍增。

当然了，如果所有人的奖品都那么豪华，主办方估计会严重亏本，所以大部分是300日元到500日元的奖品。即便如此，抽奖总是让人激动不已，反正拿到什么奖都是很值得高兴的。

偶尔有第一个冲线的人意气风发地去抽奖，结果抽到一个相当于安慰奖的家庭装洗衣液（当然，奖状还是有的），而名次几乎是倒数的人却抽中了洗衣机，这时抽奖现场就会爆发出经久不息的喧哗声和欢呼声。

现场各处还能听到那些来加油鼓劲的人在说"要不明年我也来参加吧"。

"所以啊，如果广播社全员参赛，不就能提高拿到心仪奖品的概率了吗？"

原来是这个意思，我明白了。不过……

"抱歉，20千米的距离，虽然不算很长，但我不行。就算是走完全程，也够呛的。"

"这样啊！那你就别勉强了。况且，圭祐的手气好像也不是很好。"

正也笑得一脸爽朗。虽然这话算不上安慰，但我倒也不会介意。

"正也要是想参加，得提前锻炼一下才行。要是中途弃权，就没法去抽奖了。而且，还得在四个小时的规定时间内完成比赛。"

"不是吧？"

关于这一点，传单上应该有写，然而正也似乎只关注奖品的信息。

"要是没有时间限制，我也能参加。而且，我觉得自己抽奖的手气比你更好一些。毕竟我现在的座位是靠窗的最后一排，是特等席。"

"我也不差呀！因为老师算错分，我逃过了英语补习课。"

已经不知道到底是在争些什么了。

就在这时，门开了。白井学姐……不，白井社长带领着高二的学长学姐们进屋了。

"你们又什么都不干，在偷懒是吧？"

我已经习惯她这种严厉的口气。倒不如说，要是她对我温言软语，反而让人担心她是不是哪里不对劲。我摆正身姿，做出一副反省自己在聊废话的态度。

"我们没偷懒啊！"

正也站起来，走到白井社长身边。

"我们在思考如何让活动经费很少的广播社获得一些新的器材。看看，就是这个。学长学姐们也去参加吧。"

正也把传单递给社长。

"马拉松大赛？没戏。"社长叹了一口气。

正也刻意地回了一声叹息，仿佛在与之对抗：

"社长不是说过很想要新的笔记本电脑、摄像机和平板电脑吗？"

"还不是因为宫本霸占了笔记本电脑。再说了，我们怎么可能获得那么好的名次，拿到那些豪华奖品？纯粹是浪费时间和体力。"

听了社长的牢骚，正也便向她解释了马拉松大赛的奖品设置规则。社长听完，"嗯"了几声，似乎有些犹豫了，但表情还是不甚乐意。其他学长学姐也探过身来研究这份传单。

"就概率来说，也不算很低吧。"

让人意外的是，看上去最讨厌运动的"才子"学长饶有兴致地这么说道。

"不过，感觉白井抽奖的手气挺差的，参加了也是白搭。我都能想象出她抽到一盒抽纸的场面了。"

我差点忍不住笑出来，于是埋下头掩饰一下。其实，就算是最寒碜的奖品，应该也是比抽纸好一些的东西，但脑海里还是生动地浮现出白井社长一边拿着抽纸一边逞强说"这正是我想要的东西"的画面。

"什么啊，苍？别拿我和你相提并论好吗？你别看我运气不好，抽奖这种事……"

白井社长正准备斗志昂扬地反驳一番，声音却突然萎靡了，可见她此前真的从未抽到过什么好签。"才子"学长名叫苍。包括我和正也在内，广播社里应该尽是一些会被好朋友嘲笑手气不好的人吧。

"话说回来，田径社的人会参加这个比赛吗？"

白井社长恢复了严肃的表情。她这一句话，让我的心脏一阵狂跳。没想到仅仅听到"田径社"这三个字，就能让我产生这样的反应。

"应该会吧。"

回答的人是青海学院的广播员翠学姐（注：即《广播》中的小绿，在本书中，作者明确使用了汉字"翠"）。

"如果是田径社的人抽中了我们想要的奖品，说不定还能去交涉一下。如果我们自己不参赛就伸手要东西，估计会被断然拒绝，但要是我们带着一副跑了20千米后半死不活的模样去求他们，他们或许会考虑一下。"

苍学长已经不指望自己的抽奖手气，而在考虑其他方法了。

"这倒也是……"

白井社长嘀咕了一句，然后"啪"的一声拍了一下手掌。

"那好吧，就以广播社的名义参赛吧。相对的，广播社的工作也得认真做哟。"

"什么工作？"

正也问道。

"要拍摄马拉松大赛啊！这是当地的大赛事，说不定可以用在作品上呢。黑田，拍摄就交给你了，没问题吧？"

"没问题。"

这位爽快答应的人便是"橄榄球社"学长，黑田是他的姓。在四位高二成员中，他的体力应该算是最好的。

"那啥，我只是去观摩的，所以可以负责拍摄。"

我举手示意，要求当后备人员。之前负责拍摄的高三成员树里学姐教了我一些基本知识。虽然大家都夸赞我的声音，觉得不用可惜了，但比起当演员，我对拍摄更感兴趣。

"那町田也去负责拍摄。对了，田径社里有一个前途无量的高一男生，他还入选了长跑接力赛的正选队员后备军，叫山什么来着。如果他也参赛，拍摄时就以他为焦点。"

"我来拍良太吗？"

"你认识他啊，那正好，我有个想法来着。"

白井社长干脆地说完，仿佛要以此终结这场闲聊，然后开始讨论将今年4月份以来拍摄的视频收录到一张DVD里的话题，似乎是打算在第三学期发售DVD。

因为购买者大部分是高三的学生，所以社长说剪辑的重点要放在这部分，还说这是社团经费的一部分重要来源。

"只要在这些地方脚踏实地地努力，大家就能一起去东京了。"

尽管良太的事让我心生疙瘩，但"东京"二字还是刺激了我。

我已经完全不是赛季时的心情了，而白井社长依旧时常把这件事记在心上——

JBK杯全国高中广播大赛，简称"J赛"。

万里无云的天空下，三崎马拉松友谊大赛在三崎市民公园打响了开跑的信号枪。与常见的市民马拉松大赛不同，这次大赛不是在镇上跑，而是绕着公园外围那一圈修建好的5千米跑道跑，因此，参赛者和啦啦队都熙熙攘攘地挤在公园里。

公园的中央广场上，全员参加的热身广播体操刚好结束。参赛者们三三两两地往设置在广场内部跑道上的起跑线走去。自称私下做了好几次训练的白井社长放话说"既然要跑就跑进前几名"，早早就带着广播社的队伍来到围着广场摆设的其中一张长椅旁，整理完行李后就离开了。

黑田学长拿着微单相机说着"比起跟拍田径社，感觉跟拍他们更有意思"，就追着去了。为什么他不去跑呢？就算两人独处，我也没打算打听。

在隔着一小段距离的长椅处，我看到了良太穿着青海学院田径社队服的身影。他似乎也发现了我，正朝我这边跑来。关于拍摄田径社的事，白井社长应该已经和他们沟通过了，但可能没说我是专门跟拍良太的。总之，我觉得最好还是事先知会一下。

我举起手持摄像机，朝良太挥了挥。

"今天你负责拍摄吗？"

良太主动问道。

自从我发生交通事故以来，他对我总是有些顾虑，虽然现在已经消除了一些隔阂，但对良太来说，说出这句话还是需要勇气的。

于是，我装出一副毫不在意的模样，说道："专门负责拍你哟。"

良太"欸"了一声，表情僵住，仿佛被人逗趣了一番又不知该作何回应。看来他以为我在开玩笑。

"是真的要拍你。这是社长的命令，让我去拍值得关注的新人。你不是入选了长跑接力赛的正选队员后备军吗？"

"你连这件事都知道了？可我只是一个候补，高三的人可厉害了……不过我也想早点再次挑战一下。"

他的语气还是一如既往的平淡，随后也只是轻轻耸肩。初中时，良太的膝盖出了一点问题，没能参加他一直很看重的一场大赛。不过拜此所赐，如今他也知晓了某件事情。

"反正，我会努力的。"

良太笑道，我也回应了他的笑容。

"嗯，加油。我会支持你的。"

良太又是嘻嘻一笑，然后转身背对着我，跑向起跑线的位置。

虽说要跟拍良太，倒也不必一路与他并行。只要横穿广场，先在离起点2千米附近的地方等着就行。在那里，我看到了一个熟悉的背影。

"村冈老师！"

"哟，这不是圭祐吗？"

村冈老师是三崎中学田径社的顾问，自暑假结束以来，我们也就三个月没见面，但他还是带着一副很怀念的样子迎接了我这个毕业生。

"你今天负责拍摄吗？"

他看着我手里的摄像机，问道。

"是。我也很想参赛来着，只是用四个小时跑半马，对我来说还是有点困难的。"

"很聪明的选择。毕竟这次大赛的参赛者，一半以上都是现役的田径运动员。"

"竟有这回事？"

在我还能自在奔跑的时候，我从未深入思考过有哪些人来参加这个比赛。拿到好名次的人既有高中生也有半职业运动员，有时我还会想，不就是一个乡镇比赛吗，何必特地跑来参加？或许是对奖品没什么念想吧，我对这个比赛并没有更多的感想。

"这里的路线都是设置好的，容易跑出纪录。田联赞助的大赛都能留下官方纪录。因为有的大赛没有突破标准纪录就不能参加，所以听说这两三年有不少人都聚到这里，打算提前跑个纪录。这场比赛应该会演变成竞速的比赛，如果圭祐参赛，估计会追着他们跑，所以你还是留在这边让我安心一些。"

"呃，这个嘛，我……"

我勉强地笑了笑，其实内心生出一种比自己出赛还不安的感觉。原来这比赛那么受欢迎的秘密不在于那些豪华奖品啊！

听说广播社的每个人私下都做了训练，也不知道他们行不行。

广场的一角有一个餐饮区，提供猪肉酱汤、番茄焖饭、牡丹饼等食物，普通游客来买的话，每一种要300日元，而跑完全程的参赛者只要出示名次卡片，就能免费享用。

不过，我面前这片草坪上，或躺或坐的人们都是一副筋疲力尽的样子，没人打算去领吃的，唯独久米同学正啃着牡丹饼。

"总觉得看着别人吃，我肚子也饿了。"

说着，白井社长忽地站起身。

"去拿点牡丹饼来吃吧？"

其他成员转头看她。

"不，我想喝猪肉酱汤。"

苍学长两手撑着膝盖站起来，翠学姐说"我要焖饭"，悦耳的嗓音听不出一丝疲惫，然后他们各自往摊位走去了。

"正也不吃吗？"

我冲着还是独自一人趴在地上的正也说道。

他翻了半个身子，把脸转向我这边，说道："我会吐。如果现在吃东西，我会全部吐出来。"

说完，他又翻了半个身子，恢复头朝下的姿势。看这些人的体力值排序，就知道广播社内部的马拉松名次了。

久米同学在大混战中获得了第五十四名，是女子组的第六名，似乎还拿到了奖状。我好不容易才想起久米同学在初中时期就是田径社成员这件事，不仅如此，她当时还有不俗的表现，只是我不曾留意罢了。她正在吃的牡丹饼是甜品，在其他广播社成员冲线之前，她就已经吃完猪肉酱汤和焖饭了。

紧接着的一位居然是白井社长。正如她宣告一定会跑进前一百五十名那样，还真的是倔强的第一百四十九名。往后一位是苍学长，第二百名。他高兴地说这个名次原本是他不敢想的。再往后是翠学姐，第二百四十六名。即便累趴了，她还是拿出手机，积极地输入文字。白井社长告诉我，那是在写广播稿的小笔记。在翠学姐心中，时时刻刻记着"J赛"的事。

最后，就是正也了，第二百八十七名。不过他用两个半小时就抵达了终点，我觉得已经算是很努力了。村冈老师说得没错，这场比赛的水平很高。

而在这种级别的大赛中，良太拿到了第三名。虽说为了准备下周的县级大赛，青海学院田径社的长跑主力队员基本都没上场，但也算得上是一场艰难的比赛了。良太那种能让人感受到力量的奔跑方式，也不再是我以前所知道的跑法了。

这是良太在青海学院一路累积的成果。在良太冲线的那一刻，我找了找村冈老师的身影。虽然没找到，但他一定在某处看着。

"抽奖开始了。"

黑田学长走了过来。"咦，高二的人呢？"他环顾四周，单手拿着相机，镜头还开着，而我早就把摄像机装进收纳包里了。不过马拉松大赛还没结束，社长也不可能让我只拍良太一个人。

我告诉黑田学长，高二的学长学姐们都去餐饮区那边了，他说可以让高一的人先过去。广播社的人都很在意抽奖的结果，但我比较好奇良太会抽到什么。

正也想多躺会儿，哪怕只有一小会儿也好，就说要等高二的人回来，久米同学便说她也要等着，于是我一个人拿着手持摄像机，走向设置在竞技广场中央的抽奖会场帐篷。

几位排名靠前的运动员已经拿着名次卡片排在那里，穿着短褂的工作人员正引导他们走向摆放奖品的帐篷。

突然，一阵"当啷当啷"的响亮铃铛声响起。第一名——那位身穿企业队队服的男人一上来就抽到了一等奖的笔记本电脑。虽说看起来这很公平，但难保不是上面的人放了一些好签，让排名靠前的运动员可以抽到一些好奖品。

排名不分男女的前八名是要表彰的，所以第一名的运动员已经移动到设在抽奖会场旁边的表彰台了。

第二名——穿着大学队服的男子也抽到了四等奖，是知名家电品牌的吹风机。"真不错啊！"看客们纷纷发出羡慕的感叹声。下一个抽奖的人是良太。尽管也响起了铃铛声，但他拿到的是一瓶沙拉油。会场上爆发出一阵笑声。

良太也露出一脸苦笑，然后把沙拉油当成奖杯举起，看向架起摄像机的我。从那毫无阴霾的表情中可以看出，良太对今天的结果非常满意。待会儿去问问他全程用时多少吧。

抽奖持续进行着。排名第十五名到第二十名之间隐约看见几个三崎中学田径社的学弟们。曾在三崎中学排第一名的田中似乎抽中了平板电脑，社团的其他成员都很羡慕地围着他。

正也想要的——不，是广播社盯上的三个奖品，已经有两个落入他人手中了。

那些跑完全程的参赛者散步消食之后，都逐渐聚集了过来，帐篷周围变得拥挤。

黑田学长走过来，说道："我来换你吧？"

电池也快用完了，于是我乖乖把位置让给了黑田学长，然后漫无目的地拍着餐饮区之类的地方，打算回到草坪角落里的长椅那边。也不知道他们能不能抽中手持摄像机。

妈妈昨晚上了夜班，所以我决定买一些牡丹饼带回去。我刚吃完给自己买的那份焖饭，就看到广播社那群人朝我走来。

打头的白井社长单手提着的正是一提五盒的抽纸。虽然数量上有些不一致，但我实在佩服苍学长的预言能力。不过社长的表情很明朗，看起来还有点兴奋。

一回到长椅处，她就对我说道："太厉害了！"是谁抽到了很厉害的奖品吗？我依次看向大家手里的东西。翠学姐拿的是一盒高级巧克力，这个不错，正也一脸垂涎的样子。正也的奖品是知名运动品牌的跳绳，这也算是称心的奖品吧。

"然而，我再也不想碰任何和锻炼有关的事了。"

看来正也并不满意。

"那我的巧克力和你换吧。经过这次跑步训练，我倒是觉得发声方式有所改善了，不知道是因为锻炼了腹肌还是提升了肺活量，所以我想今后也继续锻炼,这不是正好吗?"

翠学姐这么提议道,与正也的跳绳互换交易便达成了。苍学长手里拿着的是一盒曲奇,上面还画着番茄的图案。

"原来搞了一个这么可爱的包装。"

白井社长看着那盒饼干说道。

番茄曲奇是青海学院烹饪社为参加市里主办的料理比赛研发的产品,现在由当地的点心商家售卖。高二的学长学姐们曾把他们参加大赛前的奋斗经历作为题材拍成了电视纪录片。

"即使试验失败过好几次,他们依旧不断尝试,最终做出了这种不流失营养又美味的曲奇,可惜那个纪录片没能完全体现这一点啊……"

看来这又唤起了他们对于那次县级比赛的不甘心。

"不过,这曲奇能做成商品,在市面上推出,对烹饪社那些人来说已经算是很成功了。我们不应该感到遗憾。"

听到苍学长的补充,我的内心感到有点不爽。但究竟为什么不爽,我自己也不是很明白。

"至少比起纸巾,也算是一个大奖了吧。"

听到这句多余的话,白井社长扬起一只手,这时我意识到一件事。

"话说回来,久米同学呢?"

白井社长放下手,脸上瞬时露出笑容。

"她可厉害了,抽到特等奖,要在那边接受采访,所以我们先回来,留了黑田在那儿。"

"抽到了什么东西?"

"这个嘛……啊,他们回来了!"

顺着白井社长的视线,可以看见黑田学长和久米同学。学长用双手抱着一个大箱子,久米同学则拿着一个筒状物品,估计是奖状吧。

"久米同学,祝贺你。"

我拍着手迎接久米同学回来,其他人也跟着鼓掌了。不过除我之外,其他人看起来并不是在祝贺久米同学取得了女子组第六名的成绩,而是在夸赞她抽到了特等奖。

她抽到的奖品有那么厉害吗？

久米同学在我跟前停下了脚步。

"町田同学，我抽到了无人航拍机。"

无人航拍机——我重复了三次，才大喊了一声"啊"。久米同学的神情仿佛在说"一不小心抽到了不得了的东西"。我看了看她的脸，又看了看黑田学长抱着的箱子。

这或许可以说……青海学院高级中学广播社，为准备明年的"J赛"，获得了一个强大的道具。

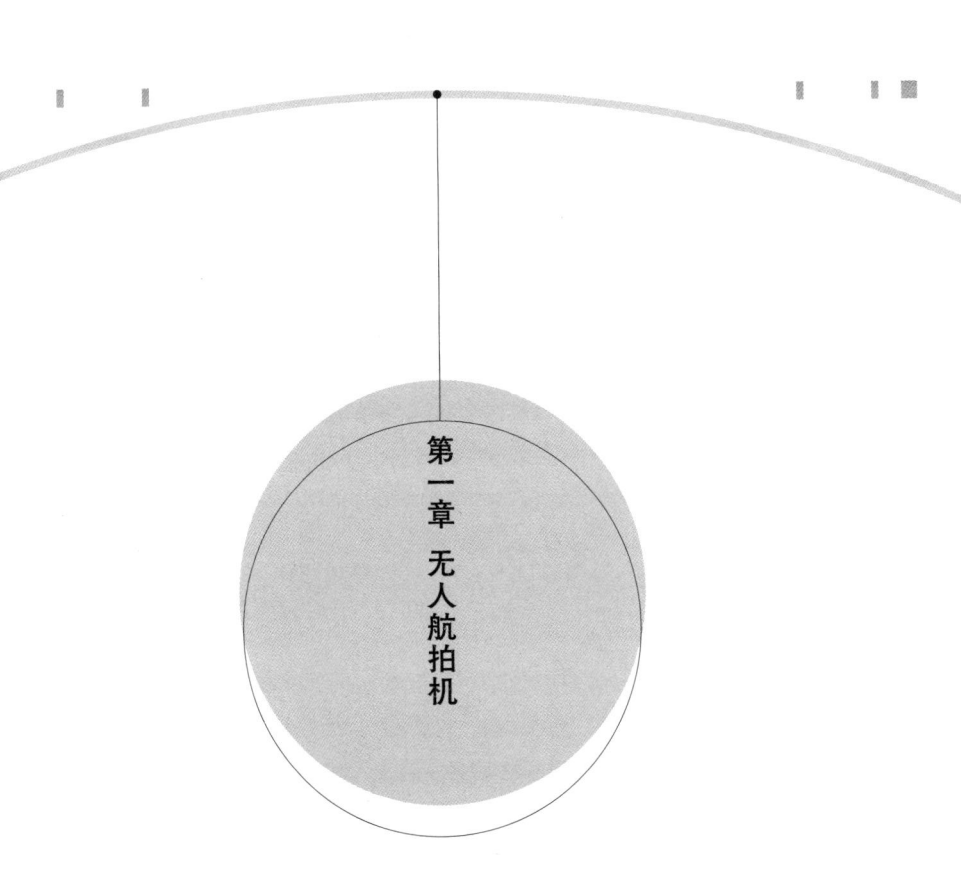

第一章 无人航拍机

遥控器上装着智能显示屏，我时不时操控着摇杆，让塑料制的荧光粉圆盘位于画面的中央。

"再往右一点点，啊，出画了……"

在操场上随寒风起舞的尘土中，广播社的几名成员——具体来说就是黑田学长和我们这三个高一的——今天依然活力十足地在室外欢呼雀跃。

若是做一个问卷调查，内容是关于"适合待在室内的社团"，广播社无疑能排进前三位（前提是大众认为广播社算是一种社团），不过我们已经连着几天在班会一结束时就立刻冲出去了，这都是源于我们得到了一个新道具——无人航拍机。

老实说，我也没料到自己会这么沉迷。

之前我想着，又不是什么盼了很久才终于拿到的玩意儿，虽然知道有这种东西，但总觉得和自己没什么关联。甚至在久米同学抽中之后，我还担心是否真的用得上。然而……

"好了，三分钟已到。轮到我了。"正也拍拍我的肩膀。

充电之后的无人航拍机有十五分钟的续航时间。我很不情愿地把手里的遥控器递给正也，然后直接站到他旁边，盯着屏幕。

确认我们完成交换之后，久米同学和黑田学长再次互相抛掷粉色飞盘。在旁人看来，还以为是一对甜蜜的小情侣在操场上玩耍，其实这是黑田学长提议的拍摄练习。前半段时间是我和正也负责抛飞盘。

不同于普通的棒球投掷练习，飞盘的运动轨迹不好预判，所以很难捕捉它的动向。与配合飞盘移动来操控无人航拍机的我不同，正也只是上下调整高度，把久米同学和黑田学长都收录在画面中。原来如此，虽说是无人航拍机，但没有必要只将焦点集中在移动的物体上。

我发现久米同学一开始抛飞盘或接飞盘的时候还得满场跑，一副手忙脚乱的样子，不过几个来回之后，她已经基本能在原地站稳脚跟了。

"在写剧本的时候，经常会用到'鸟瞰'这个词，意思是鸟的视角。

虽然多少可以想象出画面，但实际试着拍摄之后，感觉还是有点不一样。在这种镜头中，既听不到人物在说些什么，又不容易看清人物的表情。不过，镜头的距离倒是显得很靠近。感觉听得到而实际听不清，感觉看得到而实际看不清，因此才更有想象的空间。"

正也学会操控无人航拍机之后，似乎对电视剧也产生了一些兴趣。

我们是高中生，制作作品又是社团活动的一环，因此经费还是有限的。

电视剧的制作，再怎么夸张也不太可能去国外拍外景，布景设置也是有限制的。不仅如此，"J赛"规定出场演员只能是自己学校的学生，所以登场人物的设定也被限制了。

在这一点上，广播剧的自由度就很高了——这是正也常常挂在嘴边的话。只要说一句"这里是南极"，听众的脑海里就会呈现一个他们认知中的南极的画面，若表演者能够巧妙地控制声音，也可以呈现出年龄跨度很大的登场人物，所以制作广播剧会更有意思一些。

不过，现在一扇新的大门开启了。

"我不想让人觉得我输不起，才一直没提起，但老实说，我觉得'J赛'全国大赛决赛电视剧组的所有作品都不怎么样。虽然主题很有意思，但是人物的心思和状况都是靠台词来解说的。此外，拍摄方式也不行，感觉就像拉洋片。"

"可那些不都是视频作品吗？"

我这么问道。

正也降低了无人航拍机的高度，给久米同学的头顶拍了一个特写。

"黑田学长，请接收我此时此刻即将抛出的心意。"

正也配合着久米同学的抛投动作，擅自配了一些肉麻恶心的画外音，接着移动无人航拍机，这次拍的是黑田学长头顶的特写。

"你倾注在飞盘上的心意，我都收下了！"

见黑田学长稳稳地接住飞盘，正也又配合着加了一句画外音。然后，他将无人航拍机调到不会妨碍两人抛接飞盘的高度，转头看向我。

"就像这样。用无人航拍机拍摄，可以拍到双方发旋的特写。试着想象一下，如果是拍正面镜头，此时是一个什么画面。"

"你是指镜头会在说台词的人之间来回切换？"

"没错，而且还是上半身的特写，根本看不出他们是在玩飞盘。虽然我这么说感觉就像一个上了年纪的大叔很讨人嫌，但现在十几岁这一辈的人好像都太习惯用智能手机了，视频的标准尺寸都变成这种画面的大小了。不论是电影还是电视剧，都用手机来看，所以专业的创作者也偏向于让登场人物的大头特写出现在屏幕上。这么一来，观众就看不懂背景和状况了，结果就得靠台词来解释。然后，外行人就会误以为那是正确的拍摄方法。恶性循环就是这么形成的。如果'J赛'的决赛都是用手机看片子就算了，实际上用的还是像电影那样的大屏幕。"

"是啊，到时那画面肯定很有压迫感。"

我这个感想或许和正也所说的有点偏离，不过我总算明白他为什么会拿洋片来打比方了。

我平常没有去看电影的习惯，或许正因如此，偶尔去看的时候，大银幕和大音量总会让我心生压迫感。虽然妈妈还有其他人都说，这种即将被吞食的感觉正是电影的乐趣所在，但在我看来，与其说是沉浸于画面当中，倒不如说是被人强行按压在一堵透明的墙壁上。

墙壁即是平面，所以在只有上半身特写的镜头里，除非摄影技巧非常高超，否则很容易让人觉得是在看洋片。

我试着想象我们制作的那部《改变》(Change)投放在电影院幕布上的画面，确实让人瘆得慌……

"那部《改变》，是不是有很多场景都是正面镜头？"

虽然我羞于面对自己出演的场面，但也不至于自始至终都眯着眼睛看。

"没错。我是事后才觉得，这些地方处理得还不错。你看，在同一个场景里，用两台摄像机分别拍了远景和近景，不觉得这个平衡连接得挺好吗？"

"原来是这样。之前树里学姐教我剪辑方法的时候，我也觉得很诧异，这场戏居然用的是从远景拍的背影。"

无趣的内容以及学长学姐们那些令人印象深刻的奇怪青春剧，可能也是让我难以发现其中优点的原因吧。

"如果树里学姐在，说不定能用无人航拍机拍出有趣的画面。"

"不，"正也立刻否定了我的话，"我们有一个很厉害的摄影师。"

"确实。"我点了点头。

"糟糕，超过三分钟了。"正也说着，连忙让无人航拍机归位。这个操作并不需要什么技巧。无人航拍机具备归位功能，可以将其设定为只要摁一下按键便自动回到遥控器这边的状态，除非发生什么特殊的情况。

"你们想玩到什么时候？"

白井社长的声音传了过来——这是唯一一个无法让无人航拍机归位的人。或许是嫌换鞋麻烦，她就站在连接教学楼和体育馆的通道上，两手叉腰，站得挺直，音量绝对不输给做发声练习时的翠学姐。

马拉松大赛上的她速度很快，看上去是一个身手敏捷、手脚灵活的人。然而，她第一天操控无人航拍机时就把机器卡到了中庭那棵白杨树上，结果得让校工出动梯子。自那次之后，白井社长就没碰过无人航拍机了。

苍学长告诉她，在学会一边用右手画四方形，用左手画三角形，一边唱"你好你好小乌龟"（注：日本童谣，根据《龟兔赛跑》的故事而作，由石原和三郎作词，纳所弁次郎作曲）之前，最好不要再碰无人航拍机。被这么一说，白井社长很生气，可让人意外的是，她似乎打算遵守这个规定。

正也又一次把视线落在安装在遥控器上的手机上，嘀咕了一句"糟糕"。我也冒出了一句"不妙"。

今天下午四点，广播社要开一个小会。现在已经是四点十分了，看来白井社长的说教是逃不了了。

久米同学也是一副慌张的表情，单手拿着飞盘往我们这边跑来。我下意识地看了一下，果然跑得很快。在她身后的黑田学长则优哉游哉地走过来。

"还有一点续航时间，白井要不要也练习一下？"

黑田学长用轻松的语气对白井社长这么说道，他的嗓音也很有穿透力。

"我才不练呢！总之，你们动作快点！"

白井社长说完，又朝教学楼跑去。

"那家伙就是这么好强。我来收拾东西，你们高一的先过去吧。"

黑田学长笑着打开原先放在花坛旁边的无人航拍机的箱子，我们回了一句"好的"，便朝广播室走去。可能是因为他们同年级吧，不管黑田学长如何我行我素，白井社长都不会生气。

"对了，久米同学。"

正也把装在无人航拍机遥控器上的手机交给久米同学。只要下载智能手机专用的软件，用无人航拍机拍摄的视频便都能保存在手机里。现阶段只有久米同学和黑田学长两人的手机里安装了这个软件。

一开始只有久米同学的手机安装了软件，毕竟抽中奖品的人是她。就算久米同学说要把东西捐献给广播社，但就心情来说，还是觉得像借用了她的私人物品。

我认为自己并不是机械白痴。

虽然不想将原因归于单亲母子的原生家庭，但妈妈对于家电的使用确实生疏，所以像连接电视和DVD影碟机、剪辑录下的视频等，打小就是我的职责。

然而，妈妈却喜欢用摄像机拍摄。在田径大赛等活动上，她也会干劲十足地跟拍除我以外的孩子，如果其他家长要求拷贝一份，她也会忙不迭地答应，导致我的工作量剧增。

或许是因为我已经习惯剪切或粘贴某些必要场面，并将这些都刻录在DVD里，所以在给电视剧剪辑工作打下手的时候，树里学姐还夸我技术不错。像是添加音效或嵌入字幕等工作，我也很快就学会了。

而在无人航拍机方面，我完全是摸索的状态。不过，似乎并不只有我一个人是这种状态。

马拉松大赛的第二天，看着摆放在广播室桌子正中的无人航拍机，大家纷纷说出了各自的想法。

白井社长："不需要许可证吗？"

苍学长："不用向有关部门提交无人航拍机持有申请书或飞行许可证吗？"

翠学姐："最好先向老师报告一声吧。"

正也："老师不会没收吧？"

我："说起来，无人航拍机这种东西哪里有的卖啊？"

久米同学："对不起，都怪我抽到一个这么麻烦的东西。"

这反应就好像拿到的是手枪一类的东西一样。

面对这些问题，黑田学长一一做了回复，似乎是在网上调查过了。明明这是谁都做得到的事……

虽说有民间团体会发行无人航拍机许可证，但即使无证使用，也不会受到惩罚。也就是说，没有许可证也可以用。

如果是不足200克的无人航拍机，便无须向国土交通省提交申请，除了那些规定禁飞的地方，都可以自由飞行。

即使如此，我们还是决定向顾问老师秋山汇报一声。秋山老师自己也说不准，不过校规里也没谈及关于无人航拍机的使用，他便在教师会议上做了汇报，最后得出的结论是，在不妨碍其他师生的前提下，先在学校里的常规范围内使用。

顺带一提，无人航拍机一般在三叶电器或大桥影像这一类的全国连锁店都能买到。

久米同学抽中的无人航拍机是美国产的，厂商建议零售价是19990日元，重达190克，续航时间十五分钟，搭载广角高清摄像头。不仅能够归位，还具备在一定距离内紧跟操控者的功能。另外，还有一个指定位置飞行功能，只要在智能手机上下载专用的软件，就能在手机屏幕显示的地图上，按照事先指定的路线飞行。

听说这个机型连初学者都能轻松掌握，但缺点是螺旋桨没有保护罩，所以得留意别让螺旋桨碰撞到其他物品，以免造成损伤。

掌握这些入门知识之后，广播社所有成员来到中庭，小心翼翼地把无人航拍机从箱子里取出，将久米同学下载了软件的手机安装在遥控器上。当做过事先调查的黑田学长操控无人航拍机上升至5米左右的空中时,所有人都不由得发出"噢噢噢"的惊叹声。当惊叹声转为欢呼声时,不安便烟消云散,大家——至少我对无人航拍机已经着了迷。

别说这种无线遥控了,我连风筝都没玩过。我从来不知道让某个东西飞上天会令人如此兴奋。不仅如此,我还能通过它亲眼观赏从那个角度看到的景色。既不同于在教学楼楼顶看到的风景,也不同于从飞机上往下看到的风景,那是从高处眺望的、会移动的景色。

这种感受很纯粹,就像自己也在天上翱翔似的。

玩过这么有意思的东西之后,对无人航拍机燃起兴致的可不止广播社的人。

放学后,为了避开有树木的地方,我们来到操场一角操作无人航拍机,结果运动类社团的人也都聚了过来。当中不乏过来警告的人,说什么很危险啦,很碍事啦,等等。于是,为了证明这是社团活动的一环,身为广播社成员的我们便向他们展示了用无人航拍机所拍摄的片段。也就是在这时,我才发现了我们的实力差距。

黑田学长拍摄的社团活动画面,被那些社团的人要求回放了好几次。尤其是足球社、橄榄球社这类玩团体竞技的人,都对学长的技术赞不绝口,说是可以确认每个人的位置和全体人员的移动。

他们还拜托黑田学长拍下他们参加训练赛时的画面。

为此,黑田学长也在自己的手机上下载了软件。

光靠黑田学长一人拍的话太累了,于是正也和我也试着拍了团体竞技的画面。明明我们拍的是同一个场景,但看了视频的社团成员们都反应平淡。有的说"这一段想看拉远一点的镜头",有的说"不能从这个角度拍",因为对方没有说得很清楚,我们也不明白到底哪里拍得不够好。

这不是指无人航拍机的操控或拍摄这一类的技术问题,而是画面的取景方式。要想按照大脑中的构图去拍摄是很难的,但是在此之前,要学会如何构图取景,单凭练习是不够的。

"这得靠个人感觉了,对吧?"正也说。

正也在写剧本方面很有感觉，所以很快就想到了这一点。

黑田学长建议我也下载一个软件，只是我目前还没这么做。不过，我还是留心注意该如何操控。

苍学长和翠学姐已经来到广播室了，这两位在时间方面从来不会耽搁。

在最初的一个星期，他们对无人航拍机也很感兴趣。也许是没多久就玩腻了，或者从一开始就没那么大的兴致，他们率先从无人航拍机的练习中退出了。

翠学姐用马拉松大赛上抽中的跳绳，每天在没什么人经过的走廊上练习十分钟跳绳，接着做发声练习，之后才来到广播室。严格来说，我也必须参加这些训练，只是我觉得在今年内维持现状没什么不好的。

看到我们走进来，苍学长合上了数学参考书。

翠学姐和苍学长看着都没有很生气，那种紧张兮兮的氛围感，仅仅源于白井社长一人，所以我们得在她发火之前道歉，什么借口都别找，道歉就是了。

"非常抱歉。我们错了。真的太对不起了。"我们三人正在不停地重复这三句话，结果毫无愧疚之意的黑田学长带着笑脸走进来，说了一句"久等了"。

白井社长坐在上座，七人围着桌子坐下之后，社长便派发了会议概要。内容是前几天会议上定下的"J赛"大致分组情况。

JBK杯全国高中广播大赛分六个项目组进行竞赛，即原创电视剧、原创广播剧、电视纪录片、广播纪录片、播音、朗读。

在去年——其实应该算是今年夏天举办的全国大赛上，戏剧和纪录片的制作分别由现在高三和高二的学长学姐负责，除此之外，翠学姐还报名参加了播音组的比赛。而我们这三个不中用的高一新生以打下手的方式参与了电视剧的制作，结果没想到演变成积极参与了。

然而，在下一次大赛上，社团决定不再按年级来分项目参加，而是所有人通力合作，参与所有项目的制作。这是白井社长的提议，也没有人表示反对。毕竟加上高二的成员，整个社团也只有七个人。

不过，每个项目都规定要有一名队长和两名辅助。戏剧项目的队长指定由正也担任，纪录片项目队长的候补人选是白井社长，所以必然是由我和久米同学辅助正也，苍学长和黑田学长辅助白井社长。到头来，还是变成了戏剧项目以高一为中心，纪录片项目由高二为主导的结果。

不仅如此，播音组和朗读组的队长都是翠学姐，我和久米同学被指定为辅助。他们也劝我试着报名参加某一个项目，但我迟迟没能做出决定。

在观摩过播音组县级大赛的预赛和决赛之后，我明白了一点——播音不是一件容易的事，并非声音被夸好听就能上场。不仅要练习发声和抑扬顿挫，播音组还必须自己撰写稿子、自己拟定主题、要用规定的字数提出问题、点出对策，或者传达一些大多数人都不曾知晓的事情，激发大家的好奇心。

如果觉得"既然办不到，干脆报名参加朗读组就好"，那这个想法未免太天真了。据说久米同学每个月至少要看十本小说，与她相比，我可以说根本不具备阅读这个习惯。实在很难想象我能从五本指定作品中选出一本，并抽选其中的某个部分。搞不好我会选中连作者都感到诧异的、没头没尾的段落，以跑偏的理解去朗读。

翠学姐和我说不必想得太难，凡是她能教的都会教给我。最后我们说好，等到年底再给回复。

"另外，关于每个项目进行的顺序……"

白井社长提高音量说道，毕竟不能所有项目同时进行。

"我觉得，还是从需要花时间找主题的电视纪录片开始着手吧。当然了，也希望宫本能尽快写好剧本。"

"剧本，我已经在写了。"

正也回答道。

"那我赞成。纪录片和电视剧不一样，可没法重拍。"

苍学长说着，举起了手。

"还有我。""我也赞成。"黑田学长和翠学姐紧随其后，我们三个高一的也表示赞成。毕竟我已经有了切身体验，只要有一个月的时间，电视剧怎么样都能做出来。

而且，这还是我第一次正式和高二的学长学姐们一起创作作品。相比于必须由我们主导的戏剧，可以先通过帮忙制作纪录片的方式，了解学长学姐们的做法，这样也挺好的。

"既然如此，那就尽快定下主题吧。"

白井社长用很有干劲的声音说道。

"哎？这不是由白井来定的吗？"

苍学长说道。

"确实，上次的纪录片项目，不管是电视组还是广播组都由我来定，结果没能挺进全国大赛，所以我想，这次就由大家商量着来定。"

"这可真是，好大一个进步。"

苍学长这么笑道，但语气听着不是在揶揄。

"不过，你突然这么一说，我也没什么想法。我还以为白井早就想好定什么主题了。算了，若只是一味等着命令才做事，你的负担也会过重吧。"

听到黑田学长这么说，翠学姐也点点头道：

"原先我也以为自己只需负责旁白部分，但是这样就不算是大家一起合作完成的吧？"

总觉得，学长学姐们都很靠谱。看着他们的交流，这种感觉便涌上心头。与其说是靠谱，倒不如说是很团结。相比于跟着高三的学姐们一起制作电视剧那会儿，此时安心的感觉完全不可同日而语。

"谢谢。不过，要你们立刻提出方案也很难，那就在下周一之前，每人至少提出一个主题方案，用群聊软件LAND发送给我。等我收集整理之后，再和大家一起讨论。"

说完，白井社长拍了一下手掌。这是表示"本议题结束"的暗号，不过我还是战战兢兢地举起手，说道：

"我……不用LAND。"

"我……我也是。"

久米同学也有气无力地说道。

"为什么？"

白井社长很直接地问道。

先不说我的理由是不想和初中田径社的那些人有所联系，关于久米同学那边的情况，明明只要平时多观察她一下，对她多一点关心，就能知道了。此时的久米同学也沉默不语，脸上浮现出为难的神情。

"或许你们有一些不想联系的人，既然如此，建一个广播社的群不就行了？"

白井社长的话里没有一丝丝踌躇，我差点接上一句"这倒也是"，不过……

"还能这么做呀。"

我小声地问正也。

正也点点头，表情仿佛在说"你现在才知道啊"。原来这种联络方式，并不是一登录就会自动和所有我存过电话号码的人开始联系。

"你看我，存了联系方式的人也不超过十个。也是啦，没必要硬着头皮去联系。不过，如果是因为在手机或LAND上遇到了糟心事，所以选择了不上线或不用LAND，我还是觉得可以事先了解一下在这种情况下能做些什么。如果有人给你发恶评，受伤是难免的，但只要把它保存下来就能当证据。要锁定是谁发了那些恶评并不难，无非是学校那些人呗。还有一个方法：把证据打印出来，用存证信函的方式寄给对方的监护人。这一招就很有威慑力，表明了看对方如何应对，下次敢再来就打官司。"

苍学长这么说道。

虽然这方法不太适用于我，但现在我也不敢往久米同学那边看。

"说得也是。"

意外的是，我听到了一个肯定的回答。

"那就好。这样讨论视频就变得简单了，用无人航拍机拍得不错的片段也可以发到群里。"

黑田学长说完，久米同学小声说了一句"还能这样啊"，然后又用很大的音量回了一句"是"。既然如此,那我也想请黑田学长把拍好的视频发给我。

"也是。比起直接和白井对话,用LAND的话就不会被她骂了。"

苍学长笑道。

"原来还有这一招!"

正也咀嚼着那句话。原本以为他要将投向久米同学的目光转向我这边,结果是我想多了。

"因为她打字慢,没法说些多余的话。"

"没礼貌。我比较注重文字简洁啦!另外,晚上九点之后不要打扰我学习,我不回信息的。"

白井社长果断明了地说完。

我能否像她一样做到那么果决呢?尽管如此……

"我也试试吧。"

选择田径社还是广播社?明明田径这个选项早就没得选,我也死心了,却还是有人把它摆到我眼前让我选。而且,是我自己选择了广播社,但我也不好总和以前田径社的小伙伴吹嘘。不过,应该还是有人在为我担心。

现在的我在稳步向前。能够证明这一点的契机,说不定已经从天而降了。

正也和久米同学走进车站前那家快餐店。现在还不到下午六点,天色却已经暗沉,让人感觉有点像在夜游。不过是吃个汉堡包就能产生这样的心情,可见我的高中生活算是很健康了。

我对这个世界没什么不满,也没什么事想向学校控诉,更不想去深究关于政治或环境的问题,所以对于纪录片的主题,我一点头绪也没有。

我们如同往常一样走出校门。我嘀咕了一句"该怎么做啊",结果正也提议开个作战会议。

难得久米同学主动说这个会议也算上她一份,她似乎还想了解怎么使用LAND。这一点我也得请"正也老师"来教一教。

我们填饱肚子，在LAND的三人群里互相发了信息之后，正也"唉"了一声，重重地叹了一口气。LAND的使用说明有那么费力气吗？

"纪录片的主题，我真的一点想法都没有。"

"原来你也没有头绪？"

久米同学也惊讶似的点点头。

"如果是戏剧的剧本，不管是广播剧还是电视剧，我倒是有很多想写的。"

"我就知道是这样。"

"不如选一个戏剧的主题改成纪录片吧？"

久米同学这么提议道，我也表示赞成。

"我不想这么做。"

"为什么？"

我问道。

比如，正也写的广播剧《屏蔽》，是以使用手机为主题的作品。我觉得以这个内容来做纪录片也是可以的。

"我也是看了全国大赛的决赛之后才萌生出这个想法的。在表演之前，一般都是先声明'这是戏剧组''这是纪录片组'，所以大家都是带着这种预期去观看的。可当中有很多作品，如果不说明就根本分不清是什么组别。"

"我不太能理解你的意思。"

"举个例子，有一所曾为男校的学校，从几年前开始改制为男女同校，女学生说学校里有很多不便的地方，但学生会里包括会长在内的三名男生无法理解究竟有什么不方便，于是他们决定以女生的身份度过为期一周的校园生活。请问这个作品是哪个组别的呢？"

"这个主题，倒像是纪录片。"

久米同学回答道。

我也是这么想的。

"答错了。这是电视剧组的。既然如此，还不如设定成学生会的男子三人组一觉醒来变成女生的情节，这样一来，就能夸张地呈现出他们进入校园里只有偶数层才有的女厕时战战兢兢的样子了。结果那个作品只是说他们穿上女学生的校服，跑去偶数层的男厕，又提到现如今烹饪室里的工具不齐全这种无关男女的事情，说得像是刚发现这些情况似的。感觉这样的作品完全可以直接拿去纪录片组投稿啊！"

"居然还能进入决赛啊！"

"可能是因为男生为女生着想这种主题很吃香吧。后面就是三个扮演男学生的演员站得直直的，说些和故事主旨无关的对话，看着很像群口相声，挺有意思的，所以整个会场都能听到笑声。我觉得这一点倒是值得效仿的。"

"原来如此。毕竟也算是一个让人印象深刻的作品吧。"

正也叹了一口气之后，点头说道：

"教我写剧本的师父说过，不要写那种电视剧和广播剧都能通用的剧本，要学会怎么创作只有电视剧才能拍，或是只有广播剧才能做的内容。"

正也的师父，说的是我们母校三崎中学后面那家面包店——"熊猫面包"的老奶奶。听说她曾是一位专职的编剧。

"我觉得，这个道理放在戏剧和纪录片上也是说得通的。这个主题用戏剧的方式更能传达思想，那个主题最好用纪录片的方式来体现。说得更严谨一些，这次我们的题目不是电视纪录片吗？我们必须把精力放在如何用纪录片，而且是电视纪录片的形式来展示。"

"原来你都想得这么深刻了啊！不过也是，正也不可能拿出一个简简单单的主题。"

"我也不知道在星期一之前自己能不能想出个所以然来。"

久米同学似乎也非常烦恼。

"对了。获得第一名的作品是讲什么的？"

各个项目组的第一名都在JBK上播放过了，进入决赛的作品也能在"J赛"的主页上观看，不过我只看了——不，是只听了广播剧组的作品。我和正也一起听完后就各种贬斥，说《屏蔽》比第一名有趣多了。

"作品名叫《梦幻的应援歌》,讲的是学生们在收拾东西准备转移到新的教学楼的时候,在音乐室里发现了一张彩纸,上面写的标题是《应援歌》。彩纸上写着歌词,但是没有乐谱,所以大家都不知道那是一首怎样的歌曲。他们一步步挖掘下去,调查了写在彩纸上的那个名字,才知道那是六十年前的一名学生。他们造访了毕业相册上记录的地址,见到了那名学生的妹妹。妹妹告诉他们,写下歌词的人正是她的姐姐。姐姐在高二的期末患上了重病,医生当时说她活不到毕业典礼,但是姐姐一点也不悲观,反而用自己的余生,为即将踏进社会的伙伴们加油打气,创作了这首应援歌。姐姐写好了歌词,委托一位同年级的男学生谱曲。听说他们俩是恋人关系。学生们向妹妹打听了那位男学生的名字,结果大为震惊。那个人是一位著名的作曲家,也算是我们镇上的大明星了。《你与钟声同在》《北街小夜曲》这些我们耳熟能详的昭和经典民谣就是那个人创作的。广播社的成员们拜访了那位作曲家,给他看了彩纸。作曲家泪眼婆娑地讲述着与女孩的回忆,并拿出了那张发旧的乐谱。之后,作曲家亲自用钢琴演奏了这首曲子。结束。"

"啊,这样的作品,难怪能拿第一。"

即便是以JBK的纪录片节目标准来看,内容也非常站得住脚。

"但是,你们不觉得这个作品带了点小心机吗?"

"哪里心机了?"

"感觉就像是玩扑克或大富翁时,一开局就拿了一手好牌。"

"哦,你说的是这个意思啊!这个比赛不就是连运气都要算在里面的吗?"

不仅是广播比赛,体育比赛也是一样的。那些有明星选手的学校,或是有知名教练的学校,不管放在哪项竞技里,都不太可能以完全一样的条件进行竞争。

"运气……唉,你说得倒也没错……"

正也一副很不畅快的样子,发出"嗯"的声音,像是在斟酌着该说些什么。

"这个作品,感觉不是高中生的风格。"

久米同学似乎突然发现了什么，这么说道。

"没错！从投稿要求到县级预赛和评语，不都有这句话吗？县级大赛那个叫《任务》的广播剧，比其他作品都更能突显广播的特点，是个非常棒的作品，让我很感动。然而，那个作品的名次并不好，理由就是作品没有高中生的风格。我想说的是，'J赛'的主题说简单点，也可以说是'要带有高中生的风格'，但全国大赛的决赛评审似乎忽视了这一点。"

"可是，那个作品不也通过预赛了吗？"

"是啊，这倒也是。毕竟拍摄手法也很不错。"

"还有其他你觉得还不错的作品吗？"

"有啊！"

当时没有在现场的久米同学，居然能对正也在全国大赛决赛上的不爽感同身受，还真是不可思议。反正圣诞节也快到了，你们两个干脆在一起算了。虽然我们正聊着正经的话题，但我还是忍不住笑出声。

店里的背景音乐多多少少造成了一点影响，但那些音乐仿佛无法进入正也的耳朵。

"第二名的作品是《期中和期末考试真的有必要吗？》，创作者针对这个话题在全校做了问卷调查。于是，赞成考试派和反对考试派进行了辩论。反对派并非讨厌学习，有的说不想追着上课的进度去学习，而是想配合自己的理解程度进行自主学习；有的说应付不来模拟考试；有的说考试期间课程就会暂停，希望只有期末考，等等。他们也让老师们参与了问卷调查，了解到存在赞成派和反对派后，便对各方的原因进行了采访。除此之外，他们还采访校外人士，其中包括知名补习班的讲师、大学教授及教育委员会的人。由这些内容集结而成的视频片段其实只占整个作品的七成，他们把这段视频播放给全校学生观看后，又做了一次问卷调查，进而考察调查结果出现的变化，以此作为结尾。"

"噢，我还挺想看这个作品的。确实，期中考并没什么必要。"

"不过这样一来，期末考试的考查范围就会扩大了。"

"这样啊！成绩的好坏也变成一局定胜负了。不过，我们学校还有课前的小考，期中考还是免了吧。"

"这样的话，除数学和英语的其他科目，不也要有小考了吗？"

被久米同学如此轻易地反驳后，我不由得发出了一声叹息。

"说到重点了。"正也探出身子，"你们这不就是在不自觉地讨论期中考和期末考的话题了吗？这正中创作者的下怀。所谓纪录片，不就是这样的作品吗？要看作品能从同为高中生的观众中获得多少共鸣，或者能否得到反馈。但获得第一名的作品不具备这一点，只是经过一番调查，最后终止于那位名人。至少最后安排大家唱一唱那首歌，或者在文化节上发表歌曲，把那首应援歌变成属于自己的歌，这样的话，我还能接受它获得第一名。"

我只能发出一声低吟来回应他。我也不是不能理解他的意思。不过在理解之后，如何借助这种思路选出我们自己的主题，这方面却是越想越复杂了。

"也不知道下周之前能不能想出来。"

"话都说到这份儿上了，我再这么说也有点不妥。就算收集了大家的提案，最后定下的肯定还是那些白井社长想做的主题吧。之前随便听了一耳朵，她好像想当记者来着。你觉不觉得，虽然她愿意把戏剧类项目让给高一的我们做，但在纪录片上她是不会让步的。"

"这一点我懂。"

既然想出的提案有可能不被接受，那就能放松心情去思考了。

"我也会在不逞强的前提下，再试着想想主题。虽然现在这么说有点晚了，但听了正也同学的话之后，我很想亲自去看决赛。就算是自费去东京，我也要去看一看。"

久米同学很坚定地说道。

我也是这么想的。虽然高三的学姐们帮忙总结了内容和感想，但刚刚正也说的那些话，并没有任何记录。

比赛完毕的人的视角和今后想去比赛的人的视角，或许真的是大相径庭吧。

"那就一起去吧。"

正也的话很有力量，仿佛在说"我会带你们去的"。虽然听着很可靠，但这和"带我们去"还是不太一样吧。至少这一点我是明白的。

出了店门，我往车站走去。

进入第二学期之后，正也开始骑自行车上下学，也拿到了学校停车场的使用许可，不过我和久米同学是搭电车上下学的，或许是觉得推着自行车陪我俩一起走到车站很麻烦，他索性把自行车停在了车站前的停车场。

从我的立场来说，像今天这种要开作战会议的日子就另当别论，在没什么特殊安排的时候，没必要特地陪着一起回去。不过，正也在这件事上毫不让步。

由于三人不同班，我们没法再一起吃午饭了，所以只有这个时间段可以让高一的我们单独聊聊。他嘴上是这么说，或许其实只是想和久米同学一起回家吧。

虽说久米同学与班上的女同学日渐融洽起来，不过与她关系最好的应该还是我们吧。出乎意料的是，自从抽中无人航拍机以来，有个人和久米同学的交流突然变多了。

那个人就是黑田学长。之前有段时期我总觉得高二的人很可怕，可高三的人退社后，大家一起活动的时间多了，也能逐渐看出每个人的个性了。

白井社长和苍学长都可以迅速整理好大部分内容，速度还是我们的1.5倍。白井社长看起来多少有点蛮干，苍学长却能从容不迫地完成。

苍学长说，这是因为他懂得利用空出来的时间，但这所学校是出了名的考试多、作业多，我实在不知道他是怎么挤出那么多空闲时间的。学校的作业我总是到最后一刻才提交，有些必须在广播社里做的，例如学校活动日时要制作自己的时间表，我每次都是在白井社长的催促下完成的。

正也基本上和我一个调调。久米同学感觉会稍微快一点，刚好能赶上提交的日期。翠学姐也是一样。而比我和正也更吊儿郎当、觉得差不多就行的人，就是黑田学长了。

"反正最后赶得上正式上场不就行了？"这句话不知道听了多少次，我也认同了。我和正也成了彻底的黑田派——前提是真的分了派别。

不幸的是，白井社长对我和正也都很严苛，对于黑田学长却几乎没有什么意见。他们不像那些高三的学姐一样，从头到尾都是一边吃着点心一边闲聊，但能从氛围中感觉到他们感情挺好的。

或许是因为和这些学长学姐相处起来不费力，就连抽中无人航拍机时不知所措的久米同学，与黑田学长一起学会操作无人航拍机之后，整个人看起来也变得轻松、愉悦了。

这种事，正也应该早就发现了。

车站旁边有一个附带花坛和长椅的小小候车点，还有不到十天就是圣诞节了，从昨天起，这里就布置上了彩灯。

花坛里最高的那棵树上，从顶端向四面八方拉了几条绳子，垂挂了一些灯泡，灯罩据说是附近幼儿园和养老院里的人用塑料瓶自制而成的，一种乡村小镇的气息展露无遗。

每个灯罩上都用彩色油性笔自由地画上了带有圣诞节氛围的图画，当中有一个画着相当精致的圣诞老人和驯鹿，今天早上我都不禁停下脚步看得入迷了。

正也也在同一个位置停下了，嚷嚷着"看那只驯鹿"，还用手机拍下来展示给我们看。

"你们不拍吗？"

被正也这么一问，我和久米同学对视了一眼。我没有这种习惯，而久米同学应了一声"好吧"，便拿出手机。紧接着，她"啊"的一声叫了出来。

"黑田学长动作真快，已经发来视频了。"

我拿出手机查看，却没有收到视频。正也"嚯"了一声，看样子应该也没收到。

"话说回来，圣诞节你们打算怎么过？"

正也提高了一个音调，说道。

也不知道是早就准备好的说辞，还是刚刚临时想到的。

"我没有什么打算。平安夜那天是结业典礼吧，不知道有没有社团活动。"

"就算有，也不会开什么圣诞会吧。不过，反正应该也不会花很长时间，难得来一趟学校，要不我们三个回去的时候一起去唱K或看电影，再买个蛋糕吃吃吧。"

这些话应该是他昨晚就想好的吧。我没有理由拒绝，因为也没有其他人来约我。在班里听到的消息，除情侣之外，基本上也是社团伙伴之间约好了去玩。

"可以啊！我也有想看的电影。说起来，我们这个组合还是第一次去看电影吧？"

不知为何，我有些喜不自禁了。那些廉价的彩灯也足够烘托圣诞节的氛围。

"我也有几部电影想去看一下。久米同学有什么打算吗？"

"这个……难得你们约我，但不好意思，我已经和别人有约了。"

久米同学垂下脑袋，一副愧疚的模样。居然有人约了她——这么想对她挺失礼的。久米同学没有朋友，我们要成为和她关系最好的人。这也是导致我冒出那个想法的原因。

话说回来，那个约她的人，该不会是……

"我也有想看的电影，不过是和初中的社团朋友，因为平日里没什么时间碰面……"

"没事，没事。反正我们随时都能见面，你方便的话，等寒假再去看电影吧。那么，圭祐，圣诞节就剩我们两个男的去唱K吧。"

正也看起来有些遗憾，但又隐约有些放心的样子，这应该不是我的错觉。

放学后，我往广播室走去。

周末，我自己也思考了关于电视纪录片的事，但不是"一直"思考，也就是在泡澡时、入睡前，还有做数学作业的时候。

尤其是做数学作业时，精神特别集中。或许在不乐意做又不得不做的作业中，更能让人把注意力放到其他事情上。这可是一个大发现啊！我也想过以此为主题，但还是觉得应该再认真研究一下。

以不被采用为前提的方案，短期内随便想想也是想得出的，不过这样的方案，肯定会被白井社长轻易看穿。能不能多带点责任心去思考啊——为了不被她这么说，我总要说得出我选择这个主题的原因。

是戏剧还是纪录片呢？是电视类还是广播类呢？

若是电视类，就要好好利用无人航拍机了。

正因为是航拍，更需要一个叙述性很强的主题。从上空的角度看平常以自己眼睛为视角所见的事物，或许能有新的发现……

走进广播室，高二的人和正也还没到，只有久米同学坐在座位上。

午休时，黑田学长用LAND发来信息，说因为风太大，今天就不安排无人航拍机的练习了。

电视纪录片的主题昨晚已经发给了白井社长。白井社长之前下了指示，让我们不要把主题发在广播社的群里，而是发送给她个人，所以我也不知道大家都定了什么题目。

"我说……"

"请问！"

我们同时开口了。

估计她要问的是同样的问题吧，于是我让步了，请她先说。

"町田同学想好参加播音组还是朗读组了吗？"

原来想问的是这个啊！还挺出乎我的意料，不过这件事也迫在眉睫，我已经想好答案了。

"若要参加的话，我会选朗读组吧。"

虽然这样就和久米同学撞项目了，但参赛规定里没说每个学校只能有一人报名，所以我也不会发表什么对手宣言。

"播音组必须自己写稿子，而且在全国大赛的决赛上——虽然我也到不了那个级别——还得从刚发表的广播纪录片作品中挑一个，写一份介绍该作品的稿子，很需要即兴发挥的能力，这方面我并不是很擅长。

只是我本身也没有阅读的习惯,所以这次就先练着,下次再报名参加比赛。"

我这么说绝对不是在回避努力,而是周末一边思考电视纪录片主题,一边核对期末考试结果,经过考虑之后得出的结果。

初中那三年感觉就是眨眼之间的事,而高中的每一天仿佛过得比那时还要快。

定期派发的志愿表上,我每次都只写了"国立文科"。能确定的只有这一点。以我的水平,也不知能不能考上国立学校。考虑到我家的经济状况,虽然还没定下未来的目标,但私立大学应该是上不起的。

比起练习怎么写稿子,我还有其他必须去做的事。从这一点来看,阅读似乎还能为备考做点贡献。

"久米同学,你想好将来做什么了吗?"

"没,还没决定。"

令人意外的回答。我还以为,除了自己,其他人早就想好未来的路该怎么走了。

"真的吗?你没想过去做动画相关的工作吗?"

"哦,这个还真没想过。"

看她说话的样子,似乎也不是出于害羞或谦虚。

"尊(注:日本御宅族用语,表示对角色或作品有强烈的感情)归尊……我是说,喜欢归喜欢,我还是想和工作区分开来。当我疲于工作或家庭生活时,它可以成为我的精神支柱,我想好好珍惜它。"

"原来还能这么想。不,我没有贬低的意思。我只是在想自己是不是在某一件事上过于固执了。我之前在田径方面很努力,但遇到交通事故留下后遗症后,就觉得这辈子完了,失去了目标,才会加入广播社。虽然我预感自己会沉迷,但又觉得有点害怕。"

"你在害怕什么呢?"

"大概是怕,当事情得不到结果时,会觉得自己是一个毫无价值的人吧。"

说着说着,我渐渐垂下眼皮,又猛地抬起头来,冷不防地对上了久米同学的眼睛。原来她一直盯着我呢。喂喂喂,我刚刚说了什么啊!

"抱歉,这个话题似乎太沉重了。"

"也不是。我这么说有点偏离话题了:之前看了小田祐在杂志上的一篇采访,他说人这一辈子需要三条腿。"

小田祐,即小田祐辅,是人气很高的配音演员,也是青海学院广播社的前辈。

"腿?"

"可以想象成椅子的腿。对了,小田祐说,他的三条腿分别是配音演员这份工作、吹萨克斯风这项爱好,还有朋友。听说他初中时是吹奏乐社的。如果有三条腿,就算其中一条断了,也能靠其他两条腿撑住,然后可以趁这段时间修复那条断腿,或者准备一条新的腿。曾经有一个时期,我觉得只有动画能给我支撑的力量,但现在,广播社成了我的另一条腿。至于第三条腿,或许不得不让它与未来的路有所联系,反正还有一年时间,我的家人也觉得没问题,所以就算在广播比赛中败下阵来,那也不是支撑我的唯一力量,我不会沦落到无法振作……嗯,没有啦,这些话太难为情了,你忘了吧。"

久米同学的脸蛋眼看着变红了,她垂下脑袋,试图用长长的刘海挡住。

"怎么会呢,不,应该说谢谢你……"

连我也觉得脸上有些发烫了。这时,广播室的门开了。我发出一声怪叫,保持坐在椅子上的姿势往后退。只听"哐当"一声,椅子倒地的动静又让我的心脏微微一颤。

"我该不会打扰到你们了吧?"

正也一脸焦虑地来回看了看我和久米同学,同时步步后退,准备退出房间。

"不是,不是那么回事。"

我自己也不知道究竟是怎么回事,只是扶起椅子,让心情平息下来。

"我们刚刚在商量事情,讨论到底参加播音组还是朗读组。"

"什么嘛!"

正也叹了一口气，停下后退的脚步。

"然后呢，有结论吗？"

"有了。"

久米同学"哎"了一声，也看向了我。

"你要参加哪一组？"

"这个嘛……等我和翠学姐商量之后再决定。"

"噢，挺好的嘛。圭祐的声音经过特训之后会变得多悦耳，光是想象一下，我就觉得很兴奋。"

正也笑嘻嘻地拍了拍我的肩膀。

"我也很期待！"

久米同学做出双手祈祷的姿势。我这才想起来，这两位有"恋声癖"。

"不错嘛，町田。感觉你拿出干劲来了。"

这副仿佛顾问老师的口吻，来自白井社长。以她为首，高二的学长学姐们都站在门口。

"刚刚最后进门的人是谁？记得关好门啊！平日里学生会的人就经常念叨社团活动时不准开空调。"

"是我。对不起。"

正也挠着头说道。

看来我的宣言都被学长学姐们听去了。翠学姐也笑眯眯的。

"唉，好冷啊！所以人们都说，私立学校的人就是有福气。顺便说一下钱的事吧。关于参赛费用，高三的学姐应该和你们说过了吧？"

听到白井社长的问题，我、正也和久米同学都摇了摇头。

"播音组和朗读组的参赛费是每人5000日元，作品项目是每个作品8000日元。这一点你们要好好记在心上，每个项目组都要使出全力做成一个作品去参赛。"

"是！"我们三个高一生异口同声，黑田学长才恍然大悟似的说了一句："是这么回事啊。"

"啊啊，真要命。总而言之，大家拿出干劲来，接下来就来敲定电视纪录片的主题吧！"

白井社长一声令下，正也高举单手喊了一声"好"，我也学着他举起了手。

即便是之前在田径社里，我也没做过这样的举动。

第二章 情节

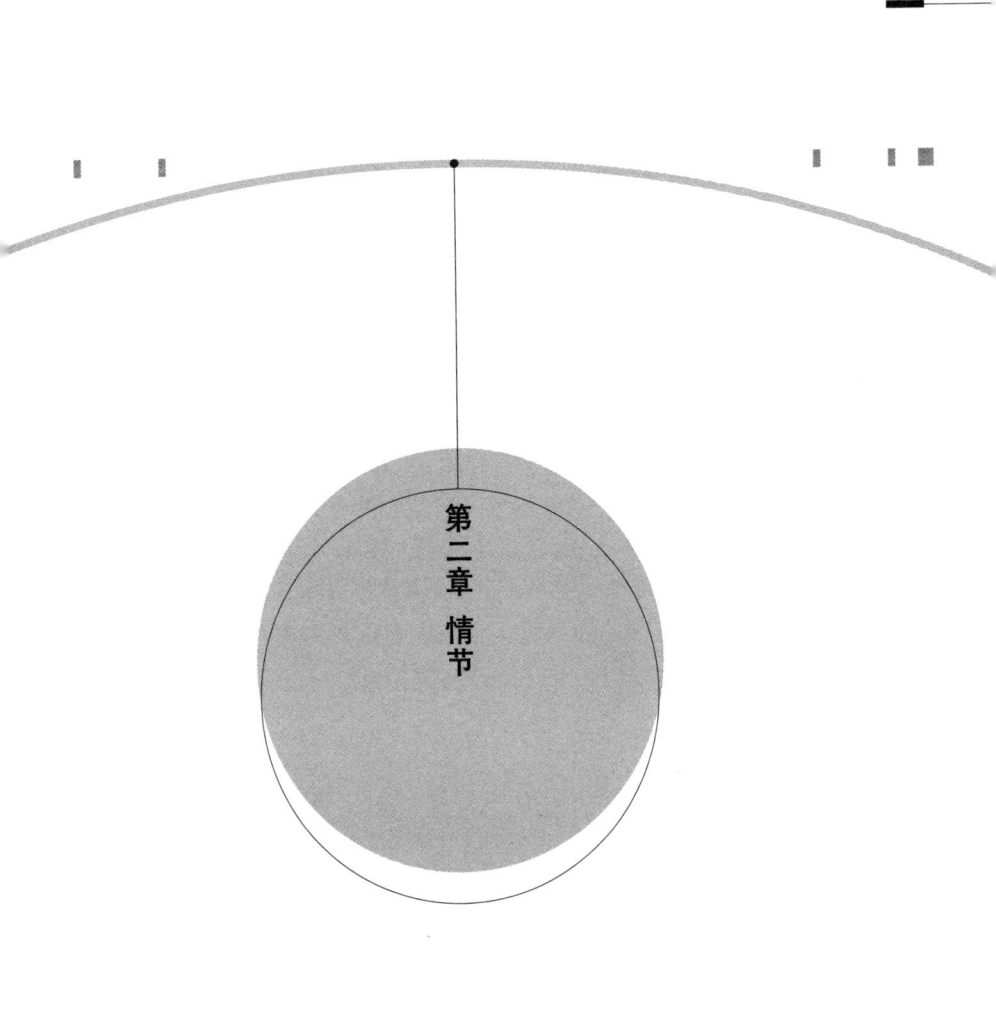

我有时会深刻地感觉到自己渐渐成了一名像模像样的广播社成员，虽然还只是一名基层成员。自从开始使用无人航拍机，这种感受就越发明显了。

若要从现在这个状况截取一个画面，该从哪个角度入手才合适呢？

我的脑海开始时不时冒出这样的想法，例如，在校园活动中、上课时，或者社团活动进行时。

如果是以广播社为背景的故事，感觉不太适合做成电视剧。在开始拍摄之前，也没有什么大动作。总之，能够用眼睛来欣赏的要素并不多，导致初始的印象会变得无趣。

这类故事或许更适合做成广播剧或小说，可以凸显社团成员们的对话。不，有没有什么办法可以让这种电视剧拍得更有趣一些……

"这些就是大家提交的主题。"

白井社长的声音响起，一下子打断了我脑海中的画面，就像视频剪辑到一半突然被人按下了电脑的删除键一样。

广播室里还是那张桌子，我们一如既往地围桌而坐，座位也是老样子，唯独白井社长站在白板前。白板上整整齐齐地写着"J赛"电视纪录片项目组的作品主题方案，都是成员们在周末用LAND发给白井社长的——

★从空中俯瞰的校园生活

★从鸟的视角创建学校周边防灾地图

★广播社成员马拉松大挑战！

★广播社社长·白井·烹饪大挑战

★采访实现了梦想的毕业生

★战胜顽疾

★传承梦想，从过去到未来

我的眼睛最先停留在自己提交的题目上，然后再按顺序推测各个题目出自谁手。最开始那个"从空中"，应该是黑田学长的吧。他肯定希望定一个能够好好利用无人航拍机的主题。这与我的想法一致。

用排除法来思考的话，正也的主题应该是马拉松大挑战吧。明明有久米同学抽中无人航拍机这么一个大收获……难道说，他有更大的计划，打算把那个费心费力的回忆连本带利地拿回来？不过，身为文化社团的广播社成员，为了得到器材不惜挑战马拉松这项高难度运动，或许在有些观众眼里，这种内容很有意思。

我们手头也有马拉松大赛当天的录像。只不过，参加马拉松大赛之前的经过，还有各位成员进行训练的身影，都得找个时间拍摄才行。这样会不会变成捏造事实了呀？

不对，我们确实做过这样的事，只要事先说一下这是重现片段，应该就没问题了。我们可以从得到无人航拍机这一段开始，以倒叙的方式回溯整个原委。

久米同学的方案……估计就是那个采访毕业生吧。这是一个可以采访到她所憧憬的小田祐的好机会。虽然他是人气配音演员，可能很忙，但作为青海学院广播社的前辈，为了制作节目，说不定他愿意接受采访呢。而且，小田祐的妹妹和我、久米同学都是同班同学，她还和久米同学关系好到一起吃便当呢，可以拜托她帮帮忙。

如果真选了这个主题，我也想见见小田祐。可以的话，还想请他指导一下发声练习……啊，结果我还是选了这边吗？

"我想先用少数服从多数的方法来决定。"

白井社长一边巡视所有成员，一边说道。

一上来就用这招吗？不管哪个主题，感觉都比我那个有趣，但是单凭短短几个题目，很难选定其中一个。

"在此之前，不让我们详细介绍一下吗？"

苍学长维持着坐姿，举手说道。

"有了介绍，大家不就知道什么人选了什么主题吗？"

"这有什么不好的？白井的方案就赞成，高一的方案就反对，我们当中应该没有人会这么选吧?"

"但是,你不觉得这样还是有失公平吗?"

"只要我们这些人当中没有谁被抓住弱点,或者没有出现必须揣度的状况,也算是公平的。"

苍学长环顾了在座的所有人,黑田学长也点点头:"这倒也是。"

"那个'传承梦想',具体是指什么呢?光看这题目我可看不懂啊!"

"啊?说到传承,肯定是指长跑接力啊!"

白井社长刚火冒三丈地回答完,又恍然大悟似的闭紧了嘴巴。

"有个人上钩了。怎么样?要从高二的开始阐述,还是按照白板上写的顺序开始发言?"

苍学长又一次转头看向我们。

"就按写的顺序来吧?有些相似的主题刚好就写在一起,而且第一个主题就是我的。"

黑田学长这么回道,他又看向白井社长,确认是否可以,然后才站起身。

"有人想提问的吗?"

白井社长与黑田学长擦肩而过时这么问道,随后落座了。

"想问什么都可以。"

黑田学长拍了拍胸口,面向所有人这么说道,然后从西装外套的口袋里拿出了手机。

不会吧,难道大家早知道会有这样的情况,都带着稿子或小抄过来了?我听从白井社长的指示,只发了一个题目就当交差,其他人却是把企划书和为这一刻而准备的选择理由一起打包发给了她吗?

至少,在今天之前都一直备着?

"大家也拿出手机吧。"

听到这句话,我拿出手机,便收到了黑田学长发来的视频,时长大约一分钟。

"这是要我们现在看这个视频?"

白井社长已经开始播放视频了，于是我也操作起自己的手机。

这是一段体育馆附近的航拍影像。可能是因为正在上课，走廊过道和中庭里都看不见学生的影子。紧接着——

"哎，是校长？"

出声的人是翠学姐。

我的手机屏幕上也自然地出现了校长的身影，只见校长正从体育馆前方的卫生间里走出来，身上穿着类似工作服的外套，单手拿着装了清洁工具的篮子。

"难道说，校长刚才去打扫卫生间了？"

苍学长发出震惊的声音。我也非常吃惊。

虽然我平日里没怎么与校长接触，不过听说他不怎么像平民，真要形容的话，他给人的印象倒像是一位穿着高级西装、风度翩翩的英国绅士。

"我也被吓了一跳，所以跑去问了校长，就当是采访吧。结果校长说，但凡有个社团能进入全国大赛，他就会许下愿望，然后每天去打扫卫生间，直到大赛那天。"黑田学长这么说道，眼神中带着一种"校长真了不起"的敬佩之意。校长确实很了不起，但这位一有在意的事就立马去确认的黑田学长，也相当了不起。仅仅是方案阶段就能做到这一步，不如直接选定这个主题吧？

"我们学校的好多社团都会参加全国大赛，这么说，校长一整年都在打扫卫生间？"

正也带着兴奋的语气开口道，但下一句话就让现场氛围发生了微妙的改变。

"不知道他是不是也为广播社打扫过……"

"当然啦""这还用问吗"——谁都没敢说出这样的话。所有人都不由自主地看向黑田学长的方向，以求确认。

"这个嘛，我倒是没问……"

即便是吊儿郎当的黑田学长，或许也察觉到一旦这么问，气氛就会变得很尴尬吧。估计校长会说："啥，你说广播社？我们学校有这个社团吗？"

"话说回来，黑田，这是在上课时间拍的吧？你逃课去拍摄了吗？"

白井社长像是突然发现一般，语气严厉地问道。

"没有。我不会那么做。课堂表现分数可是命脉啊！"

"这个我懂。"

正也一脸诙谐地表示同意，我也重重地点了点头。

"那你是怎么拍的？"

白井社长一副难以理解的神情。

"我下载了无人航拍机的软件，事先在手机地图上设定了飞行路线，它就可以自动飞行了。你回想一下，第一天尝试操作无人航拍机时你不是说过吗，在校园生活集合的DVD里，如果有一段无人航拍机拍摄的课堂景象，感觉会挺酷的。所以这段视频主要拍的是操场上体育课的场景，校长只有前面一小段，是碰巧拍到的。"

"噢……原来还有这种功能。既然不是逃课，那就没问题。不过，节目开头是不是加一段无人航拍机功能的解说比较好？"

白井社长完全是以大赛评审的目光来详细分析主题的。

"差不多就是这个意思，我就是觉得从上空观察校园生活，可以给人一种全新的感受，还挺有意思的，所以选了这么个题目。发言完毕！"

黑田学长说完，笑着挠了挠脑袋。久米同学鼓起掌来，我和正也紧随其后。

"这种热火朝天的感觉不错嘛！广播社从没有出现过这样的场面。"

苍学长边说边拍手，其他高二的学长学姐，包括刚阐述完的黑田学长都鼓起掌来，第一位的解说就算结束了。

接下来轮到我了。班长这一类职务向来与我无缘，作文和自由研究也从没有被选中过，所以我很不习惯站在人前去发表自己的意见。或者应该说，我一点也不擅长做这种事。

到底该怎么说才好呢？我带着一种想叹气的心情站起来，结果视线对上了翠学姐的眼睛。不行不行，现在我还在考虑要不要参加播音组或朗读组的比赛呢，什么不擅长发言，怎么能有这种想法？

我闭上眼睛，让心情平静下来。

"我也觉得难得得到了无人航拍机，创作一个能好好运用无人航拍机的作品也挺好的。所谓航拍，换个说法就是用鸟的视角去看。我所想到的能够发挥这个视角的东西，就是地图。"

我感到紧张，担心有人会说这个想法太单纯，然而谁都没有出声。大家都是一脸认真地听着，表情认真到让我有些愧疚了。至于正也和久米同学略带出神的表情，我决定假装没发现。

"我家位于离海较近的地区，所以经常能看到箭头告示牌。当海啸发生时，这些告示牌可以为人们指引前往高地避难的路线。在小学的防灾训练中，也确实会跑到高地去。而在我的印象中，青海学院离海挺远的，没想到车站前还是立了告示牌，提醒人们海啸时要到高地避难。只是乍看过去，并不知道应该去哪里避难才好。我去市里主页查了一下，上面的指示说要去油菜花高地。可是，对于我这种不熟悉地形的人来说，根本不清楚是哪里，况且距离也挺远的。再加上我们学校是私立高中，很多学生是从比我家还远的地方来上学的。一旦发生状况，他们必须去那里避难。我就想，为了避免引发慌乱，拍一段类似模拟实验的影像也不错，便提出这样的制作方案……发言完毕。"

我叹了一口气，觉得自己解说得还算可以吧。我望向白井社长，想从她那里确认是否过关了。

"有人想提问题吗？"

白井社长向众人问道，但没有人举手。

"阐述得非常清楚，我觉得挺好的。"

社长说了一句总结，带头鼓掌。他们的反应平淡了一些，但至少我的任务完成了。这让我松了一口气，我便坐下了。

难不成忙活了一通，被夸的并不是内容，而是我的嗓音？

虽然对无人航拍机有点执念，但好在我还是把重点放在思考让大家更感兴趣的内容上。至于那些许上涌的情绪……或许是不甘吧。

"马拉松大赛的题目,是我提的。"

正也站起来,煞有介事地咳了一声。

"我的想法是把费了我们老大劲的事情尽可能有效地利用起来,单纯考虑这一点,你们不觉得这个想法很有趣吗?全国有成千上万个高中广播社,若是需要器材,要么通过打工赚钱,要么去和校方或学生会交涉,但能想到通过参加市民马拉松大赛来获取器材的,就只有我们了吧?更何况,我们还拿到了出乎意料的成果。当天的情况黑田学长也帮我们拍了不少。"

"是啊,每个人冲线的场景我都清楚地拍了下来。就连白井的怒吼式最后冲刺阶段也一点没落下。"

黑田学长笑嘻嘻地回答道。

当时的我也在终点线附近目睹了那个场面。

每个人冲线的时候,站在终点线旁边的负责人都会拿扩音器喊出那个人的名次。从环形路线进入场地路线时,白井社长的步伐已经摇摇晃晃,几乎要摔倒了,然而一听到前方那声"第一百四十三名",她立刻昂起头来。

在三百人当中,要以前一百五十名的名次跑到终点——或许是意识到这个目标有望实现,单凭这一点,就让白井社长使出了不知残留何处的力气开始冲刺,一路超越了五个人抵达终点,看得我目瞪口呆。

就算只看到那一幕,也会感觉这是一个很有意思的作品。

"这种内容不会太偏向内部了吗?"

白井社长坐在座位上开口道,但她的模样绝对不是因为自己被拿来开玩笑而不满。

"什么意思?"

"就是感觉这只是我们内部拿来自娱自乐的作品。YouTube视频网站上也有一些只拍朋友们一起玩游戏的视频,还挺受欢迎的。我觉得这种内容还算有趣啦,但是作为纪录片嘛……对外部的人来说,可有传达什么信息吗?"

尽管这个问题不是向我发问,却还是让我不由自主地盘起手臂,开始思考。正也轻轻地挠了挠鼻尖,这是他犯难时的习惯。

"确实,感觉偏向内部了。"

正也这么回道,声音里带着沮丧。

"我倒是觉得这种内容挺好的。"

起身说话的人是苍学长。

"下一个题目是我提的,感觉和宫本的主题有点相通,所以后面我来接着说吧。"

正也似乎松了一口气,坐了下来。所有人的视线转向了苍学长。

"话说,宫本。"

苍学长再次看向正也,然而——

"算了,宫本似乎把参赛要求的里里外外都研究透了,我还是问町田吧。"

"什么?"

我不知道会被问到什么问题,感到一阵紧张,摆正了姿势。难道是说我没有好好研究"J赛"吗?

"你觉得,'J赛'最想要的参赛作品会是什么?"

"最想要的吗?"

要是有人知道答案,又何必这么辛苦呢?

"我换个说法,就是'J赛'想要的主题吧。"

说起来,我只阅读了参赛要求中的必要信息。"J赛"宣传册子的后半部分写着各种资料的填写方式,上一次报名填写各种资料时,我们也参考了那些例子,不过在同样的宣传册子上,都会在一开始写下某种很重要的信息吧?

我记得上面写的是"何谓'J赛'"……不对,等一下……

"你是说,高中生的风格吗?"

"正确。"

苍学长越过桌面探出身子,想和我来一个握手。尽管不明就里,我还是回握了他的手。

上周末社团活动结束后，我们三个高一的刚好聊起上次全国大赛电视剧项目组的作品，我也是因为回想起这一段才能答上来，真是多亏了正也和久米同学。

苍学长一脸满足地对我点了点头，然后环视其他人，那表情仿佛在说"你们都晓得了吧"，看上去就像电视剧里的律师一样。

"参赛要求，评审的点评，随便截取'J赛'的某个部分，都能得出'高中生风格'这个词。那么，所谓'高中生风格'是指什么呢？"

我给坐在两侧的正也和久米同学递了个眼色：当时我们得出了什么答案来着？

"在讨论这个之前，我觉得这个词本身是很模棱两可的。"

白井社长站起来说道。

在9月份的文化节舞台上，图书委员举办了一次读书点评大赛，现在的氛围倒是让我联想到当时的场景。

不对，这两人好像没参加那个大赛啊？

"我们这些正在上学的高中生所理解的'高中生风格'，和评审所理解的'高中生风格'是不一样的吧？苍所说的'高中生风格'是指哪一种？是大人们希望看到的高中生该有的模样吗？"

不管是在县级大赛的时候，还是在全国大赛结束的现在，走到最后都是这个问题。所以，"J赛"的主题是什么？这么说也是挺奇怪的。

"当然了，即便同样是'高中生风格'，也可以大致分为两种解释。只不过……"

苍学长走到白板前，拿起马克笔，画了两个圆，就是数学集合题目里常见的那种。

"毫无例外，肯定会有重叠的部分。"

说着，他在两个圆形重叠的部分涂上了斜线。

"我看了那些晋级全国大赛并且一直留到决赛的作品，发现它们都是从这部分提出了很好的主题。我还看了一些过去的获奖作品，才得出这个结论。"

我手头的资料只有正也告诉我的今年夏天比赛中头两名的作品，苍学长估计是把能看到的所有获奖作品都看了吧。

所以，他想向大家展示的这个题目——"广播社社长·白井·烹饪大挑战"，就是他分析之后的结果？

"符合这个斜线部分的'高中生风格'，其关键词就是'成长'。"

苍学长在白板的空白处，用又大又端正的字体写下了"成长"二字。

"换成'进步'这个词也说得通。不管是哪一种，都是大部分学校会去关注的词语。那么，在思考该采纳谁的成长故事时，在大多数情况下，是不是都会想起学校里或者自己周围的某些特殊人士？例如，几年前还很弱小的社团，在换了顾问老师之后，获得了飞跃性的成长；原本是年级垫底、成绩常年挂红灯的学生，狠下决心考上了名牌大学；为了守护当地传统，从零开始挑战此前从未看过、从未接触过的太鼓或三弦，并在庆典和文化节上登台表演。"

原来如此。我的脑海中越过了"J赛"的范畴，浮现出几部曾经热门的电视剧和电影。

"话说回来，大家不觉得，从起步到成长之间的差距越大越好吗？"

对于苍学长的提问，我很干脆地点了点头。正也和久米同学也一样。难道不是吗？在热血动画里，大部分主人公一开始不都是吊车尾吗？

"确实，论感动的话，那种差距大的或许更好，所以广播社的成员们才会以此为基准，寻找可能成为对象的人物或社团。那些成绩突飞猛进的社团在哪儿呢？然而，这种快速成长的社团哪有那么好找。那该怎么做才好呢？如果在起步阶段就有一些不利条件，就算只是冲到一般般的位置，也可能被视为巨大的进步。例如残疾人、生活贫困的人，还有受过伤的……"

我猛地一激灵。做过手术的那个膝盖有种疼痛乱窜的感觉，于是我用手轻轻按住膝盖。

"我们不做那种主题！"

白井社长出声打断了。

我松了一口气，同时对社长会这么说有些震惊。这和我自己的膝盖没关系。

白井社长从马拉松大赛那会儿就开始关注田径社。如我所料,最后提出的题目说的就是田径社的长跑接力,刚才白井社长自己也已经说漏嘴了。

　　而且,在马拉松大赛上,她吩咐负责摄影的我主要跟拍良太。在那之后,我心里一直有种不痛快的感觉,觉得白井社长或许知道良太在初中时期伤过膝盖,并且想追踪当年三崎中学因此错过全国大赛,以及之后良太在青海学院得以复出的种种经过。

　　良太回归了。所以,主题选这个也没什么不好。倒不如说,背负伤痛的运动员为了眼前的比赛不顾一切地奋斗,这种主题或许可以作为一个好契机,启发大家思考常年坚持竞技体育的重要性。然而,即便是带着这种结论去看,我心里还是莫名堵得慌。

　　只是,如果白井社长让我去,而良太也答应了,那我无话可说。
　　"我知道。"
　　苍学长用淡定的声音回道。
　　"其实我也不想举个什么具体的例子,只不过,晋级全国大赛的作品中有很多这一类的,例如灾难之后的复兴,大家齐心协力攻破学校大部分学生都存在的不利因素等。像这样的作品,能让人产生共鸣。可如果内容是'我们学校有个很可怜但很努力的人',那根本无法引起共鸣。应该说,有时高中生冲劲过了头,或许会一心认定自己在做对的事情。针对这一点,我倒也不是在批判什么,只是想问问那些给这种作品打高分的成年人评审,这算是好作品吗?"

　　对于这些事,我只是觉得心里堵得慌,而苍学长能从更宏观的角度去思考,并且用清晰易懂的语言做了解释。我能做的,也只有点头了。

　　"我也在思考同一件事。这次的主题,嗯……其实上次我也是以此为基点去思考的,但是这一点是怎么和我的烹饪技术挂钩的?"
　　是啊,白井社长说得一点也没错。当中差距最大的,不正是苍学长提出的主题和发表的内容吗?

　　"我们是不是应该从'差距大的成长故事能引人感动'的思维模式中跳脱出来?用不着去找什么校内的特殊人物了,普通学生克服自身短板的故事也挺合适的。当然了，要那种正儿八经的，在我们能够想办法创新的范围内。例如那种能让大部分高中生联想到自己或身边的朋友，然后自己也去尝试克服一项短板的故事。像这一类的作品，不觉得很有'高中生风格'吗？"

我所不擅长的事情……事到如今才来思考这种问题，意味着我已经陷入苍学长的圈套了。

"那么，你去克服自己不擅长的事不就行了吗？"

白井社长还是一副不能认同的样子。

"我没有非常不擅长的事情。或许之后会出现吧，不过在我此前的人生，没什么事情能让我觉得'办不到'。"

"我也觉得让白井来挺好的。"

黑田学长插了一嘴。

"举个例子，就算换我上，也没什么意思。毕竟我不擅长的事情可不止一件。"

"是啊，我也这么觉得。"

正也出声说道，黑田学长笑着继续说：

"在这方面，白井这个人乍看非常完美。她可是一个优等生，优秀到连老师都来打听她要不要参选学生会会长，但她为了专注于广播社的活动而拒绝了。"

原来还有这么一回事。学生会会长，确实，从第一次见面开始，我就觉得她有这么一种形象。

"如此无懈可击的人，居然做不到这件事？我觉得，大家看到像白井这种人也有无从下手的事，或许会产生一些兴趣，想一探究竟，看看她会怎么克服。她不擅长的事情越简单，就越能让人觉得有意思。毕竟没那么多符合条件的家伙。简单来说，就是人物个性。你的个性比我们鲜明多了。"

"这话听起来像是在夸赞我，又像是在讽刺我……"

白井社长表情复杂地嘀咕道。

"如果是按这个方案来做，我也觉得让律律来挺好。"

翠学姐从刚才就一直闭口不言,边听边在自己手头的笔记本上记录着什么,突然抬起头说了这么一句。

律律,白井律,规律的律。我想起了白井社长的全名。

"回到前面一点的话题。刚刚说到,就成长而言,成长的幅度是越大越好,对吧?律律的妈妈是研究烹饪的专家,在家里也做得一手好菜,所以我觉得律律此前反而没什么机会去做饭。另外,她为人过于认真,如果食谱写着'搅一搅'或'揉一揉'之类的,她不会像我们一样随便搞一搞,而是会彻彻底底地搅拌或揉捏。"

"说起来,当时唯独白井做的曲奇面团,揉得像年糕一样。"

黑田学长嘀咕了这么一句。

白井社长绷着脸不说话。

"我们可以请她的专家妈妈做指导,也可以去口碑很好的蛋糕店取材。只要知道手法和调味方法,早点学会这个技能,下次或许就能做出比其他人更好吃的糕点了。这也算是很大的进步吧。"

"除了在广播社内部,我们还可以让其他学生来尝一尝,收集他们的试吃感想,也不至于最后变成自卖自夸。我想说的就是这些,完毕!"

苍学长一脸满足地说完,回到了自己的座位上。

"罢了,如果你们决定做这个,我就勉为其难地配合吧。不过……你们是不是忘了,我也很不擅长操控无人航拍机。"

白井社长淡定自若地环视了所有人。我的大脑急速降温,这真是一大疏忽。

看现场的氛围,大家似乎已经完全接受苍学长这个方案了,不过还有三个方案没讲。

虽然现在这么说也晚了,但白板上罗列的题目顺序和白井社长想做的主题,不正好是相反的吗?不对,如果真是这样,刚刚说的那个题目应该排在第一位了。

不管怎么说,下一个应该是久米同学的方案了吧?

"下一个是《采访实现了梦想的毕业生》,对吧?"

白井社长仍然坐在座位上，看着白板说道。

我看向久米同学，为她加油鼓劲。正也也向她抛去了一样的视线。然而，久米同学轻轻摇了摇头。怎么回事？我和正也对视了一眼，结果听到从意料之外的方向传来了拉开椅子的声音。

起身的人，是翠学姐。

"这不是久米妹子的方案，是我的。"

这悦耳的嗓音在脑海里渗透蔓延。原来不是久米同学的方案。还有，"久米妹子"是什么意思？就连我们称呼她时都得带个"同学"。话说回来，小田同学也喊她"久米妹子"来着。算了，怎么称呼都无所谓，既然是翠学姐的主题，那应该和小田祐没什么关系吧？

翠学姐缓缓地看了所有人一眼。

"我试着去思考了私立学校的强项。"

关于国立或私立的话题啊？这也是今年夏天大赛的反省会上提出的一个题目。与参加费用的多少无关，每个学校都是按照一样的参赛要求制作了作品，又在一样的条件下接受评审，那么就没必要去在意这一点了，不过学长学姐们似乎不这么想。

"说到强项……"

白井社长握紧双拳，嘟囔道。

"确实，大家总是先入为主地认为私立学校有经费，哪怕他们具备摄影和剪辑的技术，花了心思去做，还是会被人误解，认为他们就是用了好的器材才拍出了好作品。我们之前可能就是太关注这些不利因素了。"

"是啊！就像无人航拍机这种东西，大家也会觉得，私立学校就是有钱啊！"

黑田学长仿佛恍然大悟一般补充了一句。

不会吧……我突然也感到了一阵不爽，就像自己已经被人如此盖棺论定了。

然而，回头想一想，我并非从未有过类似的想法。对于广播社我倒是没什么想法，但关于体育方面，我确实曾经满不在乎地说过，要是私立学校的名次靠前，他们就能召集有能力的运动员，由专门的教练来指导，这都是理所当然的事。

"我说的不只是技术层面。"

开口说话的人，是苍学长。

"就算我们认真地选择了与当地紧密贴合的主题，也会被人看作是在耍小聪明。不是抱着认真对待问题的心态，只是为了一个广播比赛，选择了与身边的社会问题相关的主题，让人感觉就像是隔岸观火。"

"讲得浅显一点，就是觉得有钱人瞧不起贫穷人家呗。虽说青海是一所私立学校，但大家都是普通家庭出身，文化部的预算也相当于没有啊！"

黑田学长嘟囔着趴在了桌子上。

"不过，我们也有优势。"

翠学姐很坚定地说道。

她的嗓音直接刺中大脑深处的中心，我自然而然地挺直了后背。黑田学长也挺起身子。这是个什么技能啊，居然还能操控对方的动作，是天生的吗？还是说，她的发声方式和抑扬顿挫都是经过计算的？所有人都不说话，关注着翠学姐。

"青海的毕业生当中，有很多活跃在各行各业的名人。不仅是艺人或运动员所在的那个光鲜亮丽的世界，还有研究学者、公司老板等。或许有人会说，毕竟是私立学校，这种事不是理所当然的吗？可是，即便就读于青海学院，也不是随随便便就能实现梦想，获得成功的。我想大家都曾努力过，也遭受过挫折。作为后辈的我们，可以从前辈们走过的那些路中获得很多启示。既然能知道这些……"

翠学姐的声音不仅渗透了我的大脑，更是传遍了全身。

"那我倒是想采访神木让律师。"

苍学长小声说道。

神木让律师是一位连我都知道的名人，他曾为在震惊全日本的毒杀事件中被视为嫌疑人的女药剂师洗雪冤屈。他在东京大学就读期间就通过了司法考试，还去纽约的司法学校进修，甚至在美国一个复杂的案件中打赢了官司，为嫌疑人洗脱了罪名。这些大事件我倒是知道，但我不知道他毕业于青海学院。

"如果要和他班上的人搭线，应该去找四谷惠理子小姐。"

白井社长也激动地附和道。

几年前一个牵涉政界大人物的收受贿赂案件就是被这位新闻记者揭露的。原来她也是青海毕业的啊？

"这两位现在不是主要在国外活动吗？如果要以信件或邮件的方式采访，找居住在国内的人直接会面不是更好吗？毕竟我们要做的是电视纪录片。"

黑田学长很认真地提出意见。是啊，一旦脱离了与无人航拍机相关的主题，思考回路也会渐渐撇开"电视"这个要素。白井社长恍然大悟似的瞪大了眼睛。

"说得也是。那么，黑田觉得选谁合适？"

"我知道的只有在体坛的前辈。不过，如果能见到面，我觉得加贺诚也这位运动员很合适。"

这位是曾经在日本足球联赛中有活跃表现的运动员。既然要选足球运动员，我希望能见见在世界杯上代表日本出战的岸谷选手。想是这么想，但高二的学长学姐们都点点头表示同意了。也是，岸谷选手现在隶属德国俱乐部的球队，而加贺选手去年退役后据说回了老家，从这一点考虑，采访后者的可行性比较高。

"啊，我也很喜欢加贺选手的运球技术。他在带球时的100米竞跑中和不带球时的用时不相上下。"

这个插话的人是正也。我还以为他对体育毫无兴趣呢。该不会他是有所顾虑，不仅不和我聊田径，所有和体育相关的话题都对我闭口不谈了吧？

"没错没错。倒不如说，他带球跑的速度更快呢。"

黑田学长很是高兴地回道。

这种事可能吗？到底是以什么姿势运球的？

"要是能用无人航拍机拍他的运球，那就厉害了。"

我不假思索地说道。

现在的我还是对无人航拍机感兴趣。而且用它来拍一流运动员的表演，而不是拍城镇或学校的景色，实在是不曾想象的事。

能将有所成就的人与尚未成任何气候的我们连接在一起的就是青海学院了。原来如此，这就是翠学姐所说的"私立学校的优势"。

意外的是，正也看向我的眼神里有些不安。

"这个……可能不行吧。毕竟加贺选手是因为腿伤退役的。"

"这样啊！"

我自然而然地把左手搭在膝盖上。这样的话，我倒是有些事想向他请教……

"说不定，他不太想聊足球的话题。"

听了黑田学长的话，我轻轻点头。

"慢着，方案是我提的，我都还没说想见谁呢，别把氛围搞得像是这个主题没戏了一样。"

翠学姐依然站着，一脸苦笑道。

也不知怎么的，感觉室内突然一下子变得明亮了，仿佛有五种调节亮度的室内灯又提升了一度。广播室里的荧光灯没有这种操作，我知道是我自己的心情产生了错觉。

为了改变现场气氛，有的人会用大嗓门说话，或者提高声调，变换表情，拍拍手掌。这些方法翠学姐一个都没用，却能让人觉得室内的亮度发生了变化，这应该不只是因为她的声音好听。

是因为她的抑扬顿挫还是说话节奏呢……

"翠想见的人是谁？"

白井社长问道。

翠学姐挺直后背，一副煞有介事的模样，很像以前在电视上看到的那些获得奥斯卡后发表感言的人。

"小田祐辅！"

听到这个连我也知晓的名人前辈的名字后，我不由得一震。当然了，对于旨在参加播音组和朗读组的翠学姐来说（虽然我也一样），这可是一位优秀的前辈。不过我总觉得,按照之前的走向,她应该会说出一位世外高人的名字,让人不由得惊叹"原来他也是这里的毕业生啊",所以我刚刚还有些期待来着。

看起来失望的人,好像不止我一个。

"什么嘛,怎么是这种反应?我就想看看他长什么样。两眼放光的人可不只是久米妹子。"

虽然嘴上抗议,但翠学姐声音的亮度丝毫没变。声音的亮度?也不知道有没有这种说法。

"不是啦!我以为你会说想见见JBK的主播呢。"

苍学长带着歉意双手合十,用有点扫兴的语气说道。

"确实……我也不清楚这么说合不合适。比起选择那些在播音组和朗读组中拿到好成绩,毕业后能够在工作中发挥这一才能的人,在同等条件下,选择那些从事正统工作的人,或许会更受评审的青睐。即使是配音演员这种很受欢迎的职业,也会因为过于光鲜,而让人们忽略了配音演员们一路走来的艰苦道路和努力的痕迹,估计本人也不会把这些展示给他人。"

听了翠学姐的话,我点点头:这也是关键点啊!拿疯狂练习的吹奏乐社举例,比起练习日本流行音乐,练习古典乐的事迹听起来会更像样一些,哪怕流行音乐的演奏难度更高。

能考虑到这个层面,说是一种战术也说得过去,就是觉得没什么意义。

"所以,你们不想知道这之间的距离吗?"

她指的是从一介地方高中生,到能够演绎多部热门动画的主人公或主要角色的当红配音演员之间的距离。身为广播社成员,就算不是以参加播音组和朗读组为目标,应该也有人对此感兴趣吧?

"可是,如果选了原本就很有才华的人……"

白井社长低语了一句。

"我就知道你会这么想。所以啊,我想给大家展示一些东西。"

说完,翠学姐离开座位,往墙边走去。带门的书架上有一处角落收纳着过去的作品、资料和一些精细的器材,她蹲在那个抽屉前面,从西装外套的口袋里拿出钥匙,插进最下方抽屉的钥匙孔里。

随着清脆的开锁声响起,我的内心涌起一阵兴奋。

往回走的翠学姐手里拿着一本陈旧的文库本(注:一般指A6大小的平装书),然后将书放在桌子的正中。

那是黑塞(注:德国作家、诗人,1923年入瑞士籍,1946年获诺贝尔文学奖,主要作品有《彼得·卡门青》《荒原狼》《玻璃球游戏》等)的《在轮下》。

我对书名和作者名都有点印象,只是没看过那个故事,也不知道读完这么一个故事要耗费多少时间和精力。那本文库本看上去绝对算不上厚重,但似乎也有一定厚度,可以想象它被人反复翻阅好几次了。

"这本《在轮下》,该不会就是……"

久米同学发出微颤的声音,看向翠学姐的方向。

"没错。"

两人一副仿佛宝物近在眼前的模样,看这表情,即便是我也想象得到这本书的主人是谁,曾经有何用途。

"我听说小田学长在朗读组获得冠军时读的就是《在轮下》,就是那本书吗?"

白井社长插了一嘴,并没有特别激动。

虽然知道她是想快点推进话题,但我还是在心里叹了一口气:你倒是让久米同学说啊。

"对。这本书就是小田祐,应该说是小田学长在'J赛'上获得全国冠军时的纪念品。为了后辈,他把这本书留存在学校里。而保存着这本书的抽屉的钥匙,就传给历代以播音组和朗读组为目标的社团成员。"

明亮的室内又添了一层暖色。

"嚯,这倒是第一次听说。"

白井社长很是佩服地开口道。

"其实,我也是在暑假结束时才拿到这把钥匙,是高三的人收拾完东西后找到的。"

翠学姐把钥匙放在文库本旁边,上面还带着钥匙圈,是JBK的吉祥物"苏打君",一只竖起单边耳朵的兔子。

"月村社长去问了她哥哥,结果她哥哥生气地说:'你们就是这么对待广播社的宝贝的吗!'这也是没办法的事嘛。毕竟正如《戏剧青海》上刊登的那样,继社长的哥哥那一届之后,就再没有过参加朗读组的学生了。"

"某一年连纪录片组都没有参赛呢。"

苍学长发出叹息说道。

我刚刚还满心以为每年都会有人去参加所有项目呢。

"说到底,社团成员也不够多。尽管如此,连续十年参加全国大赛,积年累月,学长学姐们当然希望每一个项目都有人去参加,才能延续他们所栽培起来的东西。要是能早点找到这本书就好了……"

白井社长说到一半就停下了。

此时此刻,在场所有人应该都在想:说不定翠学姐在今年夏天的比赛中能冲到全国大赛呢。

"不,我不这么想。"

听到翠学姐的声音后,我不由得眨了眨眼,仿佛眼前突然有一束光照射过来。

"如果是在明年退社收拾东西的时候才找到这本书,或许我会感到沮丧。不过,我还来得及赶上最后一年。"

是啊!我点头表示赞同。这是一种怎样的感觉呢?仿佛能通过眼睛看到声音,有种用整个身体去招架的感觉。

"喂,能让我也看看这本书吗?"

黑田学长向翠学姐询问道,同时已经伸手去拿书了。久米同学两手捂着嘴,仿佛在说"怎么能徒手拿"。我也是相同的想法,不过翠学姐从抽屉里拿出来的时候,也没有戴着手套。

"当然可以。"

翠学姐没有一丝犹豫地回答,于是黑田学长用双手捧起书本,自然而然地翻开了。

"这可真是厉害。"

黑田学长这么说道，把翻开的书直接递给旁边的苍学长。

"即便是课本或参考书，也不会写这么多笔记吧。"

苍学长一边说，一边从头开始翻开页面。

"这里也有笔记。他并没有从一开始就锁定选读《在轮下》的哪个段落。确实，如果是评审来抽选，估计会选这一段，但若是他们说让参赛者来选，感觉会选另外一个段落……喂，编剧，你来看看。"

苍学长越过白井社长，把书递给了正也。正也无视了白井社长的那一声"啥"，把书放在桌上打开，方便我们三个高一的一起看。我和久米同学从旁窥探，以免挡住正也的视野。

听说上面有笔记，我所想到的就是句子，而且是富有感情的句子。当然了，书上确实有文字，不过多半是记号。打个比方，就像那种乐谱上的符号，密密麻麻地挤在字里行间。

换气、声音强弱之类的记号我多少还是知道的，但那些字母，还有波浪线、双划线等好几种线条，有一半以上我看不懂想表达什么。

"'n'是什么意思？"

正也向翠学姐询问道。

若是在剧本里，"n"是旁白（narration）的意思，不过这种用小小的字写在文字旁边的，想来也不会是同一个意思。

"我想，大概是指辅音的发声方式吧，"翠学姐回答道，"'ん'（注：日语假名，即日语的表音文字，下文的'び'同样是日语假名）的发音有两种，一种是闭口的'm'，另一种是开口的'n'。"

听她这么一说，我看到"车轮"（注：日语读音为"sharin"）一词的右下方就写着一个"n"字。

"发'm'时，例如'淋巴'（注：日语读音为"rinpa"），即'ん'后面紧跟着一个爆破音的情况，因为口型是闭合的，所以就算无意识也能准确发音，而发'n'时，口型是张开的，如果舌头也没有顶住上颚，听起来就会很含糊，所以必须有意识地发音，就像这样——"

翠学姐读出"伦理"（注：日语读音为"rinri"）这个词，分别用舌头顶住上颚和舌头没顶住上颚的方式实际演示了一遍。由于事先做了说明，我听得出当中的区别，但区别很微小，就算不这么做，听起来也差不多。

居然是一边留意如此微小的地方一边朗读的啊……

"就像是英语的发音记号呢。"

苍学长这么说道。

我倒是会留意英语"a"的发音方式，却从来没思考过日语"ん"的发音区别。而且，书上写着的字母还不只是"n"。

"这些字母都是发音的记号吗？"

我的脑子有点转不过来，如此询问道。

"大概是吧。"

"也就是说，翠学姐也经常带着这种意识去朗读？"

"嗯。不过，即使能理解这个发音的理论，我也无法判断自己实际的发音正不正确。而且，也有一些记号是我看不懂的，例如下一页最上方的'び'（bi）。"

我翻开下一页，用手指着说："是这个吗？"难道翠学姐已经把笔记通读到背下来了？

"会不会是颤音之类的？"

白井社长问道。

"如果是指颤音，不应该用片假名写吗？"（注："颤音"的日语为"ビブラート"，由意大利语"vibrato"演变而来，属于外来词，以片假名标记。）

正也这么回道。

白井社长嘟起嘴说："我在这边又看不到是平假名还是片假名。"

"如果能直接向小田学长请教这些地方，不觉得很棒吗？"

翠学姐的提问，让我连连点头。久米同学则是以我的两倍速度，至少点了五下脑袋。她似乎彻底忘了自己还没上去发言。

"搞不好现场会爆发出最大的欢呼声呢。"

黑田学长也偏向赞同。

"可是……"有人用毫无激情的声音插了一嘴——果然是白井社长，"那些欢呼并非针对作品的内容，而是献给小田学长本人的吧。虽说有这一本留下了努力痕迹的文库本，但比起内容本身，大家的兴奋点只是在于书的持有者是小田祐。欢呼声越大，可能越会造成反效果。"

社长想说的话，我似乎有点明白，又有点不太明白。今年夏天那场全国大赛的冠军作品里不也出现了知名的作曲家吗？

"到头来，还是回到原点，要看哪些受众会支持。"

苍学长接过白井社长的话头，继续说道：

"高中生应该会相当支持，尤其是广播社的学生们，一开始放映就会爆发欢呼。可评审们会陷入'这家伙是谁啊'的状态。尽管如此，只要想办法让他们理解小田学长的实绩有多厉害就好了，只不过播放时长才九分钟，仅有一次播放机会，同时还要评审是挺难的。就算我们带着想向优秀前辈学习的心态去采访，但是单从外在的印象看，难保别人不会觉得我们只是想去见偶像，还是打着'J赛'的旗号。"

"你的意思是，要选名人作为采访对象的话，就选那些评审也知道的，给人感觉一本正经且不太有名的人？"

黑田学长用放慢节奏的声音问道。

或许是因为一直坐在座位上讨论，他反倒觉得困了（该不会是听腻了吧），不过他说的话倒是很归纳重点。

"就是这个意思。"

"不过，根据拍摄手法的不同，是不是也能让他们感受到我们是用心制作的？我想，与其强调小田学长是一个优秀的配音演员，不如开头就点出他是朗读组的全国冠军，可能这样留给评审们的印象也不会太差。"

翠学姐还是不肯放弃。而我的视线还落在摊开来放在我眼前的文库本上。仿佛暗号一般的努力轨迹，我想把它们都解读出来，把每一个记号都对上想表达的意思。我内心萌生的这个想法，应该也存在于翠学姐的心中，而且要比我的想法炙热好几倍。作为播音组和朗读组的后辈，我想给这个方案投上一票。就在我刚要开口赞成的时候……

"我……我有话想说。"

正也有些迟疑地举起了手。

"请说。"

白井社长回应道。

"下一次大赛,我们是打算参加所有项目吧。"

"是啊!"

社长回道,一副"怎么现在才问"的口气。

"所有项目的目标都是冲进全国大赛,但是,那不是终点,还想晋级半决赛、决赛……对吧?"

"那还用说吗?不以冠军为目标的作品,怎么进得了半决赛和决赛?不,是连全国大赛都去不了。"

社长回答得很激动,但我没明白,为什么现在还有必要来这么一番对话?

"我在JBK演播大厅观看过决赛。所有项目组都会在那里发表作品。排前头的就是纪录片项目,之后是戏剧项目。中间隔了午餐时间,然后是播音组和朗读组。虽然我可以带着郊游的心情吃便当,但我想,如果翠学姐是播音组的参赛者,这样安排不是很有问题吗?"

翠学姐"啊"的一声叫了出来。

"播音组除了要事先准备稿子,还要从纪录片项目组在上午发表的作品中选一个,自己撰写关于那个内容的稿子并朗读出来。"

"我也知道有这一个任务。"

白井社长这么说道,但看她脸上的表情,似乎还不明白正也想说些什么。我也不明白。翠学姐倒是意识到什么了。

"如果电视纪录片组和翠学姐的播音组都能留到决赛,对翠学姐是不是太不利了?"

"选择自己学校以外的题目不就好了吗?说到底,选的也是广播纪录片的作品吧?"

被白井社长这么一说,正也"咦"了一下,歪了歪脑袋。

"不是,和这个没关系。宫本担心的是,有那个获得过全国冠军并成为配音演员的前辈为我们做指导的影片在前,大家会不会给翠加上一层奇怪的滤镜。"苍学长如是说。

哦,我也好不容易想象出那是一个什么场景了。

"就算她的发言很精彩，难保不会被加上偏见的滤镜，觉得精彩是应当的，毕竟接受过那种厉害人物的指导。"

白井社长双臂交叉抱在胸前，叹了一口气。

"虽然不知道会不会被人带着偏见看待，但这种感觉就像对方要看看你有多少能耐似的，在发言之前唯独给翠提升了难度，听着就不太舒服。"

黑田学长也摆出和社长一样的姿势表达了意见。我只是点了点头。在大家只想着电视纪录片的事情时，只有正也看到了整个"J赛"。

这就是无人航拍机的视角。叫什么来着？鸟瞰的视角。说不定，正也的大脑中浮现了所有人的主题作品在JBK演播大厅里播放时的场景。在那个大厅中，就有一架正在飞行的无人航拍机。

"为了播音组和朗读组的比赛去联系小田学长，我觉得这个可行。不过，最好和纪录片的思路区分开来思考。"白井社长以控场主持人一般的口吻说完这句话，又不经意地说了一句，"早知道就不要那么固执，我也自费跑一趟东京就好了。"

明年我也自费去吧……不对，等一下。要是作品被选上了，所有人都能靠校方出资去东京了。

这个作战会议不就是为此而开的吗？

翠学姐把这本珍贵的文库本放回原位，趁此期间，大家补充了水分和糖分，准备讨论剩下的两个题目。自从高三的学姐们退社之后，广播室里的点心就消失了。

"我不想把这里搞成一个沙龙。"

白井社长在一开始的致辞中是这么强调的。不知从哪一届留下来的漫画也被收进了纸箱里。原本社长还想把那些都丢了，却被苍学长拦下来，说那是私人物品，便折中留下了。

塑料瓶装饮料和水壶是可以带进来的。翠学姐偶尔会给我喉糖，然而今天，白井社长居然给我们发了牛奶糖。

甜甜的滋味逐渐扩散到疲劳的大脑里，让整个人都打起精神了。

来了，这回总该轮到久米同学了。

"下一个是'战胜顽疾'吧？"

白井社长催促一般地看着久米同学说道。

久米同学回了一声清脆的"是"，站起身来。她挺直后背，视线提到高处，就像进入了广播模式一般……但紧接着，她又垂下肩膀叹了一口气。

"对不起。为了好好发表，我在家里写好了稿子，也都背下来了，但是刚才在这里讨论的期间，我发现自己的题目有各种各样的缺陷……希望社长能驳回这个题目……"

"先不管这些，你发表完再说。"

黑田学长这么说道。

"虽然大家都存在着各种不足，但我认为可以在讨论中发现一些自己未曾留意的问题，站在广播社全体成员的立场来说，也能得到各种各样的启发。"

身为黑田派的我和正也看着久米同学点点头，表示赞同。

"对不起。感觉只有我光顾着逃避了。"

久米同学匆忙地低头行了一礼，然后再次摆正姿势。

"我有一个朋友患上了一种叫'克罗恩病'（注：**一种肠道炎症性疾病，致病原因不明，在胃肠道的任何部位均可发生，多发于末端回肠和右半结肠**）的疾病。这个病被判定为疑难杂症，而我是听朋友说起才知道有这么一种病的。主要的症状是腹痛或贫血，但同年级里也有人说一些毫无同情心的流言，说我朋友装病装得太夸张了。朋友说，比起病症，更让人难受的是旁人因为对这种病缺乏认知而产生的不理解。我之所以提交了这个题目，是希望能让更多人了解这种疾病，哪怕多一点点也好。我们不知道的疾病有很多，说不定哪一天自己也会中招，说不定朋友和家人也会患病。就算你没有恶意，也有可能因为不了解而中伤了为病症所扰的人。虽然完全理解是有些困难的，但我想，能不能制造一个契机，至少让大家心灵的天线稍稍偏向那些人。"

久米同学发表完毕之后，行了一礼。她下垂的视线停了一瞬间，刚好落在我左手的手背上。我总会无意识地把手搭在因事故而发疼的那侧膝盖上,都数不清今天是第几次了。该不会每次我这么做,都让久米同学对自己的题目越发没自信吧?

我觉得这个主题不错,因为我不知道有这种病——要不试着这么对她说吧?

"你这个想法,在刚才的讨论中有了什么变动吗?"

提问的人是苍学长。大家知道若是白井社长开口,会让久米同学有所退缩。察觉到这一点后,黑田学长或苍学长会用轻松的语气代为发问。总之在我看来是这样的。

"首先是苍学长说的,挑一些我们学校里看似可怜但非常努力的人作为对象,这样的主题根本无法引起共鸣。这个说法打击到我了。"

苍学长用手掌拍了拍额头。

"虽然我的朋友说,大家对于疾病的认知度不够,让她觉得难受,但我发现,其实自己也没考虑过用这种方式来介绍疾病会让她有什么想法。更何况,我也不知道她愿不愿意接受采访。若是她已经战胜了病魔,那还好说,可身陷旋涡之中时,面对摄像机还能不能袒露自己的心声呢?更严重的是,她可能会对我心生猜疑,因为是我给广播社提出了这样的方案。她可能会怀疑,我是真的为了她,才想着让更多人了解这种疾病吗?还是为了在比赛中拿到好名次,觉得这个话题不错才选的?我完全没有想过拿这个当话题,但是选择这样的内容来做纪录片,就意味着把本人放在众矢之的的立场上。她那种难受的心情,对于接收信息的人来说,听起来或许只是一种抱怨。明明是想让缺乏认知的人产生理解,却有可能导致误解。对于这种风险,我有能力为她担起责任吗?我觉得,在百分百确定担得起责任之前,这个题目不适合拿出来讨论。"

久米同学喘了一口大气。

把本人放在众矢之的的立场上——这句话在我的头脑里不停闪回。

"要做成电视类还是广播类?纪录片还是戏剧?"

白井社长慢悠悠地开口道。

"我是这么想的：即便是以病人作为对象，对方出镜就会更具说服力吗？如果拍摄病人难受的模样会引起观众的反感，让观众避而不看，那是不是只用声音呈现的方式能更好地传达真情实感呢？既然重点不是那个为病情所扰的人物，而是想让大家了解这种疾病，那也可以做成戏剧，给故事加上一层虚构的色彩。先前说的话或许也有互相矛盾的地方，不过刚才一路讨论过来，内容只是关于电视纪录片的主题，虽然在现阶段发现这个主题有所欠缺，但就这么否定选题的内容，会不会太早了？"

白井社长说完，对着久米同学微微一笑。

久米同学也露出放下心中大石的笑容。我没做什么类似找补之类的附和——其实也是因为我不太会附和，总之真是太好了。

最后轮到白井社长了。

"我不想错过'gift year'（天赐之年）。"

社长以这句话开始了她的发言，所花时间差不多赶上之前六个题目加起来的时长。

最后，青海学院广播社的"J赛"电视纪录片项目组参赛作品的题目定为《传承梦想，从过去到未来》。

第三章 对讲

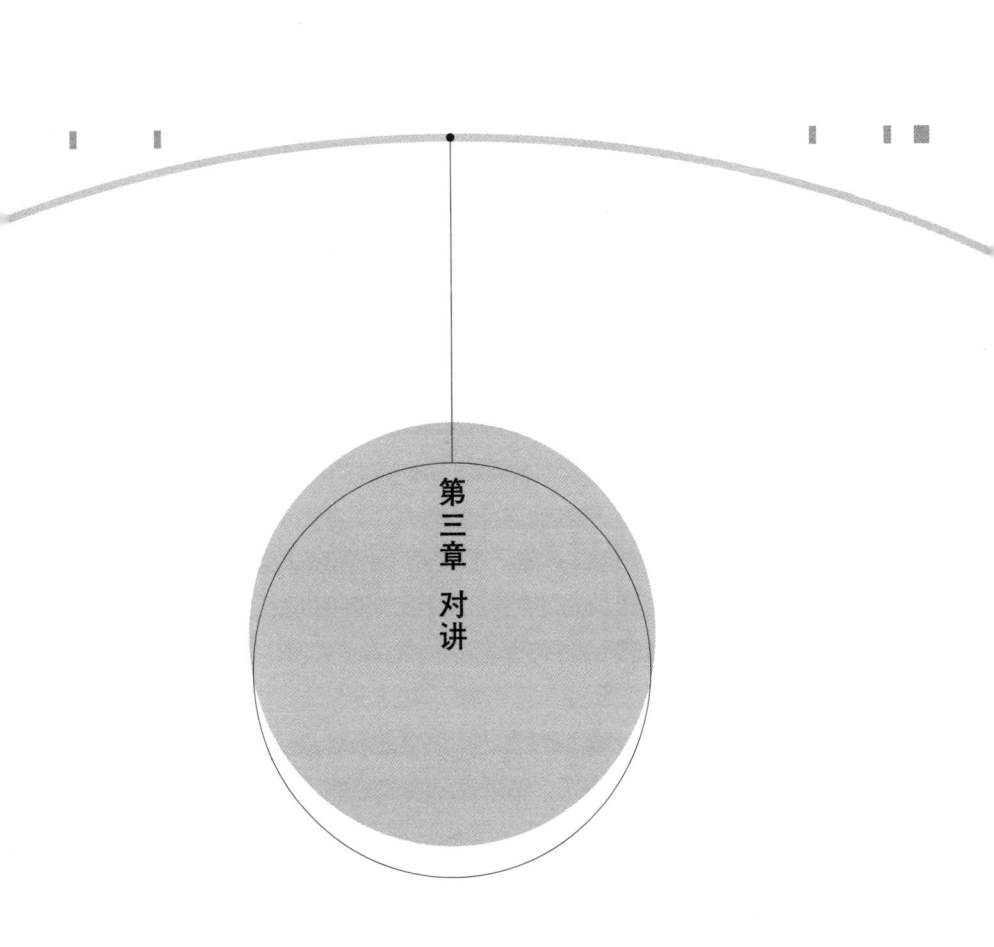

"听说今年排名第四。"

良太把视线投向运动场上的300米跑道，这么说道。

当初我自己练习时，总觉得这个市民运动场很大，但看惯了青海学院的操场之后，就觉得不过尔尔了。

他说的排名第四，应该是指今年三崎中学田径社在县级长跑接力赛上的成绩。设置在场边的看台几乎包围了运动场半周，我们就在看台的角落里，看着参加了那场比赛的学弟们的身影。

去年的成绩是第二名。以十八秒之差与晋级全国大赛失之交臂，那种不甘心的感觉，不管回想起多少次，我都忍不住握紧拳头，咬紧后槽牙。那些来年誓要闯进全国大赛而努力奋斗的学弟，会怎么看待今年这个成绩呢？还有顾问村冈老师……他穿着那件熟悉的运动外套，喊出那句我听惯了的口号："觉得难过就看着天空奔跑！"

"是吗……拿了偶数名次，不会不甘心吗？"

我不清楚别人怎么看的，只是想到什么就说什么。第二名，会有一种拿不到第一名的遗憾，而第三名，则有一种奖状或奖牌到手的喜悦。至于第四名，我想也会有一种拿不到奖状或奖牌的不甘。

"那种感受，我懂的。"

良太转向我这边，笑了。

之前我们像这样聊天的时候，良太晒得炭黑，但或许是因为本身就肤白，再加上新陈代谢好，现在他的脸蛋居然比我还白皙，还被寒意染上了几分微红。

"啊，不过，排名前两位的学校可以晋级全国大赛，所以第三名也会觉得不甘吧？"

我突然想起自己现在所属社团志在参加的大赛的规定。

"说到底，大家的目标是什么呢？县级？全国？可以延续到下一场的比赛？名次？用时？成绩？内容？个人？团体？对了，据说他们的用时比去年缩短了二十秒。"

"那放在去年的话，就是冠军了。"

"谁知道呢？今年天气状况也不错，每个实力强劲的学校都是以最佳成绩从地区大赛晋级的，听说前三名都破了大赛的纪录。在这当中，拿到第四名也算是奋力搏杀了。"

良太娓娓道来的话，唤醒了我去年的记忆——除了不甘以外，到县级大赛结束前的所有记忆。

去年因为脱水症状和比赛中的风波，实力强劲的学校在地区预赛中就接二连三地被淘汰了，大家都说很难预测到底哪所学校能在县级大赛中获得冠军。

或许，去年就是三崎中学的"gift year"。不对，那也得假设在良太膝盖没受伤的情况下，没有加上这个"假设"，就不能称之为"gift year"。

"我不想错过'gift year'。"

白井社长的声音在我的头脑里响起。

虽然是一个陌生的词语，但我大概能想到是什么意思。好比，有两个在日后对日本职业棒球界影响甚大的天才同时入学，或是刚好遇到某个传统仪式的五十周年或一百周年这样的关键时刻……

今年夏天"J赛"电视纪录片项目组的全国冠军作品，说的是在搬入新教学楼之际，偶然发现与国民作曲家有关的彩纸的故事。这便是实实在在的"gift"了。广播社成员们并不是因为知道这张彩纸的传说，才拼命将其挖掘出来。

要想获得成功，努力当然是必不可少的，但同样的，让运气站在自己这一边不也一样重要吗？毕竟连我这种尽自己所能去努力完成社团活动的人都是这么认为的，其他成员应该也有各自想到的例子。

没有人询问白井社长什么是"gift year"。不过……有人举手了，他似乎想充当大家的代表。那个人就是正也。

"今年的田径社有什么'gift'吗？"

就是这个。我的心情异常高兴。从《传承梦想，从过去到未来》

这个题目和白井社长不小心说漏嘴的话，可以明显看出白井社长打算以田径社的长跑接力赛作为电视纪录片的主题。但是，就算加上"gift year"这个词，总觉得还是差点意思。

青海学院高中田径社已经确定参加下个月举办的日本全国高中长跑接力对抗赛了，只是这并非他们首次参赛。虽说这两年错过了比赛，但全国大赛常客的名号依然没变，五年前还获得了全国冠军。

今年的目标也是冠军吗？就现状来看是有点困难的。我原本就没抱什么期待，且报纸或网上看到的有识之士关于获胜学校的猜想里也没提到青海的名字。再加上一个高三的王牌选手在县级大赛之后出现了大腿肌肉拉伤，已经无望参加全国大赛了。

既然团体冠军不好拿，那有没有表现突出的个人选手呢？大家思考了一圈，一时也想不出有什么人。这不就是所谓的"零明星"阵容吗？

有那么一瞬间，良太的脸在我的脑海中浮现，不过很快就变淡了。尽管良太被选为代表成员，却是作为候补选手。

然而，接下来的这句话给我迎面一击。白井社长环视了大家一圈，然后和我对上视线，嘴里说出了那个名字。

"高一的山岸良太同学。"

若是继续与社长四目相对，我的身体估计会石化。于是，我屏住呼吸，转移视线，偷看其他人的样子。这一看，倒是让我肩上卸下了力气。看来那种紧张兮兮的氛围只在我与社长之间产生，因为其他人都是呆呆的表情。

"谁？"

苍学长问道，语气有点呆愣。

不过，白井社长不会因为这点小事就退缩，她回以一瞥，像看傻瓜似的，仿佛在说"你们不知道吗"。

我看着这一幕，心中夹杂着两种情绪。一种是略带自豪的难为情：对呀对呀，你们不知道良太吗？一种是冷静的考量：虽然对于田径社来说，良太是一个人才，但在校内他还算不上是名号很响亮的明星选手。

"怎么了？我的牙齿上沾东西了吗？"

良太一边摸着嘴角，一边问我。

糟糕，估计是我看着良太时也露出了在广播室那会儿的表情。

白井社长的声音和说话方式，给人的感觉完全不同于翠学姐。翠学姐的嗓音会给人一种渗透整个大脑的舒适感，而白井社长的嗓音会刺入大脑深处，感觉就像直接将那句话深深刻在脑海中。就算经过了很长一段时间，在你有所松懈的时候，白井社长的话和当时的状况依然会以高清晰度重现。

"没事，就是又一次觉得挺对不起你的。你忙于练习，还愿意接受广播社的采访。"

虽然是一时想到的回复，但也是我的心声。

"毕竟所有参加长跑接力赛的成员都答应了啊！你们连我这么一个候补的都没落下，倒是让我觉得，怎么说呢，有点受宠若惊了。"

看着笑容腼腆的良太，我的胸口微微刺痛，内心不免自我谴责：没和良太敞开天窗说亮话，会不会有些卑鄙了？我们并没有说谎，要采访长跑接力赛的所有成员，包括其他候补选手，也确有此事。

然而，不说出来真的合适吗？

采访的主角是良太。

白井社长当着社团成员的面，解释了为什么选择良太：

"在社长会议上，田径社新任社长森本同学告诉我，高一的山岸良太能超越高二的成员，成为田径社长跑项目的新王牌。听说他每次奔跑都能刷新纪录。他还入选了今年的长跑接力赛，只是没成为正式队员。据说高三队员当中有不少速度很快的人。不过，正式队员中有一个人受伤了，基本确认会有一个空缺，而补位的人已经敲定是山岸同学了。"

原来良太已经走到那个位置了啊！在佩服的同时，我也感到些许落寞。对于田径，我并非彻底没有留恋了，但几乎没设想过自己也加入了田径社或是没遇到交通事故之类的情况。

我把开始使用LAND的事情告诉了良太，我们在手机上的交流也变多了,但我还是觉得良太离我越来越远,这都是因为,我所不知道的良太的近况,居然是从那些不比我和他亲近的人那里听来的。

我也不是完全不和良太聊田径的话题。在全校大会上,良太受到了表彰,我也发了信息和他道一声祝贺。良太回了一条满是谦逊符号的"谢谢"。

而良太发给我的信息基本都是无关田径的话题。什么漫画新刊上市了,会不会动画化,哪个角色的配音演员很不错……他越是拉开距离,我就越有疑惑,他是不是在顾虑我这个广播社成员的身份呢?在这个想法逐渐膨胀的同时,我们之间的距离也越来越远,陷入了恶性循环。

"高一就能参加全国大赛,这种事情是很厉害,但算得上'gift year'吗?"

当时苍学长这么问道,听着仍是不怎么感兴趣的语气。我之所以也感慨良太不愧有两把刷子,是因为我很了解良太,但我想不通白井社长为什么会这么关注良太。

"先听我说完整个方案吧。"白井社长不见一丝动摇,继续说道,"高一学生参加全国大赛,放在其他学校或许没什么稀罕,但在我们这种有体育推荐名额的学校里,即便初中时期在学校跑了第一名,想一上来就成为正式队员还是很难的。话虽如此,高一学生参加全国大赛这种事,在青海学院也不是第一次了。十五年前就有过这种情况了,那人还参加了之后的新年长跑接力赛。他就是村冈壮一。"

原来是村冈老师!

"那位村冈选手,现在在山岸同学的母校三崎中学担任社会科老师,兼任田径社的顾问。"

良太很有可能成为继恩师村冈老师之后,第二个站上同一个舞台的人。这种联系,说不上很引人注目,充其量就是一个或许能登上报纸地方专栏的话题性新闻。但是,这个事实又令我非常羡慕。

好想把这件事告诉某个人,例如,村冈老师的学生们……

"话说,我真没料到,村冈老师从高一开始就是正式队员了。"

良太的视线又转向了运动场。我挺意外的，我以为良太理应了解这个事实，但他似乎是听我说起才知道的。他们社团内部好像会极力避免谈及这种与本人实力无关的话题，例如谁是通过体育特长推荐入校的，谁与知名前辈有关系，所以说不定田径社的社长也很想和社团以外的人聊一聊。

村冈老师正在和整齐列队的社团成员们说着什么，平常说话的声音是传不到我们这里的。不过看他说话的样子就可以想象，估计是在重复那些和我们说过的话吧。

"老师这个人啊，在指导方面能说很多，但几乎没说过自己当运动员那会儿的事呢，明明有那么多引以为傲的事迹。"

"这就是村冈老师值得尊敬的一点啊！话说回来，圭祐，你想找老师采访些什么？田径社里毕业于三崎中学的人，也只有我一个。"

"我不想关注他是良太恩师这一点……而是想请他以参加过全国大赛的青海田径社前辈这个身份，向学弟学妹们说点什么，我准备了几个类似这种感觉的采访问题……不过，他还没答应接受采访呢，今天主要是来正式拜托他的。"

我原本是打算把采访的整个企划目的都和村冈老师说清楚的。

"这种场合，我跟着一起来合适吗？"

"当然合适了。因为村冈老师说，难得来一次，干脆约上良太到他家吃顿饭。"

因为广播社决定做田径社的采访，我也希望能和老师谈一谈。我给老师发了邮件，说想拜托他一件事，能不能见个面。然后老师就给了这个回复。我不敢说不要当着良太的面，于是就和他一起来到这个令人怀念的地方等着老师。

"我觉得，如果是其他学生，村冈老师指不定会不答应，但如果是圭祐去拜托他，他一定会接受的。而且有些话只有你才能挖掘出来。比如去年我没法参加县级大赛的真正原因，是你去帮我问出来的。"

"谁知道是不是呢……"

我含糊地笑着回应道，然后有点刻意地嘀咕了一句"又多了些生面孔呢",同时把视线转向运动场的方向。

"这种师徒关系,感觉会是'J赛'评审们喜欢的题材。"

苍学长当时也换了种语气,似乎觉得这个主意还不赖。不过,他又用单手支着脸颊,凝视着半空中的某一点,好像在琢磨有什么合适的说法。

接着出声的人,是翠学姐。

"顾问老师是前辈,这种主题之前是不是也出现过?"

翠学姐难得提出反驳,可她所说的问题,即便是没怎么看以往作品的我,也觉得很有可能。事实上,正也嘀咕了一句"确实呢"表示赞同,久米同学也点了点头。

"到头来,我们不过是在追着那些表现亮眼的运动类社团,被别人的努力牵着走。虽然这话有些陈词滥调,但我们这么做不就成了'借他人之功,成自己之事'吗?"

苍学长转而面向白井社长,寻求确认:

"说到底,如果山岸同学没被选上该怎么办?虽然无法效仿那位前辈兼恩师,但明年他肯定会是正式队员。他会把这份不甘深藏于心,我们可以期待他未来有更耀眼的飞跃表现——你难道想加入诸如此类迎合他人又不负责任的旁白就完事了?其实,像这样明显期待着对方能留下好成绩并一路跟随,但不在意结果,转而将重点放在努力的过程上,再以俯视的视角做总结当结尾,这种作品岂止晋级全国大赛,搞不好还能进半决赛呢。可我们的作品往这个方向走没问题吗?"

到最后,就连我都觉得,又陷入了和之前讨论过的题目一样性质的课题。

"我还没说完呢,所以现在我需要得到允许才能往下说。"

"谁的允许?"

白井社长没有望向提问的苍学长,而是把视线固定在我的身上。虽然话题里的人物并非与我毫无关系,但被人这么郑重其事地盯着,我开始莫名地紧张了起来。

"是……是我吗？"

"没错。采访山岸同学和村冈老师的工作，我想让町田去做。"

"这怎么行！"

我屏住了呼吸，替我发声的是正也。

白井社长到底了解了我多少情况，才会提出这样的方案？她的视线没有从我的身上离开。

"如果我踩到了你不想被人触碰的雷区，你就直接喊停，不必顾虑。另外，我也事先打个招呼：关于'gift year'的内容，会涉及山岸同学和村冈老师之间的关系。"

"哦……"

也不知道这算是一句回应还是一声叹息。这段开场白仿佛在暗示她知道我很多事情，包括交通事故的事。话说到这份儿上，我几乎都想喊停了，不过中途打断白井社长这番认真准备的解说，会不会太失礼了？带着这种想法，我小声地回了一句："没关系。"

既然是关于我的事，白井社长知道的应该不会比我自身更多，所以也没必要担心。

"首先，按顺序来说吧。我从田径社新任社长森本同学那儿打听到，我校可能时隔十五年再次出现一个能参加全国大赛的高一学生，便对山岸同学萌生了兴趣。他还告诉我，继山岸同学初中时的那位田径社顾问老师之后，还没有谁能在高一就被选为正式队员。我当下就觉得这个话题很好。为了了解山岸同学的情况，调查他初中时期的优越表现，我就上网搜索了一下。结果才知道，三崎中学去年在县级大赛上获得了第二名，离晋级全国大赛资格就差十几秒。"

我差点就要喊停了。

"虽然没拿到'区间奖'（注：在长跑接力赛中，每个区段速度最快的人所获的奖项），但我还是去看了个人成绩的页面。结果，不管是哪个区段，我都没找到山岸同学的名字，反而看到了'町田圭祐'这个名字，是区段的第二名。这可吓到我了，还以为是同名同姓呢。不过，应该就是町田本人了……然后我就想到了町田的腿……我能继续说吗？"

"可……可以。"

虽然心跳快了不少,但我还挺得住。我腿脚不方便的事,并没有向广播社内部的人隐瞒,他们分配任务的时候也会为我安排一些不会给腿脚造成负担的工作。应该说,我觉得至今都没人来问我腿脚不好的原因,或许也是一种体贴和照顾。

之前我也深思过,这些非必要不会开口的冷酷高二成员,估计对我这个人没什么兴趣吧。然而,他们并不是这样的人。

"我也留意到町田的腿脚有些不便,但从没想过去探听原因。不过,当我知道去年长跑接力赛之后发生过什么事,就联想到有一名新生在公布合格当天遇到交通事故的消息。"

啥,原来是那件事啊——除了白井社长,其他高二年级成员都做出了这样的反应。

"所以,我曾打算放弃追着山岸同学做文章了。"

那句差点脱口而出的"谢谢"被我咽了回去。

原来你并没有放弃啊!

"话说回来……"

良太仿佛突然想起什么似的说道。

听到他的声音,广播室的场景也从我脑海中消失了。

"什、什么?"

这声慌张的回应,感觉会被人误会我刚才在想些不好的事情。

"马拉松大赛上有个广播社的女孩子抽中了无人航拍机,那个,怎么处理?"

原来良太也知道这件事啊!

"在用着呢,挺好玩的。就在操场上拍一些社团活动的场面,对了,我怎么不记得拍到过你?"

"长跑接力赛的队伍经常在校外跑。"

"这样啊!说起来当时也是呢,临近正式比赛时,老师会开车带我们到与比赛路线相似的地方去练习。"

说完这句话，我自己倒有些不好意思了。不过是大约一年前发生的事，居然用"当时"这种说法来形容。明明这段时间我也没什么长进。

"对了，要不要看视频？"

我从上衣的口袋里拿出了手机，把之前拍好保存起来的视频（准确来说，是把久米同学的手机里拍得不错的视频传到我手机上）放给良太看。

"嚯，这个，挺厉害的嘛！"

良太凝视着画面感叹道。

我惊讶于他情绪高亢的模样，没想到他也能发出如此雀跃的声音。

"你可以看看其他的。"

我把手机递给良太。

"我们的目标是破纪录，和奖品没什么关系，倒是横了心去跑，不过我也好想抽到好东西啊！话说回来，田径社还有五个人参加了马拉松大赛，结果抽到的尽是一些安慰奖，手气也太差了。"

或许是因为良太一亢奋就会变得絮叨，他看上去并没么不甘心，还列举了田径社成员抽到的奖品。

"社长的5千克大米算是最好的了。"

我不由得想，是那个多嘴的森本社长啊。良太接着播放起下一段视频。

"那么，你为什么又要重提这个题目呢？"

苍学长向白井社长询问道。

这也是我最想问的问题。

"我们不是在操场上用无人航拍机拍摄吗？森本同学看到后，特地在休息时间找到我班上，说我们白白浪费了町田圭祐这个人。"

这话什么意思？

"森本同学说，与其这么闹着玩，不如让他加入田径社，还要我这个广播社社长去劝说呢。"

"练习无人机拍摄可不是闹着玩。"

黑田学长不悦地插了一句。

"这不是现在该吐槽的点吧？"

白井社长随意搪塞了一句，再次环顾所有人，最后与我对上了视线。

"我以为，森本同学不知道町田腿伤的情况，就告诉他，町田圭祐是广播社的希望，绝对不会劝说他转去田径社。"

她没有挑明那次交通事故，选择保住了我。

"这么告诉他之后……"社长这次像是要对着我以外的人诉说一般，抬起头，扬起视线，"他说，人家已经拒绝了。"

听到这句话，除白井社长以外的所有高二成员都一脸诧异地望向我。我不知道该以什么表情面对他们，只好垂下了脑袋。

"森本同学听说町田遇到了交通事故，不过暑假期间做了手术，恢复得挺顺利的。顾问原岛老师去邀请过，问町田要不要加入田径社，顺带做复健，但是町田说，他想在广播社试着努力一下。"

"你真的是这么回答的？"

被苍学长一问，我维持着低头的姿势，回了一句："是的。"不管怎么说，这也太羞耻了。白井社长一副感慨万千的模样，语气兴奋地继续说道：

"是我误会町田了。虽然你从没缺席过社团活动，但你和宫本、久米妹子不一样，总觉得你是不是没什么想做的事情才留在广播社的。是田径社还是广播社，你仔细思考过要在哪一边好好努力，才选择了广播社，这一点让我非常高兴。同时，我也想让町田以广播社成员的视角，去观察田径社的情况。由町田来拍摄田径社的话，肯定不会拍成一个只会被成绩优异的社团牵着走的作品。就算山岸同学没被选为正式队员，你也应该不会用一些不负责任的旁白草草了事。我想这或许是一种全新的研究或切入方式，将此前没被哪所高中关注过的田径社，将其他社团的活动展现出来。"

没想到长时间讨论的最终局面，是让我自己立于众矢之的的位置。听着仿佛是在夸我，但似乎对我也有一些夸大其词的期待，这未免太沉重了。

让我去拍田径社吗？此前没被哪所高中关注过的？全新的？

虽然选择了广播社是事实，但难道我就能不抱任何抵触地去直面田径社吗？

难道我可以心平气和地向良太打听田径社的情况吗？

我还没彻底跨过心里那道坎啊……

"这个拍得真好，比在电视上看到的更有压迫感。圭祐，你不仅声音好，在拍摄方面也很有才华呢！"

良太很是兴奋地把手机凑到我的面前。我难为情地看着屏幕，只见橄榄球社成员们争相抢球的画面以迅猛之势闯入眼帘，让我也感受到了那股强大的压迫力。

"哦，这个是高二的学长拍的。"

这是黑田学长发来的其中一段视频，以作拍摄的参考。

"这样啊，不愧是高二的。"

良太找补似的说道。

不对，我们是同时开始学习怎么操控无人航拍机的。

"我想过模仿这种拍摄手法，可感觉就是不对。看来，关键还是在于审美吧。"

我看向这个值得尊敬的视频，心里不再感到嫉妒或自卑。"要不要看其他的？"我播放了之前拍的足球社视频。夕阳正在西下，良太把脸更凑近屏幕，然后，微微歪着脑袋说：

"这个足球社的也拍得不错，不过有点不一样。那位高二的学长有打橄榄球的经验吗？"

"不清楚。体形像是那么回事，其实刚入社的时候，我们背地里都叫他'橄榄球社'学长来着。不过，我也没听说过这一带的初中有橄榄球社。你问这个做什么？"

"怎么说呢？就是乍一看留下的第一印象吧。橄榄球社的视频似乎更吸引人，对了对了，就是那种能够提前零点几秒捕捉到运动员动作的感觉。"

零点几秒……在长跑竞赛中，零点零一秒的差距都能让曾经的我一喜一悲，而一年前的那个运动场明明就在我的眼前。我再一次播放了橄榄球社的视频，确实正如良太所说的那样。

"我下次问问看。或许他能给我一些拍摄方面的建议。对了，之后我们也打算拍一些田径社训练时的场面，要是有拍得不错的画面，我会发给你的。"

"是那位高二的学长来拍吗？"

"基本上是他了。"

"这样啊！但是，我想看看圭祐拍的田径社视频。"

难道是因为我是有田径经验的人？还是说……

"我想试一试这个主题。"

黑田学长嘀咕道。

"可以吗？"

白井社长问道，似乎想做个确认。

"从开始讨论私立学校的强项时，我就想着用无人航拍机来拍摄运动员，而且不一定得是毕业生，青海的在校生比比皆是。在这些人当中，我对长跑接力运动员是不太了解啦，所以觉得追访一下也挺有意思的。"

"这么说的话，我也赞成。"

苍学长也举了手。

可为什么要说"这么说的话"？

"我们可以好好地拍一个我们自己的作品，而且长跑接力赛应该是一个学生和评审都感兴趣的主题。"

"你们能懂我的用意了？"

白井社长想和苍学长、黑田学长击掌。

"等一下，圭祐觉得呢？"

我的内心一阵慌乱，代替我发声的人是正也。事情原本顺着我的意愿发展，怎么来了一个急转直下呢？而且在这亢奋的氛围中，我实在不好拒绝。

"町田……"黑田学长用漫不经心的声音说道，还打了一个大哈欠，"如果你很抗拒去采访，就把这些往后放吧，或者交给白井或翠去做，你来试试用无人机拍摄田径社？我也不知道该怎么拍一味奔跑的人。"

一味奔跑？在突然上头的心情膨胀之前，良太奔跑的样子出现在我的脑海中。之前我反复观看过妈妈用手持摄像机拍摄的影像，如果将那些画面抬到一个较高的角度，改用鸟的视角，看那重心平稳的强壮躯干、手臂的动作……

"我很想拍！"

我忍不住如此放话道，但讨论并没有因此就结束。

"良太的部分，会由我专门负责拍摄。"

我用逗趣的调调这么说道，对着良太嘻嘻一笑。

运动场上亮起了照明灯。看来今天还有其他地方的团队要使用这个场地。

"喂，让你们久等了。"

村冈老师跑到市民运动场事务所与我们座位之间的中间位置，高声说道。

那些队员也陆陆续续走向更衣室。

"我拿了东西马上走，到停车场等我吧。"

我听从吩咐站起身，就听到肚子咕噜响。

"也不知道晚饭吃什么呢。"

良太笑着看向我。

这还是我第一次到村冈老师家做客呢。

村冈老师的家位于离市民运动场约二十分钟车程的住宅区。玄关大门上挂着一个带有银色松果和红色缎带的圣诞花环，在招待我们的起居室的角落，也摆着一棵与我一般高的圣诞树。

村冈家有两个孩子，五岁的女孩和三岁的男孩。孩子们还顾不上和刚回家的爸爸道一声"您回来啦"，央求着想和大哥哥们一起吃晚饭。

餐厅的饭桌上,正中央摆着电炉,烤肉的材料已经准备就绪。

"他们会很吵的,没问题吧?"

老师一手抱着一个孩子问道。

我和良太同时回了一句"没问题",然后对视一笑。虽然没有开口确认,但看到老师露出那种慈父而非教师的神情,良太的内心肯定也一下子变得柔软了吧。

我把书包放在房间的一角,然后想起自己还带来了手信。白井社长让我来问问村冈老师愿不愿意接受采访,当时我就说了老师邀我上家里做客的事,于是她帮我准备了礼物。

我把那个用金色星星丝带封好的红色纸袋递给了老师的太太。

"这是糖霜饼干。"

我照白井社长交代的话如实转告,其实我自己也不知道是什么样的。是不是要等放凉了再吃呢?

"哎呀呀,怎么这么客气呢?"

"这是广播社的社长她……自己做的。"

"如果对方很在意,就这么说。"——白井社长像母亲一般指导我应对,不过我斟酌了一下,还是省略了"她妈妈"这几个字。

"真能干呢!"太太满脸笑容地打开封袋,随后脸上的笑意更浓了。孩子们也靠过来了。太太把饼干一块一块地摆在起居室的玻璃茶几上。

"好可爱呀!"孩子们欢呼道。

圣诞树、圣诞老人、驯鹿、长靴、礼盒……每种形状的饼干各有两块,还用色彩缤纷的类似砂糖的糖浆做了缀色。每一块饼干都装在透明的包装袋里,袋子封口则用金色缎带绑成一个环状。

"可以拿来当装饰品呢。"

太太说完,孩子们便催促着要把饼干装饰在圣诞树上。他们没有因为不能马上品尝饼干而不满,倒是为了能用真实的点心做装饰而兴奋不已。

我心感佩服地看着,然后听到村冈老师向我道谢,良太也夸赞道:"感觉真不错呢!"我得到老师的允许,给圣诞树拍了一张照片,以便向白井社长汇报。

温馨的氛围一直延续到餐桌上，老师说"不用客气，大胆吃"，我们也就恭敬不如从命了。良太像是要和孩子们比赛似的，往肚子里塞了一堆肉，几乎忘了到访的目的。

反倒是老师还清楚地记得我们的要事。吃完饭后，老师、良太和我便来到起居室，太太还给我们泡了暖暖的欧蕾咖啡。

"良太是主角，而我是青海田径社前辈兼初中时期的顾问老师，但你并不是要我聊聊良太的事，顺便给他说几句加油鼓劲的话，对吧？"

老师犹如叮嘱一般地说道。

"是的。希望您能给青海田径社的后辈以及所有长跑接力赛的运动员，送上几句激励的话……"

虽然这些话是早已备好的，但我没有信心能说得不磕巴。

"要说几句话啊……"老师双臂交叉抱在胸前，陷入了深思。看到刚洗完澡的儿子光着湿漉漉的身子把浴巾当披风披着，他突然扑向孩子背后，暂时切换成父亲模式。

良太从追过来的太太手里接过睡衣，饶有兴趣地看着这一幕。

"稍微打断一下。"

在广播室的讨论过程中，关于把良太作为主角的做法，有人提出了异议。这个声音是谁发出的呢？我一时之间没法判断，用了排除法之后才知道是翠学姐。

本以为翠学姐原本的声音也像播报员那样，直到那时我才知道，原来她平日里会有意识地用那种方式发声。不过紧接着，她又恢复了播报员的嗓音：

"我也赞成通过町田同学的视角介绍田径社的方案。虽然黑田同学推荐他去拍摄，但我自身没有参加运动类社团的经验，所以很好奇町田同学能写出怎样的旁白讲稿。我觉得，这个作品的旁白不如也让町田同学来做吧。"

难度进一步提升了。学长学姐们都对我评价太高了，而且都到现在了，还突然加码，而我不可能一下子变得优秀。原来如此。这就是白井社长所说的对于我的评价，其他人眼中看到的我。

通过我的视角去看田径社、良太、村冈老师……看了这个作品并且进行评价的人，搞不好大部分都不太懂田径方面的事情。我隐约感觉，背上突然变得沉甸甸的。

正因为能感知到那份重量，我才能够接受翠学姐接下来说出的那番话。

"选谁做主角，会不会影响正式队员的选拔呢？毕竟候选人不是只有山岸同学一个。你想想，像是在新年长跑接力的时候，在比赛当天更换运动员也是有可能的。到底由谁上场跑，不到大赛当天都不知道，全凭教练一句话决定。在这种极具紧张感的关头，由我们这些外人来制造明星运动员，合适吗？是不是'gift year'，也得等一切都尘埃落定了才知道。"

老实说，我从未想过翠学姐会如此条理清晰地对白井社长提出意见。敢反驳白井社长的人只有苍学长，不过在原则方面的思考方式上，两个人都是差不多的，所以最终苍学长都能理解白井社长的想法。再加上温柔守护着他们的翠学姐，还有个性豁达但有些招人烦的黑田学长，四个高二的成员在我眼中就是这种模样。

话说回来，翠学姐的意见说得很在理。

比起广播社去采访，更重要的是，这件事会对被采访的对象造成什么影响？

"其实我认为，原岛老师不会被这点小事扰乱头绪。"

嘀嘀咕咕说出这句话的人，居然是黑田学长。

"我也是。虽然由我自己来说这些话有点掉价，但咱们青海至少不会有哪个社团，因为区区一个广播社的采访就动摇方针。"

连社长自己都承认广播社在学校里没什么存在感。

对于他们的意见，我也表示赞同。

只不过，我的脑海里浮现了一个画面——三崎中学去年公布县级长跑接力赛参赛人员时的画面。当时，良太没被点名。虽然事后知道了原因，但是我们认定那个取而代之的人是因为家庭原因才被选上的，所以良太体会到的更多是不甘。

"那个……"

我怯生生地举起手。

"就算原岛先生能够公平地选人，落选的运动员也有可能觉得没被选上是广播社的错。人往往会在自己失败的时候，希望找到一个能接受的理由。即便是因为自己实力不足，只要找到其他原因，在自己陷入沮丧的时候，就会把过错都归咎于那些方面……"

我在说这些话的同时，也感觉到了自己的狡猾。我所担心的并不是站在以上立场的人。即使良太好不容易被选上了正式队员，当听到"还不是因为广播社的采访""还不是因为初中时期的顾问是村冈老师""还不是因为原岛老师和村冈老师是大学校友，而且联系紧密"诸如此类的话时，他也无法实实在在地感到开心吧？

哪怕只有一点点可能，我也怕自己会拖良太的后腿。

令我意外的是，白井社长居然没有持反对意见，还点点头说着"确实如此"，提出了另一个方案：

"那就不要只采访一人。先去拜托一下，让我们给长跑接力赛的每个成员都做一个平等的采访。翠说得没错，是不是'gift year'也得等一切都尘埃落定了才知道。如果一开始就过于集中于一个目标，万一事情没办法往我们想要的方向进展，就会变得很难收拾了。不过，如果先在一定范围内跟进，再顺着趋势锁定目标，不管得出什么结果，应该都能灵活应对。这样可以吗？"

翠学姐回了一句"这样倒是可行"，于是我也连忙点头，表示同意。

白井社长再一次向正也和久米同学确认是不是就敲定了《传承梦想，从过去到未来》这个题目，至此，这场漫长到不能再漫长的讨论就结束了。我猛地一下卸掉肩上的重负。

话虽如此……尽管当时的我察觉自己内心蜷缩着一个小小的疙瘩，却不清楚那到底为何。原本想着等回家路上找正也或久米同学商量一下，却连合适的询问方式都想不出来。

哦，原来是这么回事。想弄清楚这个疙瘩的真相，只有在回到家里，独自待在自己房间的时候。

我是希望进入田径社才报考青海学院的。尽管没办法以社团成员的身份出现在那个憧憬的地方，却能作为广播社成员，以采访的目的踏足那个地方。然而，我一点都不兴奋。面对黑田学长让我去拍摄的提议，我虽然很想拍，但想拍的是良太奔跑的样子，而不是其他社团成员。如果要以所有长跑接力成员为焦点，是不是就没必要通过我的视角去看了呢？

我思索着，刚想重重地叹息一声，就收到白井社长用LAND发来的信息。不是发在广播社群里，而是给我的私信。

"町田请专注于山岸同学和村冈老师的采访上。"

原来白井社长比我更早一步发现我内心小疙瘩的真相……

话虽如此，但用这种"平等对待所有长跑接力赛成员"的方式，向良太或村冈老师提出采访的委托并不容易，而且我也在犹豫能不能询问我们真正想知道的事情，更重要的是，我总觉得那么做对于他们本人来说是一种欺骗，这让我很是内疚。

"很好，搞定！"

村冈老师把孩子的睡衣衣摆全部往里塞，裤子提到肚脐眼之上，再拍拍他的小屁股。男孩像一颗球似的跳开，离开了起居室。

"抱歉，话说到一半。"

老师恢复了严肃的表情，转身面向我，重新坐下。

"话说回来，这个作品……是纪录片来着？核心主题是什么？青海田径社参加全国大赛也不是什么稀罕事，其他表现优异的社团也有很多吧？为什么就选定了田径社？"

村冈老师是不是不知道良太是继他之后时隔十五年又一个被选为正式队员的高一学生？不过，要是让他意识到这就是核心内容，也会很麻烦。

我思考着该怎么回答，之后回过神来，镇定地回望老师，说道：

"因为我初中时期就在田径社，而且还是长跑接力的运动员。"

"嗯？"老师皱起眉头。与他一样，良太的脸色也变得不是很好看。看到他们这种反应，我把白井社长对我和社团其他人说过的话，概括地做了解释。

"圭祐也是完全同意她的说法，才接下这个任务吗？"

老师像是进一步提醒似的询问道。

"是的。我在想，是不是能以竞技者之外的视角去面对田径。我也觉得，这或许能给我一个机会去思考今后的路该如何与田径有所联系。"

难道白井社长是为了我才提出这个方案的吗？这一点，会不会是我想太多了？

"原来如此。除了竞技者，与田径有所联系的方式，我能想到的就只有指导员了，原来还有传播田径竞技这一种方式啊！很好，你尽管采访我吧。只要是我能回答的，我会言无不尽。"

看到老师拍着胸脯这么说，我的脑袋自然地垂下，道谢的话也自然流露。稍微想象一下就能知道，以村冈老师的为人，肯定会爽快地答应请求，要是提前帮我备好提问卡该有多好啊！如果能当场想起一个酷酷的问题也挺不错的，但这也不容易想。

看来写新闻稿这种事，我还是做不来。这件事先放着不说了。

当着村冈老师的面，我也放弃遮遮掩掩了。

"采访稿我之后会认真写的。其实，我做这个主题的契机是想尝试拍摄田径的视频，至于面对田径这件事是之后才有的想法，所以稿子的事一时半会儿还……"

我只能挠挠脑袋了。

"对了，圭祐，你要不给老师看看那个视频吧？"

良太像是要助我一臂之力，脱口而出。

"哪个视频？"见老师歪着脑袋，我打开手机的视频页面递了过去。

"我现在沉迷于无人机拍摄。"

我按下了播放键。

"嚯，这个还挺厉害的嘛。"

村冈老师从我手里接过手机，一会儿近看，一会儿远看，不时发出"哦哦""喔喔"之类的感叹。那闹腾的模样既不像一名老师，也不像一位父亲，更像是我们这些高中生，或者比我们还小的孩子。

"可以看看其他的吗？"

老师问道，眼睛都没离开屏幕。

我回答："请便。"

"这个就和操控遥控飞机一样吗？"

"呃，我没玩过遥控飞机，所以不清楚。"

"这样啊……我一个住在附近的朋友有一架，我只是借来稍微玩过，还真是挺有意思的。"

老师一边说，一边一个接一个地播放视频。

"哇哈，这个拍得真不错。"

老师很是兴奋地说道。

有良太的例子在前，我也明白是怎么回事了。看了一眼，果不其然，是黑田学长拍摄的橄榄球社视频。

"这个是高二的学长拍的。"

我冷静地告知。

"原来如此。"老师看向我，终于把手机放到桌面上。

"话说回来，现在的高中生居然都在玩无人航拍机了啊！真的变成一个高科技时代了。"

"我们最近才开始用，它是在三崎马拉松友谊大赛抽到的奖品。"

"原来是那次活动啊！"

老师拍了一下手掌，似乎他当时就在抽中无人航拍机那一瞬间的抽奖现场。

"我记得……那个女孩，是五棵松中学的久米。原来如此，她去了青海啊？好不容易抽到了无人机，居然让给了广播社？"

听到老师的问题，我深思了大约五秒。

"久米同学不是田径社的，她和我一样是广播社的，所以无人机的持有人还是久米同学，视频基本上也是用久米同学的手机拍摄后再转发的。"

"原来是这样。"

"说来，老师居然记得其他初中田径社成员的名字。"

"也不是所有人都记得。我记得，久米是练急行跳远的，那时看到她在跑步，还以为也是专攻长跑的，所以就记住了。看到她在马拉松大赛上受表彰，我还觉得自己是未卜先知呢……原来是这么回事啊，她居然是广播社的。"

我从老师的表情中窥出一丝遗憾，不由得思考如果久米同学是三崎中学的会如何。

"不过，五棵松中学拥有水平不错的长跑运动员，其中以松本兄妹为代表。在每个项目上，各个学校的参赛人数都是定好的，她应该也是选择了确定能出赛的项目吧。"

五棵松中学是田径强校。对于松本兄妹，我也有印象。哥哥比我大一岁，妹妹与我同年，颁奖仪式的前几名里经常有他们的名字。而且，兄妹俩的外貌也如模特一般相当有型。

"松本哥哥是我的学长，不过妹妹好像不是就读于青海学院。"

良太像是要补充说明。

"这样啊……话说，没有田径社的视频吗？"

村冈老师又一次拿起我的手机。

"很遗憾，没有。"

"不过，我准备下次让圭祐拍我跑步时的样子。"

良太有些骄傲地说道。

"这个挺好的。能不能帮三崎中学的学弟们也拍一段？在采访时拍也行。"

村冈老师这么说道，良太则询问从哪个角度拍方便确认姿势，我也收拾好心情，表示这一点得先问清楚。

此时的我，正和良太一起接受村冈老师的田径指导。原本我已经死心，以为不会再有这一天了。

平安夜当天也是结业典礼，这一天的社团活动只是确认寒假期间的安排，所以不到一个小时就结束了。

之后，我和正也按照约定前往卡拉OK店，但或许是因为放学后能去的游乐场所很有限，在那里排队等包厢的都是青海学院的学生。而且，排在我们前面不远处的就是高二的学长学姐们——只不过缺了一人。

"翠学姐没和你们一起吗？"

正也向白井社长问道。

"嗯，她有其他安排。我还想问你们呢，久米妹子呢？"

"久米同学似乎也有约了。啊，不是和男朋友，好像是什么朋友。"

不知为何，正也的后半句是朝着黑田学长那边说的。明明学长没有一丝丝在意的样子。

"这样啊！所以，都没什么女孩子来约你们俩吗？"

"带着这些伙伴过来的社长也没资格说我们啊！还是说，你和其中一个在交往？"

我真佩服正也能淡然地问出这种问题。和谁呢？我饶有兴趣地看着两位学长，结果两人都一边否认，一边大幅度地摇头摆手。

"怎么想都没有这个可能好吗？"

白井社长像在强调一般，坚决断言道。

最后，我们决定五个人一起开一间包厢，但这么一来，房间也变得像广播室那样逼仄了。我们点了饮料，又各自点了歌，打头阵的苍学长开始唱起当红团体的新歌，白井社长坐在我旁边，也不打算靠近一些，而是像平日那样聊起天。

"采访的事，村冈老师回复了吗？"

"是。他说随便问。还有，社长让我带去的那些饼干，他的太太和孩子都非常高兴地收下了。"

我拿出手机，把在老师家拍的圣诞树调出来给白井社长看。

"是不是挺好看的？原来还能用真正的饼干当饰品呢。"

"嗯，是啊……他们觉得高兴就好。"

社长用平淡的口气回道。

我原本还想问问，糖霜饼干是不是就是指用砂糖做涂层的饼干，不过最后还是决定不要再提起和饼干相关的话题了。

母亲擅长烹饪，社长却连饼干都做不成样。明明请教一下母亲就能解决的事，但社长没这么做，应该也是有一些原因的吧。话说回来，既然她能让我带母亲亲手做的饼干当伴手礼，想必不会有什么深刻的矛盾吧，我也不好再追问什么了。

不论是谁，都会有一些心结。

苍学长的歌曲结束了。系统给出评分，结果是八十五分。"还以为能多几分。"他的语气里听不出不甘。说着，下一首歌的前奏已经响起了。

"这是我的歌。"

社长站起来，拿起麦克风。没想到竟是一首……不，对社长来说，这类欧美歌曲很适合她。发音非常漂亮，音程也很标准，嗓音更是美妙。

她拿到了九十八分。没法做出像样的饼干这种事，已经算不上什么了。

唱了两个小时后出了店门，我们一行五人还是一起行动。

黑田学长说要去家电大卖场看看无人航拍机，于是大家决定一起去。在这个夏天之前，我想都不敢想会和高二的学长学姐们一起过圣诞节。

"明明声音那么好听……"

白井社长在我旁边这么嘀咕道。

都怪我的歌声辜负了她的期待。我用最拿手的歌，拿到了八十一分。自从上了高中，我的嗓音一直备受称赞，以至于我都不曾意识到，自己唱歌居然跑调。

"真是可惜了……"

她干脆嘲笑我一番算了，这么认真地为我陷入苦思，反倒让我沮丧了。

"翠之前还拿过一百分呢……"

又给我追加了一个打击。

"对了，翠学姐今天是去约会了吗？"

正也像是突然想起什么似的说道，看着也不像在替我解围。

"怎么着，宫本，你很在意翠吗？"

苍学长冷冰冰地问道，正也不为所动。

"没什么，我就随便一问，只是在想她是不是有什么事。难道说，你们都不想知道身边的人有什么情况吗？也不是说要侵犯他人的隐私，可以的话，我还想填满整个履历表呢。"

"履历表？"

"就是在写剧本时一开始制作的资料，类似登场人物的履历表。就算实际上没有出现这种戏份，也可以事先设定人物的兴趣、特长、短板等。在写台词的时候，就可以看出以这个人物的性格会不会说出这样的话，会不会采取这样的行动。"

"了不起的编剧。那么，我在《屏蔽》里饰演的那个不怀好意的同学B，有什么特长吗？"

"有啊！那家伙是篮球社的。"

正也迅速回答道，仿佛这个人物是真实存在的。

"有意思。那宫本的脑子里也有我的履历表吗？"

"姑且有一份……"

"这样啊！为了填满翠的履历表，我愿意主动提供帮助，但很可惜，我也不知道。且不问她今天是不是去约会，我连她有没有男朋友都不知晓。"

"既然那么在意，明天直接去问本人不就行了吗？问她昨天去和谁见面了。"

白井社长插了一嘴。

"其实更让我在意的是，宫本，你觉得久米妹子这个人怎么样？"

这个我无法翻越的"栏架"，白井社长轻而易举地跨了过去。

"哎，啊，呃……"

正也连耳垂的尖尖都涨红了，显得有些失措。

"明明不愿意说自己的事，却想着填满别人的履历表，你的修行还差得远啊！"

论手腕确实是白井社长厉害一些。我将视线投向远处，思考如何安慰正也。结果从对面走过来的一群男生中，我看到了一张熟悉的面孔。

是同班的堀江。见他面向这边，我正想扬起一只手，就看到他深深鞠了一躬。然而，他的视线不是向着我。

"你好。"

他的声音也从我的面前掠过。

"嗨。"

这句轻声回应，来自黑田学长。随后，堀江与我擦肩而过时，朝我挥了挥手，我也回应了同样的动作。

你们认识吗？我面向黑田学长的脸上似乎露出了这样的表情。

"他是我初中的学弟。"

学长如是说道。

一般从小学升到初中，都是同样的小伙伴，但高中与初中不同，尤其是私立学校，会集了来自各所初中的人，因此若无需要，我也不曾想过去确认谁谁谁毕业于哪所初中。

就连久米同学是五棵松中学的这件事，我也是在村冈老师家第一次知道的。

"学长学姐们都是来自同一所初中吗？"

正也问道。

他这么一问，自己的情况也可以光明正大地说出来了。

"何止是初中，我们三个从幼儿园开始就在一起了。"

白井社长回答道。

原来如此，怪不得他们之间这么亲密。

"宫本和町田是从什么时候开始变得稔熟的？"

"我和圭祐是同一所初中的，不过我们第一次对话是在高中入学仪式那天。"

"哦，这样啊！看来，在一起的年份与亲密的程度是不成正比的。"

社长轻快地说道，但是从她眼中，我看得出她很高兴我和正也是这样的关系。

白井社长直到初二还相信有圣诞老人，让她认清这个现实的人是苍学长，自那之后，每次听到《铃儿响叮当》，她就有一股想猛踹苍学长后背的冲动。我们一路聊着、笑着、听着，来到了家电大卖场。

我们一边感慨"这种小地方也有这么大的卖场啊"，一边从数码摄像机和手持摄像机的架子前路过，来到一个狭窄但确实存在的地方——摆放无人航拍机的角落。但是，比起无人航拍机，站在角落前的那个熟悉的背影反倒让我整个人定住了。

"老师！"

对方一脸诧异地转过身，又露出不好意思的表情。这个人，果然是村冈老师。

"自从看了视频，我也很想拥有一架，所以购物的时候顺路过来看一眼，居然比我预想的便宜。我们刚刚正在商量要不要今天就买下。"

太太和孩子们正在厨用家电一角，看来是受到手工饼干的启发了。

这里摆放着五架尺寸不一的无人航拍机，其中最便宜的一架不到10000日元。即便是我，用压岁钱也买得起。虽然很在意无人航拍机，但我还是决定先为老师和学长学姐们相互介绍一下。

得知眼前的人就是村冈老师，白井社长挺直了背脊。

"真的非常感谢您愿意接受我们此次的采访。"

老师有些受宠若惊，深深地鞠了一躬。

我向老师介绍了黑田学长，说能用无人航拍机拍出好看画面的人就是这一位，老师便露出诙谐的表情，边喊"师父"边与学长握手。黑田学长也不好意思地回握了一下。

"要不我还是不要自己买了，拜托专业人士帮我用无人机拍摄吧。接受采访挺让人难为情的，不过我很期待你们会拍出怎样的作品。你们要带着那个作品晋级全国大赛。"

"好的！"

这一声用极大嗓门儿做出的回应，果然来自白井社长。

大家这样自然而然地聚到一起，这一幕仿佛是一份圣诞礼物，相信我们的作品肯定也能顺利地制作出来。

第四章 节目流程表

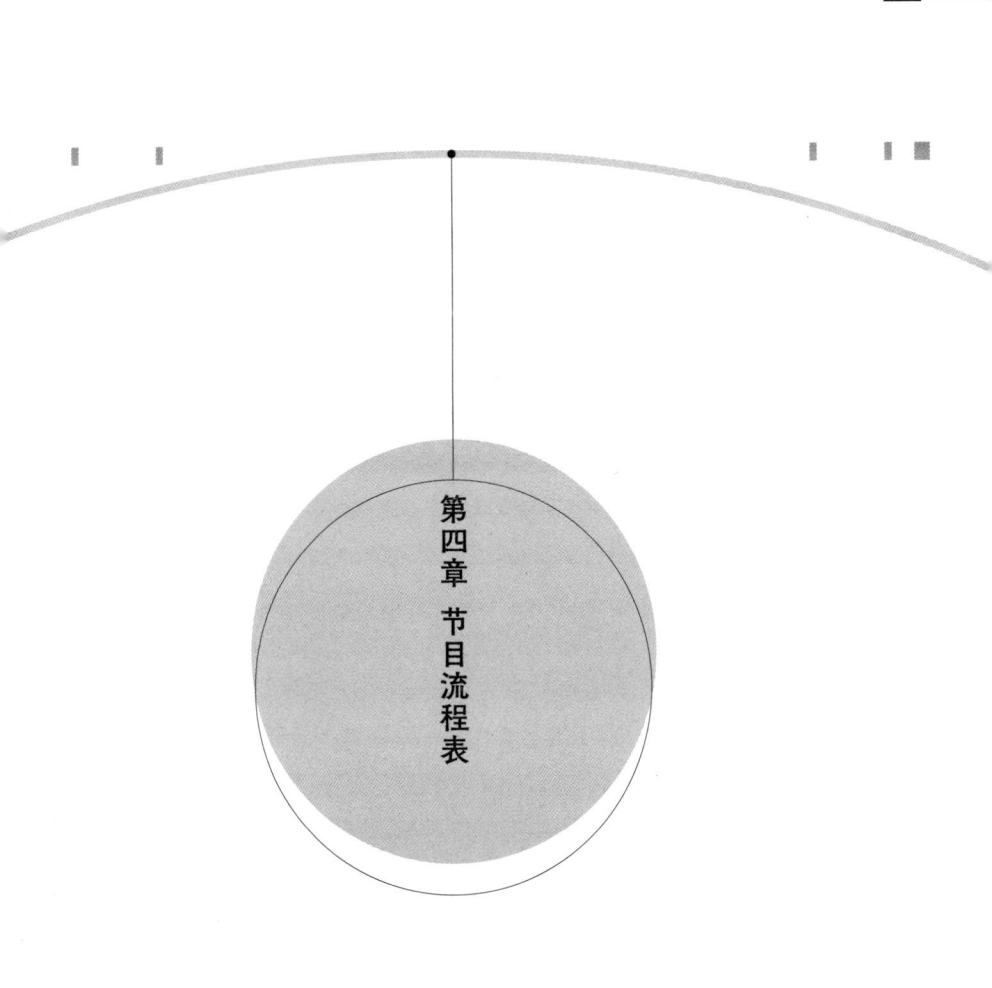

过完新年，离日本全国高中长跑接力对抗赛还有一个月。

田径社成员讲述各自抱负的采访视频已经在年前做好了。

在敲定电视纪录片项目主题的会议上，基本确定策划、摄影、旁白各项流程都以我为中心，但真正开始之后，掌握主导权的还是高二的学长学姐们。

负责策划的是白井社长，负责摄影的是黑田学长，旁白和采访交给翠学姐，剪辑则由苍学长负责。

虽然略微有种扑空的感觉，但我没有一丝抱怨或不满。学长学姐们动作都很迅速，事先调查和准备工作也没有遗漏，看到他们那么认真的样子，我很难想象自己能制作出质量更好的作品。

白井社长如今俨然是长跑接力的专家了。"对了，町田，关于日本全国高中长跑接力对抗赛的大赛理念，我想说几句……"有时她会这么问我，但说到底，我都不知道那些理念出自什么地方，即使看了，我也无法比白井社长看出更多的门道。

话说回来，不管是哪一项工作，我似乎都很好地发挥了优秀助手的作用。这已经足够了。不，或者应该说，我最好就留在这个位置，学习一下明年怎么好好引导后辈才是。

手机上收到了LAND的信息，是久米同学发来的：

"开始了。"

我回了一句："明白。"

青海学院田径社长跑接力队今天训练的起点是位于县里山间的"县民森林广场"。他们训练的路线是从那里出发，跑上公路，重复3千米的上坡下坡，之后从我所在的牧场大门前经过。

我拿着微单相机一直准备着。这里的牧场平常不开放，所以看不到在这里享受小长假的当地人，只有我一个人站着。早知道就让正也跟着一起来了。

如果能蹭个车就好了。这个广场离学校不到一个小时的车程，田径社是乘坐社团专用车过来的（几乎所有运动类社团都有专用的小巴士）。而为我们开车的是广播社顾问秋山老师。为了让广播社全体成员都坐得下，他开的不是平日里的那辆小汽车，而是从老家借来的八人座面包车。

秋山老师第一次展现了他身为顾问老师该有的作为。虽然脑子是这么想的，但不知为何，脑海里出现的却是已经退社的高三学姐们的声音。

除了接送，老师也派不上其他用场，便无所事事地坐在长椅上。若是去拜托他，他应该也会立刻答应，但在离开广场时，我并没有这个想法。

"到牧场也不算多远。"

那时正在准备无人航拍机的黑田学长笑着这么说，于是我背起相机包，走出了广场。

一开始我的速度并不快，后面行走的步伐渐渐加快，等我有所意识时，已经跑过了下坡路。我的呼吸有些急促，便停下脚步，但很快又开始跑动起来。即便是上坡路，我也继续奔跑，呼吸又开始困难了。

3千米，有这么长吗？

一年前我还挑战过这条路线，难度有这么高吗？

正式比赛的日期近在眼前，田径社选择的训练场地便是日本全国初中长跑接力赛县级预选大赛的路线。自从决定要去，我就隐约有些心神不宁，但程度无异于时隔多日再次造访曾为三崎中学田径社训练场地的市民运动场。

所以，或许我大意了。我一边感受着胸口被勒得紧紧的感觉，一边在怀念之情的驱使下奔跑，这让我再次体会到自己已经失去的东西。

事实上，我在大赛中所跑的路段是从牧场前方经由山脚，再到靠近市郊一家木材工厂前方的路线，比现在的路段略微舒缓一些。

我就是在这里接过了绶带……

现在可不是沉浸于感伤之中的时候。蛇形坡道的前方已经能看到熟悉的队服身影，我赶紧架起了相机。

跑在队伍前方的是高三的桂木学长。他在县级大赛中跑最后一棒，是引领青海学院走向全国大赛的重要人物之一。他已经确定将保送到常年参加新年长跑接力赛的田径名校，并想将高中的最后一场大赛作为踏板，迈向精彩的大学生活。对于广播社的采访，他也非常热忱、真挚地给予回应。

不同于良太那种感受不到空气阻力的流畅动作，他的每一个步伐都强健有力。

"我的武器就是脚踝的硬度。"

采访过后，白井社长让我解释这句话的意思，问我具体指的是什么，但我也说不出个所以然来。于是，我决定今天再来问问他本人，或者向原岛老师请教一下。

跑第二位的也是一名高三的正式队员。绕过弯道，可以从正面用相机捕捉运动员们的全身。跑在第三位的也是一名高三学生。在他的身后，良太紧紧地跟着。

冲啊，良太！我在内心呐喊道。

在良太身后的便是高二的松本哥哥。由于妹妹和他不在同一所学校，可以称呼他为"松本学长"，不过这个从初中时期就通用的名号还是抢先从脑海里冒出来了。

通过个人采访，我震惊地发现，初中便是颁奖台常客的松本哥哥居然是候补队员。我从没听说他有伤痛之类的不利情况，而且他的最佳纪录已经直逼大赛纪录了。也就是说，他并不是停滞不前或是状态不佳。这意味着，青海学院的选手水平很高，想被选为正式队员不是一件简单的事。

另外，高二有很多这样的运动员。关于全国大赛的正选资格，作为后起之秀的良太不是在谦虚，而是因为很清楚这种状况下真的不知道谁会当选。

就算没遭遇交通事故并且进入了田径社，在这种直到毕业都注定当候补的地方，我是否能做到毫无怨言，不堕落，一路坚持下去呢？采访结束后，我立刻思考了这些事情。

会不会是因为我看清了自己的实力，拿学习当借口，逃跑似的离开了田径社，才得以遇上广播社？也许是因为正也来找我搭话，但是，我是不是对广播也有一丁点儿兴趣呢？或许我也会舍弃社团，不肯再踏入广播室一步。

　　这些话，有一半是说给自己听的，有一半是真心话。

　　能遇到广播社，真是太好了。

　　田径练习的无人航拍是我负责的。与无法预测动作的足球或橄榄球运动不同，我可以从最想拍的角度，将那些作为被拍摄对象的运动员收入画面中。

　　与其他运动类社团的成员一样，田径社的成员也对视频很感兴趣，看得很入迷。"跑累的时候脑袋不要往右歪""往后摆臂时动作的角度要再加大10度"——我一边听着诸如此类的建议，一边记笔记，仿佛有种为田径社出力的感觉，内心高兴得很。

　　"居然通过无人机拍摄的视频来分析动作，听说连实力强劲的队伍的运动员也办不到。真厉害。"

　　良太说，他只要有空就会去看我发的那些视频。

　　我重新架好相机。

　　说起来，一年前，妈妈也是在这里架起了手持摄像机，为了拍下儿子接过绶带冲出去的一幕。

　　那天，长跑接力赛的路线规定车辆不许通行，禁止观众们陪跑的通知也提前发给了各个学校，所以前来加油的家长们都是各自带上相机，隔开几百米拍摄自己负责的区域，之后再将从起跑线到终点线所有区域的视频剪辑合成DVD，而我一直没看过。

　　跑在队首的桂木学长已经渐渐逼近我眼前。这里并不是终点线。全国大赛的最长路段长达10千米，长跑接力赛的所有队员都要跑上这么一段，而距离这里2千米的地方设置了折返点（田径社的经理好像在那里等着），从那里跑回广场才算结束。

　　一阵风吹来。不，是桂木学长从我的跟前跑过。紧接着是跑第二位的运动员、第三位，然后是良太、松本哥哥，再后面是高三的成员……

阵阵微风从我眼前陆陆续续地吹过。这是怎么回事？

又是一阵风。每次有人从我跟前跑过都是一阵风。

我并非不清楚这种感触。应该说，我清楚得很。但是，感觉不一样。以前，我是从正面承受这种风的。

我的额头很宽，妈妈说"看起来挺优秀的不好吗"，那口吻听着简直就像在说"这点随我了，你就心存感激吧"，但要我说的话，还是希望把额头藏起来，所以去理发的时候，我会尽量让人把刘海留长一些，以便挡住额头。

然而，一跑起来，我的额头就完全敞开了，所以之前我很喜欢那种可以盖住额头的缠头巾。而这些事，我都彻底忘了。当然，刮起强风的时候也会出现同样的情况，只不过，被动承受的风，和主动刮起的风，是完全不一样的。

那种畅快感简直是……

我的脸颊传来了水滴的感觉。这是眼泪吗？太好了，幸好是在所有人都通过了之后。

广播社的成员都不在我的旁边。

明明无须对人敷衍些什么，但我还是假装眼睛里进了脏东西，用绒毛大衣的袖口按了按眼睛，再重新架好相机。集中精神拍摄吧。

一路维持领先位置的桂木学长，比我预想中更快出现了。九分钟跑完3千米，这些人早就达成了这个目标。

我把注意力集中在相机上，捕捉穿过镜头的拍摄对象。第二名也通过了。第三名是……良太。紧随其后的是松本哥哥。他们带起的两股风从我面前吹过。加油啊，良太，甩开松本哥哥……

为什么我会站在镜头的这一侧呢？

等到田径社所有成员都通过之后，我把相机收进相机包，然后走去广场。我的双腿已经无法自如迈步，只是懒散地走着。

3千米很长。

正也和久米同学站在广场的入口处，一看到我的身影，两人就用力地挥了挥手。他们该不会在担心我会一个人躲起来哭吧……看样子不是。毕竟我自己也想象不出那样一个画面。

我微微提速，结果肚子就叫了。我拿出手机准备确认时间，刚好看到正也在LAND上发来的信息。

"吃午饭啦！"

这是五分钟前发来的信息，难怪他们来接我了。我点点头，朝他们身边跑去。

这个速度对于现在的我来说已是竭尽全力，然而，这点速度无法让额头敞开。

广场上，高二的学长学姐们没去吃午饭，而是在等我。另一头的田径社则已经开始用餐了。不知什么时候来了好几个看似家长的人，他们聚在一起，准备了户外用的桌子和椅子，桌上摆放着的特百惠大塑料盒里装着饭团和炸鸡块。

在那些人当中，我看到了良太父亲的身影。

一年前，这位父亲为了良太，和村冈老师联手演了一出戏，但对于儿子无法出战县级大赛的事，他肯定不是百分百同意的。在大赛之后，他或许也曾后悔，认为应该让儿子去跑的。不过现在，他一定会感谢村冈老师，幸好当初那么做了。

毕竟儿子还在跑，朝着全国大赛的目标奔跑。

广播社的地盘上铺着一张很大的蓝色塑料垫。

"这是在广播社的储物柜里找到的。准备得还挺齐全吧？"

苍学长得意地笑道。

我们像在广播室里一样并肩围坐成一个圆圈，我从书包里拿出一个塑料袋。因为实在不好意思在寒假里还要妈妈帮忙准备便当，所以我才买了这个，不过除了白井社长，其他人的食物似乎都是买来的。

"不介意的话，尝尝这个吧。"

白井社长把一个大纸袋拉到跟前，从里面拿出一个盒子。盒子里并排放着一个个用保鲜膜包裹着的黄色筒状物，看着像是用蛋皮代替海苔卷起来的西式寿司卷。

我们每人都分到了一个。寿司的米饭是鸡肉炒饭,中间包着炸虾和莴苣。

黑田学长立刻咬了一口。

"好吃。这是特地为我们做的吗?我是说,你妈妈。"

"这是她下一次烹饪课的试验品。顺便说一句,寿司是我卷的。"

"噢噢。"正也发出了佩服的声音,我再次看向手里的食物。蛋皮没有扯坏,配菜也好好地包在中间。咬上一口,味道自不用说,卷成形的米饭的口感也恰到好处。

"唉,看来你克服弱点了。"

与嘴里的话不同,苍学长的脸上没有一丝遗憾的模样,很享受地吃着。

"塔塔酱好好吃,我想要菜谱。"

翠学姐也张大嘴巴咬了一口。

大家都是好人,真开心。嗯,很开心。

我想着自己也该说几句感谢,但腮帮子塞得满满的,感觉嘴里已经没空间了。这时,秋山老师终于来了。

"不介意的话,尝尝这个吧。"

老师说着,把一个"熊猫面包"的袋子放在塑料垫的边上。袋子里是15厘米长的法式三明治,估计每人能分到两个。

"老师一起吃吧?西式惠方卷也给您备了一份。"

白井社长叫住了准备转身离开的老师。见老师有点犹豫,苍学长和黑田学长各自将身体往后退了退,空出一个人的位置,于是老师不客气地坐下了。

虽然邀请了老师,但学长学姐们没什么话聊,周围流动着沉默的空气。为了打破这个僵局,正也从老师带来的袋子里拿出三明治,摆在塑料垫中央,开始解说每一个的配料。

除了我和正也,其他人好像都是第一次吃"熊猫面包",学长学姐们觉得用金平牛蒡做三明治的食材有点怪怪的,伴随着"看起来挺好吃的""这样感觉搭吗"的纷纷议论声,场面再次热闹了起来。

我拿了一个麻婆茄子口味的三明治。这似乎是新产品,我是第一次尝试。

"好吃。"

话音刚落,迟来的辣椒刺激感就在嘴里蔓延,让我呛了一下。大家都笑了,吃着同一种口味、做出同一种反应的黑田学长也一边放话道"我没事"一边笑。我向大家力荐花生酱口味,还和他们解释"熊猫面包"家的花生酱与市面上的有何不同。说着说着,仅仅半个小时之前内心的那一点疙瘩或不愉快的心情,已渐渐消散了。

"老师!"

白井社长对默默吃着惠方卷的老师喊了一句。老师一边留意不让嘴里含着的米饭掉出来,一边回了一句:"怎么了?"

"其实,您原本想当哪个社团的顾问老师啊?"

老师没回答,但应该不是因为嘴里的东西还没完全吞下。虽然这个问题不是针对我,但我还是不由得紧张了一下,若要打个比方,就像突然被丢了一个手榴弹的感觉吧。

秋山老师拿起原本放在膝盖旁边的瓶装茶喝了一口,然后面向社长,说道:

"我在广播社学到了宝贵的经验,不过我赴任时提出的目标社团是田径社,毕竟我初中和高中都在田径社待过。"

"田径!"

白井社长发出了兴奋的声音,与其相反,完全没有预料会听到这个答案的我则呆呆地张着嘴巴。

"请问您专攻的项目是什么?"

提问的人是久米同学。

"跨栏。"

"那算是短跑项目呢。"

久米同学看上去很高兴。

"100米的最佳成绩是多少?"

黑田学长问道。

"十二秒八。"

相当快了。接着,黑田学长又问了老师读书时的大赛成绩。原本有点谦虚的老师也渐渐变得活跃起来,他回答道:"跨栏在县级大赛拿了第三名。"说起来,每次他就是用这种干脆利落的说话方式上语文课。以运动类社团来说,完全可以接受。

如果没有连续十年晋级"J赛"全国大赛这一层压力,高三的学姐们和老师的交流或许能够更为融洽一些。

"有没有什么我们不知道的田径社素材?"

白井社长问道。

她大脑的某个角落一直记着制作作品的事,这一点我必须多学习。

"嗯,也算不上是什么素材吧,不过练习跨栏需要一枚10日元硬币,这件事町田同学知道吗?"

在众人的注视中,我摇了摇头。更重要的是,老师知道我曾经是田径社的人,这件事更让我震惊。

"搞不好这算是我们社团原创的训练方法呢。在练习把腿抬高到刚好不碰到跨栏的动作时,我们会在跨栏上放一枚10日元硬币,然后在不让硬币掉落的标准下练习高抬腿。"

"嚯!"好几个人同时发出声音。不仅是提问的社长,大家都饶有兴致地听着。接下来,通过苍学长的提问,我们知道老师是青海学院的毕业生,虽然在校年份不重合,但算是原岛老师和村冈老师的学弟。

"这么说,那件事我们不用去找原岛老师打听,请教秋山老师不就行了吗?"

白井社长往我这边瞥了一眼。

"你是想问脚踝硬度的事吧?"

老师这么回道,白井社长用力地点点头,表示回答正确,并向秋山老师询问"武器是脚踝的硬度"这句话到底是什么意思。

"说到底,脚踝很硬是指什么呢?是关节的柔软性吗?还是骨头的强度?"

苍学长开口问道,为问题做了补充。

秋山老师把惠方卷的保鲜膜揉成一团，按着膝盖站起来。

"各位同学，你们能做这个动作吗？"

老师双手前伸，双膝并拢站立，双脚脚底紧贴地面，弯曲膝盖深蹲后直立站起。

"这是从小学开始每到4月就要做的其中一项运动器官（**注：指骨骼、关节、骨骼肌等支撑身体运动的器官**）检测，对吧？"

白井社长一副"小菜一碟"的口吻，站起身来，当场做了一个和老师一样的动作。高二的学长学姐们紧随其后，正也和久米同学慢了几拍，也跟着轻轻做了那个动作。

这么一来，搞得我也不得不做了。于是我慢慢站起身，检查下左膝后慢慢沉下腰，结果摔了个屁股着地。

"町田用不着跟着做。"

被白井社长这么一说，我露出难为情的笑容，伸直左膝坐下了。其实我蹲不下去并不是因为事故造成的膝盖疼痛，而是早就有这样的问题了。在运动器官检测中，有一项需要踮着脚走几步，这项检查我总是做得不顺，但我并未被要求去医院检查，只是拿到了一本附带插图的宣传册，上面有伸展脚踝的方法。

"不擅长做这个动作的人，一般会说他的脚踝很硬。这种人不太会蹲日式蹲厕，也很容易受伤，算是一个劣势吧，不过近年来发表的几篇论文称脚踝的硬度关系到跑步的速度。尤其是在运动员鸭志田公开说自己的武器就是很硬的脚踝后，这一点变得广为人知了。"

他说的田径运动员正是那位100米竞跑日本纪录保持者。

"鸭志田也不怎么能蹲，这件事他曾在杂志采访里说过。"

"脚踝硬的意思我是听懂了，但是这一点能带来什么优势呢？"

白井社长问道。

"你试着想象一个很硬的弹簧和一个柔软的弹簧。当你用同样的力道按向地面时，哪一个会跳得更高呢？"

"原来如此。说的是从地面反弹的强度？"

最快出声表示理解的人是苍学长。

不过，就连不擅长理科的我也能理解这个原理。

"虽然没有结论说脚踝硬就意味着跑步速度快，但从各种分析来看，不仅是短跑项目，就连在5千米竞跑中，也有例子可以证明脚踝硬能发挥出更好的效果。"

这么说，我的脚踝曾经也算一个武器？

"如果能把这些内容加到作品里，感觉还挺有意思的。"

我听到白井社长这么说道，也不知道是对着我说的，还是对着所有人提议的，于是我回了一声"哈哈"敷衍一下。连我也分不清这个回应究竟算是同意还是在赔笑。

下午开始是田径练习，安排在广场附设的田径竞赛场上。

沿着400米跑道跑四圈半之后，最后200米要全力冲刺。休息十分钟之后，接着进行同样的练习，然后再休息十分钟，进行第三轮。在三崎中学，这项训练被称为"地狱2千米×3"。

我继续负责无人航拍机拍摄。我操作着遥控器，站在我身边的正也凝望跑道，发出了感慨：

"前面的速度已经算很快了，后面还要冲刺，怎么可能啊！"

我在内心嘀咕着：第二轮的冲刺是最累的。在我初一那年，每到这种训练的时候，我就会后悔加入田径社；到了初二，我就想着要早点退役；到了初三，脑子里的热血会疯狂沸腾，同时在大脑里呐喊，等上了高中一定要加入田径社以外的社团。

现在我明明已经如愿了，但为什么内心还是有一种虫子乱爬的刺挠感呢？

明明都让我负责最喜欢的无人机拍摄了，我的脑子里居然还在想：我想做的并不是这种事。

回程也是秋山老师用车把我们送到学校。收拾摄影器材的事由高一的人接手，毕竟准备工作是高二成员做的。

我从箱子里拿出微单相机，久米同学则拿出无人航拍机，用放在广播室里的无纺布仔细地擦拭。正也去了外面，把沾在塑料垫上的草屑清理干净。

"我问一下……"

我将视线固定在相机上，开口道。

"什么事？"

"久米同学为什么不加入田径社？"

"哎？"

我本打算随意一问，但从久米同学的声音中听得出她很意外。

"三崎中学的村冈老师还记得你，说你没加入田径社挺可惜的。"

"像我这种水平的人，初中时期的表现根本算不上出色。"

"你可能只是不适合练急行跳远。老师说，如果久米同学是三崎中学的学生，他会劝你练长跑。"

"这样啊……"

我本着夸奖她的意思，可久米同学的表情显得越来越为难。

"而且，你在马拉松大赛上跑得很快。难道说，你平日里就有定期跑步的习惯吗？"

"我跑步是为了发声练习。"

"那我举个例子，你看，就像今天，在近距离观察田径社的跑步训练之后，你会想着自己也去跑一跑吗？"

我找久米同学聊天就是为了问这件事。我想向她确认，自己内心上涌的那种情绪并没有什么特别之处，凡是练过田径的人，谁都会有这种感觉——以此让自己安心。

"这个，怎么说呢……"久米同学抬起头，笔直地看向我，语气像是下定决心一般，"我也有话想问町田同学，可以吗？"

"可以。"

"你会不会觉得我看起来一副不懂装懂、很自大的样子？"

"我从来不觉得久米同学是一个自大的人。"

"谢、谢谢你……那么，我就问了。如果山岸同学在初中就放弃了田径，那町田同学还会想着高中要继续加入田径社吗？"

听到这个此前没有一个人问过、我也根本没思考过的问题，我一时陷入了沉默，甚至连呼吸都忘了。

"良太……放弃田径，这种事根本不可能啦。"

我单手挥了挥，像是在说"你又在开玩笑了"，其实我到底想搪塞什么呢？

"可是，山岸同学在初中时不是伤了膝盖吗？他可是被我们学校视为对手的运动员，我应该没记错。他能回归真是太好了，不过如果——我是说如果，他的膝盖一直治不好，就这样放弃了田径……"

如果是那样，我应该也不会想着连同良太的份一起努力。

"首先，我应该不会以青海学院为目标了。"

嘴上能说的就只有这句话了。

我可能会去报考离家近的国立高中，然后加入那边的田径社吧。如果良太放弃了，我也不会练了。对于田径，难道我就只有这种程度的念想吗？

不，不是的。想继续练田径的心思应该还是有的，毕竟当初我是不甘退役的。但是良太……那个邀我进入田径的世界、比我多了好几倍才华的良太都放弃的话，我还能练田径吗？我有那个权利吗？总觉得我会带着这样的想法，选择加入另一个社团。

良太并不希望看到事情变成这样，就算我明白这一点……

像今天这样，近距离看了田径社的人跑步的场景，感受了风，虽然内心会有些波动，想着自己怎么会站在这里，但只要念叨"反正良太也不在"，似乎又觉得说得过去。

是这样吗？

我的念想就是这种程度吗？

"久米同学……"

为什么你会向我提出这样的问题？你想让我意识到什么？这种话一旦说出口，说不定会带上一种迁怒的语气。

只听"砰"的一声，门打开了。

"终于弄干净了。塑料垫和草坪怎么就那么'投缘'呢？"

正也抱着塑料垫走了进来。

我和久米同学对视一下。

"又在说悄悄话？"

这个"又"是什么意思啊？哦，是指上次我们在商量要不要报名参加播音组和朗读组的时候啊！虽然我强烈表明了决心，但之后因为敲定了电视纪录片主题，我高兴得忘乎所以，又忙得筋疲力尽，完全把这件事搁置了。他到底是想说什么呢？

"正也，你在写剧本吗？"

"哎，你问我？当然在写啊！寒假期间我写了两个广播剧剧本呢！不过两个本子都得再精修一下，下次我带过来，你们都帮忙看一下。其中一个是单一场景（注：指故事情节发生在或主要发生在一个场景中，代表作品有《十二怒汉》《狗镇》等）哟！"

正也带着一种兴奋的口吻继续说着，还说就当是一种解闷儿的法子。久米同学也不只是跑步，应该每天都会看看书，做做发声练习。对于这么努力的人，实在不好追问为什么不加入田径社。

久米同学应该不会把田径社和广播社放到天平上衡量。

"我也对'脚踝很硬'这个说法挺感兴趣的，就把之前拍摄的田径社视频资料都传到家里的电脑上，打算试着摸索剪辑的方法。"

"不错不错，看来这趟远征很有意义啊！"

"我也把无人机拍的视频全部发给你吧。"

也不知道这是我第几次表明不怎么靠谱的决定了，但正也和久米同学都一如既往地接住了我的话。

寒假最后一次社团活动结束后，在正也的提议下，我们高一三人组决定去卡拉OK店开包厢。这个寒假真是始于卡拉OK店，又终于卡拉OK店。就连久米同学也是立刻同意加入了。

我的嗓音受人夸赞，但不代表我擅长唱歌。然而，这个由我本人作为例子的假说，在久米同学身上并不成立。她唱的是一部深夜热门动画的主题曲，就连平时电视上不会播放的第三段歌词，她也能准确无误地唱完，最终得到了九十五分。

"好厉害啊！你该不会还练习了唱歌吧？"

正也一边鼓掌，一边询问久米同学。

"其实，我每个星期要上一次声乐课。"

"动真格的呀？"

"没那么夸张，我妈妈有个朋友的女儿是音乐大学毕业的，开了一个教钢琴和声乐的培训班，我就去上课了，算是顺便走个人情。也不知道有没有成果。"

"说什么呢，我觉得你学得很好啊！对了，最近的配音演员，也被要求会唱歌呢。话说，小田祐是不是也组了个什么组合来着？"

"他们的组合叫'Sparks'，唱了《你当勇者，我为随从》的主题曲《奔赴地平线的前方》。我很喜欢这首歌。"

"那部作品，超帅的。"

我自然而然地插话道。

主人公的好友勇者埃里克是由小田祐配音的，所以我把全集都录下来看完了。

"町田同学，你要不要一起唱？不过，小田祐的独唱部分我可不会让给你的。"

久米同学的眼睛散发着光彩，她并不知道我的歌唱实力。但动画歌曲的话我应该唱得来，虽然没什么依据……

结果，"翻车"了。

刚刚下单的饮料和炸薯条已经送来，我用吸管喝着可乐。

"这首歌的作词人是最近才崭露头角的，人们都评价说他歌词里的汉字读音很独特。"

所以嘛，唱不好也是情有可原，不用在意，绝对不是因为町田同学是一个音痴——总觉得久米同学在暗地里这么安慰我。

确实，这次可以算是音准之外的问题。已听习惯的第一段歌词勉强唱得来，从第二段开始，为了追着看屏幕上那些小小的文字已经很要命了，等我回过神才发现，麦克风的位置已经降到了肚脐眼儿附近。

其实歌词里并没有很多艰涩的词语，都是一些在小学就学过的汉字。但是，像是"真实"一词，上面标的注音假名居然是"hontou"，"命"标的是"tamashii"，"明日"标的是"mirai"。这几个我还能理解，但"友情"标作"eien"是什么意思？难道就不能写作"本当""魂""未来""永远"吗？

对于这些问题，久米同学似乎完全不在意，唱的时候连字幕都不用看，营造出一种在唱欧美歌曲的绝妙氛围。

"感觉像是一个测试谁是'铁粉'谁是'假粉'的作战。"

正也仿佛灵光一闪，说道。

"原来如此，我倒是没想到这个。"

感觉我是自爆"假粉"了，但是……

"不，换作久米同学或翠学姐，就算第一次看到这种歌词也唱得来。"

播音组和朗读组都是等到比赛前才派发当天的主题的。不管是大是小，只要"真实"标注的注音假名是"hontou"，就必须按这个读音来读。

"说起来，上次全国大赛，朗读组当天的主题是芥川龙之介（注：日本小说家，代表作有《罗生门》《竹林中》《鼻子》等）来着。而且，我原以为自己已经看过不少芥川的短篇作品了，居然还有我不知道的。"

正也这么说道。

当然了，高三成员提交的报告资料里并没有记录这些。

"毕竟古籍也有古籍的读法嘛。"

看来久米同学已经自己认真查阅过了。

"而且，那些进入决赛的人啊，差不多有十个人吧，居然没有一个人念错。所有人都准确地念出来，没有停顿且富有感情。"

原来念得出来是理所当然的啊！

"那么，分数是怎么算的呢？"

"每位评审关注的重点都不一样吧。那位被称为特邀评审的作家，是谁来着？那人在点评时就谈到了文章中的括号和逗号，还问有没有好好思考过这个作品的题目之类的。"

"我也没留意这一点。从指定的长篇作品里挑选哪一部分的内容，似乎也是一个很大的得分点。"

看来久米同学也看过点评的内容了，大概都刊登在大赛的官方网站上了吧，还是说也上传了视频呢？不管哪一种，若要埋怨高三的学姐们没写清楚，那便是找错对象了。

"不过，如果是这种程度，即便我的目标不是那个项目组，也能想象到这一点。而其他部门的正经点评，感觉就是另一个世界的事了。"

"都说了些什么？"

"圭祐，你试试念一下'sa''shi''su''se''so'。久米同学不妨也试试。"

什么意思？我歪了歪脑袋，其中一只手还拿着炸薯条。我轻咳了一声，然后念了一遍，久米同学也跟着念了。

"然后呢？这个发音有什么问题？"

"不知道，我还是不明白。"

"啥？"

"点评的那位，是JBK以前的一位主播，听说从还在职的时候就担任了专业播音讲座的讲师。那个人是这么说的，参赛者中只有一半人能正确念出'sa'行的发音。我听了所有人的朗读，并没有觉得哪个人的发音不对劲啊！"

"久米同学，你听得出来吗？"

"我听说过，很多人会把'su'的音念成'th'，但如果是'sa'行的发音，应该不止这一个问题，我也不太明白，更不确定自己和町田同学的发音是不是正确的。"

居然连久米同学都听不出来。

"看来，还是得找这方面的专家请教一下，不然都达不到全国大赛的水平。"

虽说秋山老师是语文教师，但他之前是田径社的。我带着半分放弃的心情说道，没想到久米同学脸上瞬间绽放了笑容。

"你的意思是，请小田祐给一些建议，对吧？"

原来还有这么一手啊！我这才意识到这一点，同时内心不甚惶恐，无法轻易表示赞同。至少等我们确定能晋级全国大赛吧。不对，到那时就晚了。那就先让久米同学一个人去……

这时，不知谁的手机响了起来。

"抱歉，好像是我的手机。"

久米同学还是一脸笑意，从放在旁边的帆布背包的口袋里拿出了手机。结果，她的脸色转眼间变得阴郁了。

"那个……不好意思，我有点急事，可以先回去吗？"

久米同学这么说着，腰已经抬起了一半。

"当然可以啊！"

正也回道。

久米同学还想掏出钱包，他又说"不用，不用"，同时把挂在墙上的外套递过去。我有些不知所措，默默地看着这一幕。

"路上小心。"

"路上小心。"

我的声音像回音一样，紧跟着正也的话说出，我目送久米同学快步走出包厢。久米同学表情凝重，与其说是悲伤或担心，不如说是严肃。

是谁发生了什么事吗？

我没什么"匆忙赶去"的经验。

有此经验的反倒是妈妈。

就是公布成绩合格那天的交通事故。原本正在上班的妈妈，直接穿着护士的制服赶到我被救护车送去的医院。之后还有一个插曲：前来解释情况的警察差点搞不清她是我的家人还是医院的工作人员。对妈妈来说，这件事算是一个笑话的素材。

不，或许是为了让那些一脸严肃询问病情的人安心，她才会这样边笑边说吧。

"是不是朋友出事了啊？"

正也喝了一口冰块稍化的可乐，说道。

"是不是平安夜去见的那个？"

一与卡拉OK店联系起来，我就想起了这件事。

"虽然不知道是不是同一个人,但久米同学在商定纪录片主题的时候不是说过吗?她有一个患了重病的朋友。"

对呀!听他这么一说,我倒是想起来了。那一天的讨论内容,光是消化与我自己有关的事就让我费尽全力了,因此其他事情就完全遗漏了。

"是什么病来着?"

"等一下。"

正也拿出了手机,他似乎做了备忘录。

"克罗恩病。"

"是那个病恶化了吗?"

"可能吧。我只是做了备忘录,到最后都没去查这究竟是一种什么病。虽然久米同学的方案没被选为主题,但那天在现场已经听出了久米同学希望更多人了解这个病的心情,早知道,我应该多留点心的。"

正也说着,叹了一口气。

"你能记下这个病名已经很了不起了。"

关于自己被他人同情一事,我时常在接受与不接受之间徘徊,然而最近,我同情过他人吗?对于自己以外的人所面临的问题,我是否为他们着想过呢……

"唱个什么歌吧?"

正也这么问我。

"好。随便点个能吼的歌吧。"

于是,我们又各自点了一杯可乐。

高三似乎也要上课上到1月底,我们见到了许久未见的学姐们。不知道是不是因为考试的压力,敦子学姐变胖了许多(这句话绝对不能当着她的面说)。相反的,前社长月村学姐可能是因为压力暴瘦了。

刚才各班都开了班会,随后都移步到体育馆举行了开学典礼。仪式过后,吹奏乐社演奏了乐曲,助威团表演了舞蹈,以此预祝高三学子们考试顺利。

我从一开始就没在班级里列队，而是用三脚架架起微单相机，待在体育馆的后方。

这时，一个人影突然走了过来。是树里学姐。

"需要帮忙吗？"

"不用。现在是学姐的关键时期，不好麻烦学姐。"

这种时候，我总是说不出什么好听的话。说到底，我也不知道有什么话能慰劳考生。

"用不着客气。反正我已经确定去哪所学校了。"

听说树里学姐通过公募特招（注：一种推荐入学的方法，向日本全国高中招募符合学校一定条件的高中生入学，一般由高中校长推荐），成功考上了私立艺术大学，专业是影视研究。

"因为我想拍电影嘛。"

树里学姐这么说道，笑得有些腼腆。

原来在社团里的声音响度，并非和其投入作品制作的热情成正比。

"其他学姐也准备报考广播相关的专业吗？"

"并不是。有的是药学系，有的是教育学。不过，就不知道大家入学之后会参加什么社团或小组了。"

"这样啊！"

难得学姐来找我聊天，我却不知道怎么延伸话题。早知道就不要一上来就打听其他学姐的事情，多问问树里学姐关于大学的问题了。例如，在特招考试应有的面试中，是不是会被问到社团活动的情况。

这时，头顶上传来"唰唰"的声响，很快又远去了。是黑田学长正在操控无人航拍机飞过。

这是第一次在室内飞行，这里学生密集，万一坠落下来伤到人可就出大事了，所以起先老师们都面露难色，但我们直接找了身为助威团负责人的校长协商，他说一定要用无人航拍机拍摄，这才得到了许可。

"町田会操作吗？"

树里学姐的视线投向了无人航拍机。

"我会。很有意思的。对了，我这里有视频，要看吗？"

好不容易让气氛活跃了起来，树里学姐却看了看时钟。

"我差不多要回去忙了，我们班几乎所有人都订购了毕业纪念DVD。你之后也要继续努力。"

说完，她一路小跑回班级的队伍里。也不知道她是纯粹过来打发时间，还是过来鼓励我的。

我抱着架好相机的三脚架，来到体育馆中央拍摄专用的空位。

吹奏乐社的演奏和助威团的舞蹈都非常精彩，但总觉得我的相机所记录的魅力甚至不足一半。我一边后悔刚才没能向树里学姐取取经，一边留在学生退场之后的体育馆里做收尾工作。

我把相机和三脚架送回广播室后又返回时，舞台一旁打开了，正也和久米同学走了出来。正也两只手各拿着一个箱体式音响，久米同学则单手拿着一个。

"正也，我来帮忙。"

我跑过去（其实也没到跑的速度），从正也手里接过一个音响，还挺重的。虽然顶部有一个提手，但这么重的玩意儿，正也居然能同时拿两个，我实在佩服。

要是不小心磕到舌头可就糟糕了，于是我们三个一路沉默地走到广播室，把音响放进仓库，然后舒了一口气。

"那个……昨天真是不好意思。难得你们约我出去玩。"

久米同学开口道。

刚才一路走来的时候，她是不是一直在想着，等放下音响就和我们道歉？

"哎呀，没关系啦。话说，你那边没什么事吧？"

正也用爽朗的口吻回道。

站在他旁边的我也频频点头，表示"没错没错"。

"哎，这个……"

久米同学有些含糊其词。

也是，她那时说是有急事才回去的。什么朋友病情加重，纯粹是我们自己的臆想。话说回来，我们向她追问到底发生了什么事，这样真的合适吗？

"啊，是的，没什么事。我母亲……不是，我妈妈被菜刀切到手了，所以才紧张兮兮地联系我……就是这么一点小事。"

久米同学有点失措地回道，随后垂下脑袋。

"母亲……原来是这样啊？不过，没事就好。"

正也应和似的说道。

看来他并不打算明说我们原以为是她的朋友出事了。这也难怪，万一事实并非如此，只会引得她联想到一些不吉利的事。

"以后有空再去唱K就好了。"

我这么说道，还挠了挠头，表示下次一定要坚持唱完第二段歌词。

"嚯，你们又去卡拉OK店啦？真好。"

有人带着并不羡慕的口吻，一边说着一边走进来，是白井社长。高二的学长学姐们紧随其后，带着各自的东西进来了。

"原岛老师说体育馆要锁门了。书包给你们带来了。"

苍学长把两个帆布背包放到桌面上。

"麻烦学长了。"

"谢谢。"

正也和久米同学纷纷微低脑袋，行礼道谢。

"咦，我的呢？"

因为广播社要收拾东西，可以预先把东西放在体育馆里，于是我在开学典礼之前就把背包从教室挪到那边了。

"还有其他东西落下了吗？"

苍学长向翠学姐问道。

"最后检查的人是我，但应该没落下东西了。"

悦耳的嗓音在这种时候总是显得很有说服力。我甚至不好问一句"真的没有吗"。

"会不会是吹奏乐社或助威团的什么人拿错背包了？"

黑底带白色徽标的帆布背包随处可见，班上和我用同款帆布背包的人大约有三个——包括女生在内。

"町田，你把书包放哪里来着？"

被苍学长这么一问，我才恍然想起。

"舞台上台处的边上。白井社长用LAND发了信息，说把东西放在那里。"

"那就是了！"

白井社长拍了一下手掌，仿佛在说"谜底解开了"。"让我说完嘛。"苍学长嘀咕道。当然了，这句话被社长无视了。

"町田，从表演者的位置来看，舞台的上台处是哪一边？"

被社长一问，我把双手抬到与脸齐高的位置。我今天一直从观众席的位置负责拍摄，便在头脑中把舞台左右两边对调了一下。

"右边，对吧？"

"啊——"正也发出了很遗憾的声音。

"哎，反了吗？"

"对，反了。舞台上台处是表演者位置的左侧。"

白井社长两手搭在腰上，脑袋往左侧晃了一下。

"哎？咦？啊？"

那漫才师呢？歌手呢？我回想着跨年时看过的搞笑节目和歌曲比拼。先不管这些了，刚才的开学典礼，校长是从哪个方向上台来着？陷入混乱的人，唯独我一个。难怪只有我一个人落下了书包。

"我去拿回来。"

我快步走出了广播室。

"哟，町田圭祐。"

有人在走廊过道上喊出我的全名，是原岛老师。只见他单手拿着附在棒状支架上的钥匙转着圈圈。来得正是时候。或许对老师来说并非如此。

"不好意思，我把背包落在体育馆了。"

"这样啊！"

老师没有显露一丝不耐烦的神情，转身就走。我隔着半步的距离跟在他的身后，等体育馆正面的大门一开便尽可能冲向舞台的左侧。

黑暗中，黑色帆布背包孤零零地留在那里，看起来竟像一只被遗弃的小狗，我用双手轻轻拿起背在身上，然后才往回跑去。

"让您久等了。"

明明这段距离没多长，却让我呼吸急促了。

"看来你恢复得还不错。"

"什么？"

"你的腿。"

"哦，是啊……"

明明应该是一句令人欣喜的话，我却高兴不起来。前天在县民森林广场时，摆在我眼前的事实不会那么轻易就消失。

"话说回来，町田。我正好有件事想拜托你。"

"请问是什么事？"

我之前似乎从没有因为被老师拜托而觉得庆幸。

"上次在县民森林广场拍的训练视频，能分享给我吗？"

对话的发展，简直让我怀疑老师是不是读取了我脑海中的影像。

"是指无人机拍的那个吗？"

已经有很多田径社的成员来拜托，说想看看这个视频，于是黑田学长用手机把视频发给了森本社长，再由森本社长分享给大家。

"那个视频，已经在这里啦。"

老师特地从口袋里拿出了手机。从开学典礼这天开始，他就是一身运动服装扮。手机屏保上那座白雪皑皑的富士山，是老师自己拍的吧？他是不是去看了新年的长跑接力赛？

"那么，您要的是哪个？"

"没有从正面拍摄队员们的奔跑姿势吗？"

"有的。"

下坡，折返，爬上同一段路线。因为没和他们并行，所以经过我眼前的时候是侧面拍摄，但和运动员有一段足够的距离时，画面就是从正面拍摄的。

"那我把手机号码告诉你，用LAND发给我吧。"

第四章 节目流程表

123

和原岛老师用LAND联系？不，我抗拒的并不是这一点。

"用相机拍的视频资料都保存在广播社的电脑里了。可以的话，老师还是把电脑的邮箱地址告诉我吧。"

"这样啊……咦，把邮箱地址告诉学生，这么做会不会不妥？"

手机和电脑，又有什么区别呢？

"要不我拷贝到优盘或DVD里吧？"

"不了，你就直接发送给我。有些地方我想尽早确认一下。你带本子了吗？"

我打开帆布背包的一侧，在里面塞塞窣窣地搜了一会儿，拿出一张B5大小的活页纸和一支自动铅笔，递给了老师。

老师把那张纸打横，抵在墙壁上，正准备写字，结果"咔嗒咔嗒"按了好几下笔，转头看着我说：

"里面没笔芯啊！"

"抱歉。"

我又急忙递出手里最先摸到的橙色荧光笔。

"不错不错，有这么粗就好写了。"

老师照着纸张的尺寸，用大小适中的字号写下了邮箱地址——"haaaarasima@……"。与广播社一样，后面的地址也是学校的。

"不是'shi'，是'si'。"

他强调道。

为了一回到广播室就能马上操作，我把那张纸拿在手上，回去之后，就把那张纸倒扣在社团专用的那部笔记本电脑上了。

之所以没能马上操作，是因为会议开始了。正如树里学姐所说，今年预订毕业纪念DVD的单子比往年多，为了避免在班级或社团上出现偏倚，要重新分配一下职责分担。

话虽如此，但就算订单量不大，这些学长学姐也不会想着偷工减料，所以一开始定下的计划没做多大变更，只是确认一下便完事了。

之后，大家开始忙各自的自主练习或作业，我则把视频发给了老师。

以防万一，那张写着邮箱地址的纸条用广播室里备着的碎纸机处理了，发送记录也删除了。

不论是小学还是初中，我都不记得第三学期是满课的，或许纯粹是因为我总是带着新年里的惰性迎接春季吧？

开学典礼的第二天开始就安排了六节课。当然了，英语和数学的头一节课都有小考和补习。过了一个星期，我仍然无法适应这个节奏，还担心是不是只有自己是这种症状，结果午休吃便当的时候，我听到堀江也这么说，倒是放心了。

一旦习惯在教室里吃饭，即便外头的天气再好，我也没再和正也或久米同学在通往天台的紧急逃生楼梯上用餐了。毕竟这是和社团以外的同窗加深感情的重要时间。

听到别人说整个寒假都在补习机构上讲习课，我又有些不安了，不知道自己这么热衷于社团活动到底合不合适。

"要劳逸结合啦。"

热衷于橄榄球社的堀江笑着安慰道。

虽然不安，但当我每天推开广播室那扇厚重的门时，就觉得学习的事先放一边吧，肩膀上的压力也都卸下了——即便我得去上数学补习课，即便为了去东京而狠下心来学数学的正也在那次之后就没再去上数学补习课了，即便只有我一个在社团活动时迟到。

暖气温度正合适，这不是来得正巧嘛——我一边挖苦自己，一边推开门。

这种阴沉的氛围是怎么回事？除我以外，所有社团成员都围在桌子一角，站成小小一圈。

"啊，圭祐。"

正也回头，露出奇怪且做作的笑容走向我。

"那啥，我想去图书馆查点东西，你陪我去吧？"

他边说边把手按在我的后背，把我整个人往后转。

"干什么？至少让我放下背包吧。"

我略带反抗地转回去，与久米同学四目相对。久米同学立刻改变身体方向，还低下了脑袋。该不会是哭了吧？

"发生什……"

发生什么事了——我不知道该对着谁询问，话到最后就断了。

"瞒着町田也没用。"

有人平静地开口道，是白井社长。

怎么了？是和我有关的事吗？是必须瞒着我的事吗？

"可是，圭祐和良太是……"

正也像是要维护我，但他的嘴巴被我一把捂住了。

"良太怎么了？"

我做了一次呼吸之后，才向正也问道。

正也没回答。这就证明发生了什么很糟糕的事情。难道他出意外了？膝盖又痛了吗？

"可以给他看吗？"

社长询问久米同学。

久米同学原本低着的脑袋埋得更深了。仔细一看，原来大家正围着一台放在桌面边缘的手机。而拿着手机的人，是黑田学长。

从使用无人航拍机开始，这一幕每天都会出现一次。久米同学的手机就在黑田学长手上，但我从没见过他脸上露出这么严肃的表情。

我战战兢兢地接过那台手机，做好了心理准备，入眼却是全黑的的屏幕。我知道解锁的数字，之前久米同学就和我说过了，但我不知道那串数字意味着什么，只知道那并不是她的生日。

我这时才产生了触碰他人手机的愧疚感，但还是输入了那串早就记下的数字，屏幕上立刻出现了画面。

良太站在田径社活动室的前方，其中一只手拿着点了火的香烟……

第五章 数字化

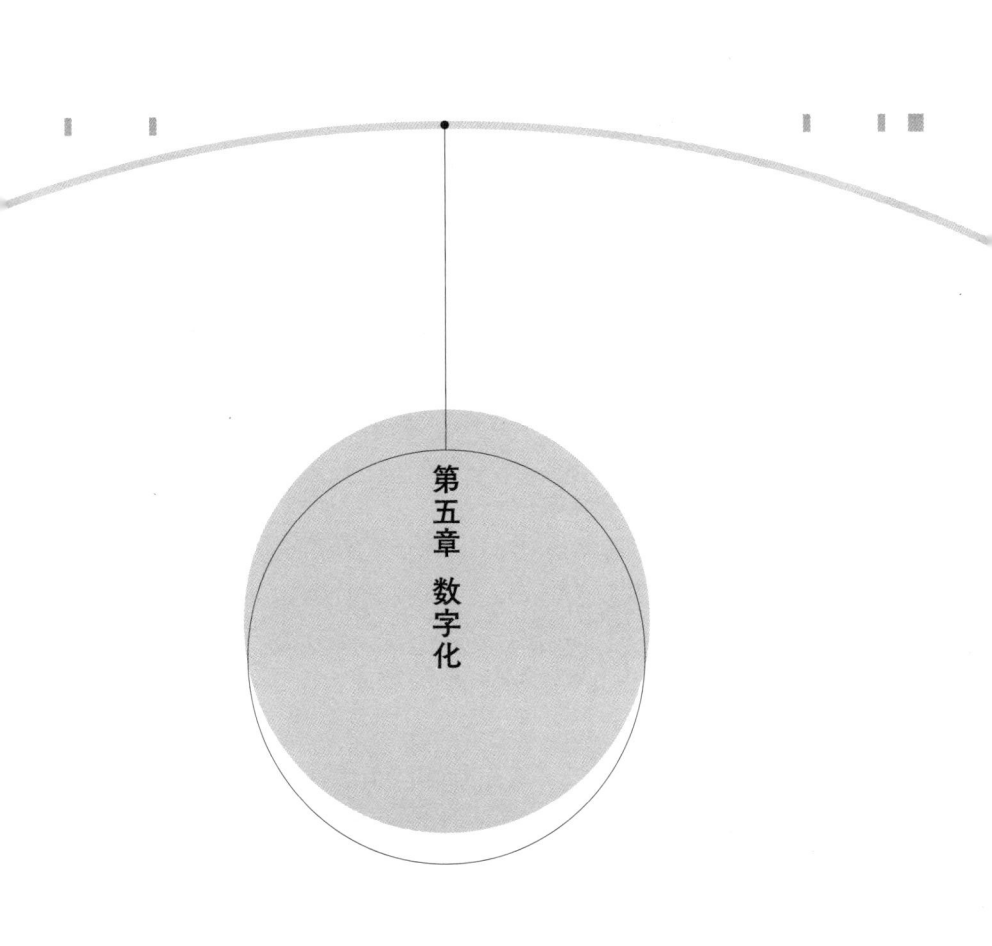

"不会的……"

我无法相信映入眼帘的画面，把手机里那段十五分钟视频的最后三分钟重播了一次。

这段视频是用无人航拍机拍摄的。镜头从操场开始移动，来到位于校园一角的运动类社团的活动室大楼上空。这栋二层建筑的上层最深处，就是田径社的活动室。那房间的门开了，良太现身来到与走廊相通的空间。他看了看周围，单手搭着栏杆，朝楼下看了一眼。那里一个人都没有。接着，我看向了他那只没搭在栏杆上的手。

那只手上，有一根点着的香烟。良太拿着那根香烟，又一次打开活动室的门，走了进去。无人机提升了高度，往教学楼的屋顶移动，渐渐看不到活动室大楼了……

"为什么会有这段视频？"

我向手机的所有者——久米同学问道。

"呃，这个是……午休的时候……"

久米同学依然垂着脑袋，发出了有气无力的声音，但我听不清她在说些什么。这让我莫名有点火大。既然在说重要的事，就应该抬起头好好说话才是啊！

"是我拍的。我借用了久米的手机。"

黑田学长往前迈出一步。

千钧一发之际，我咽下了责备久米同学的话。

"敦子学姐来拜托我，让我拍一些高三女生在中庭吃便当的画面，以用于毕业纪念DVD。虽然有点像捏造的日常景象，但她说我们在开学典礼上的无人航拍很不错，就……"

这么一说我倒是想起来了，今天虽然天气放晴，但也算不上暖和，午休时刻却能听到教学楼外面传来听似在闹腾的亢奋声。

"只是，为什么是用久米同学的手机拍的？"

虽然这和用谁的手机没什么关系，但我不得不问一句。

"原岛老师也托我用无人航拍机拍摄高三男生的第四节体育课，我觉得自己手机的电池可能撑不了那么久。"

黑田学长看着大家这么说道。

看来，除我之外的成员们都是看了视频之后就赶紧围住了手机，还没来得及了解详细情况。

黑田学长的话总结起来大概是这样的：

前天午休的时候，敦子学姐和原岛老师委托黑田学长用无人航拍机拍摄。当时他去教师办公室找原岛老师提交报告，老师便拜托他做这件事，恰好敦子学姐也到办公室找其他老师，就追着已经离开办公室的黑田学长，说她也有委托。

刚开始使用无人航拍机的时候，每当有人来委托拍摄时，黑田学长都会去征得久米同学的许可，不过久米同学说"这是捐给广播社的东西，大家可以自由使用"，于是黑田学长在使用之前都不报告了。

不过，如果第四节课和午休时段连着拍摄，手机电池可能会不够用。黑田学长昨晚意识到这一点，用LAND联系了久米同学，借用她的手机拍摄第四节课。

久米同学利用第二节和第三节课之间的十分钟课间休息时间来到广播室，把手机放在无人航拍机的盒子上就出去了。

黑田学长则是在第三节和第四节课之间来到广播室，拿了久米同学的手机和无人航拍机去了天台。

"看到视频的时候我就在想，为什么是在天台上拍的？"

白井社长插了一句话。

她既是广播社的社长，又是黑田学长的同级生，连她都无法理解的事情，我自然也不会明白。

"我也是要上课的，所以我事先在手机上规划好无人机的路线，设置了定时功能，等时间到了它就能自动飞上天。为了使用归位功能，我把遥控器也一起放在天台了。天台那边不是方便起飞降落吗？毕竟设定路线也未必能做到分毫不差。"

确实，为了避免撞到窗框或卡在树枝上，天台是最佳选择。

"这和直升机是一个道理。"

苍学长说道。

"可是，天台是可以随便进入的吗？我记得紧急逃生楼梯改成避难通道之后是可以自由出入的，但通往天台的门不是上了锁吗？"

白井社长问道。

教学楼里的楼梯最高只到四楼。若要去天台，就必须通过每层楼走廊一端的紧急出口，从外面的紧急逃生楼梯上去。而那个地方，也是我、正也和久米同学相遇的地点。

"我可是正经地找了顾问老师，向他借了钥匙。你去办公室看看教务主任座位后面的白板，上面写着'第四节课，午休，广播社无人机拍摄，使用天台'这句话。"

这件事我还是第一次听说。在此之前，每次要用无人航拍机时，即便是我负责拍摄，黑田学长都会先到广播室来帮忙做好无人航拍机的准备，说不定每次都是他帮忙向校方提出申请。

"嚯，以你的性格来说，做得还算妥当呢。"

白井社长抛去一个佩服的眼神。

"我想避免无人机被禁用或没收。"

黑田学长有点害羞，挠着头回答道。或许是想起现在不是说这个的时候，便重新回到刚才说明的话题上。

午休时间一到，黑田学长便前往天台回收无人航拍机和遥控器。当时无人航拍机正准备着陆，因为原岛老师希望学长拍下集体活动最后十分钟的技术动作，于是他事先设置好，让无人航拍机在下课铃响后才飞离操场。

学长从无人航拍机的遥控器上取下久米同学的手机，安装上自己的手机，并替换了无人航拍机本体的电池，然后走向了中庭。

接着，他以等候在那里的敦子学姐为中心，拍摄了几组高三女生在中庭享用午餐的热闹场面，之后便去了广播室。

"是这样的吧，宫本？"

像是在寻求确认一般，黑田学长回头看向正也。

"没错。"

"为什么要问宫本？"

这句话也是白井社长问出来的。

"今天是我负责在午休时间播放音乐。黑田学长来到这里后，说自己还没吃午饭，我就把准备在放学后吃的面包给了他，自己去收拾无人机了。"

黑田学长频频点头表示肯定：

"是加了红豆馅和人造黄油的法式三明治，挺好吃的。"

"那当然，毕竟是'熊猫面包'出品的嘛。"

也不知他们是出自本意，还是为了平稳大家的情绪才故意说些调侃的话。即便是后者，我还是会不由得怒上心头，现在可不是说笑的时候。

"然后呢？就算收拾无人机的是正也，那之后久米同学的手机是怎么回事？"

我克制自己尽量不用带刺的语气。

"黑田学长问我久米同学有没有来广播室，我说没来，要不我给她送过去。但那时铃声快响了，电池眼看着快耗光了，于是我们就把手机插在那边的充电座上，然后离开了广播室。"

正也说着，朝墙边的桌子看过去。放在桌面上的笔记本电脑旁边，隐约能看到一个插座。他同时向黑田学长寻求确认。

"这里的门也没上锁，把手机留在这里那么久，不会担心吗？"

白井社长向久米同学询问道。

广播室和办公室一样，每天早晚都由掌管钥匙的老师负责开门和锁门。不过，有时我们为了协助当地举办的活动，在节假日期间也会进出广播室，学校就分了一把钥匙给广播社，由白井社长保管。

"啊，不是，也不会……"

见久米同学回答得支支吾吾，白井社长突然露出想起什么的表情，说了一声"抱歉"。

白井社长应该不知道久米同学有手机恐惧症。不过，通过上次正也编排的广播剧《屏蔽》，还有久米同学在社长劝说之下才开始使用LAND等事情，白井社长估计也有所察觉了吧。

"因为还没和黑田学长说好怎么交接手机……午休时我没去广播室，因为第五节课是英语课，我想学习一下准备小考。昨晚有个很想看的电视节目，就没做预习了……"

虽然社长道了歉，但久米同学还是解释了没来广播室的原因。

"之后呢？"

我下意识地环顾久米同学以外的人，问道。

"你问的是放学后？"

白井社长回道，并笔直地望向我。

"放学后，我和苍最先来到广播室，之后的顺序是翠、久米妹子、宫本、黑田。黑田连书包都没放下就去充电座那里拔下手机，递给了久米妹子。我问都拍了些什么，他说拍了高三男生的集体活动，我想着应该挺有意思的，就招呼大家一起看，结果就……看到了这段视频。"

感受到社长落在我手上的视线，我才想起自己一直紧握着久米同学的手机。手机已经被我的手汗打湿，我万分抱歉地从口袋里拿出用来擦镜头的帕子，把手机擦干净后再递给久米同学。

自从拍摄机会多了，我就经常随身带着这条帕子，以便随时护理器材。

久米同学也一脸歉意地用双手接过。明明她并不是刻意拍下这段视频的，我却一阵心烦意乱，仿佛她是有意为之。

"这么说，应该是今天午休刚开始没多久发生的事吧？"

冷静下来之后，我慢慢道来，同时略去了关键的字眼——良太在活动室前拿着点燃的香烟那一幕。

"不过，也没拍到他在抽烟。他要抽烟的话，估计会在活动室里抽完再毁灭证据吧。"

苍学长这么说道。

"良太是不会抽烟的！"

我斩钉截铁地说道。

应该说，良太讨厌香烟。初中时期有一次比赛，他看到有个来加油的家长在体育馆外抽烟，就皱起了眉头，还说光是闻到那股烟味就想吐。

"我也认为山岸同学没抽烟。就算他会抽烟，在我看来，这段视频也应该是这样的：他进入活动室看到有一根点燃的香烟，就急急忙忙地拿着烟跑出来，但又害怕被人看到，便逃回了活动室。"

"我也是这么想的。"

一旦原本模糊的事情化作语言，便唯有这一种想象了。

"久米，能把视频发给我吗？用隔空。"

黑田学长对久米同学说道。

他说的是隔空传送，这种功能可以让品牌相同的智能手机在近距离内传输文件。使用这种功能，一段十五分钟的视频一次性就能完成发送。

学长究竟有什么打算？久米同学虽然很困惑，但还是给黑田学长传了文件。当着我们的面，黑田学长拿出自己的手机，确认收到视频之后，删掉了最后三分钟。

我……不禁倒吸一口凉气。

"黑田，你想做什么？"

白井社长有点紧张地问道。

"反正集体活动的展示在课堂时间内就结束了，视频在下课铃响时结束也不会显得很奇怪吧。我就把这段视频发给原岛老师，他似乎急着看。之后再剪辑一下，把一部分集体活动加到毕业纪念DVD里。这样我们就算完成了这次委托，久米也可以删掉视频。抱歉啊，如果一开始就只用我的手机来拍，也不会让你产生这些奇怪的罪恶感了。"

"唉，这……"

久米同学的话说到一半都断了，但我知道她想说什么。想必正也还有其他学长学姐也是同样的心情吧。

删掉视频没问题吗？

"等一下，不能这样不了了之，必须汇报上去。"

出声的人，果然是社长。

"向谁汇报？"

黑田学长问道，他的语气既冷静又严肃。

"这个，当然是找学生指导部的老师，或者……"

"至少先找原岛老师商量一下比较好吧？"

苍学长接过白井社长的话问道。

大家都等一下——这句无法说出口的话，在我脑子里不停回旋。相比于黑田学长的行为，后面两位所说的做法才是正确的，但是，一旦那么做……

"若汇报之后引发了什么事，你们担得起责任吗？"

黑田学长的声音，带着至今从未有过的恐吓感。

"你是想说，让我们当作没看到这回事？"

白井社长反问道，表情不见一丝怯意。

我只见识过黑田学长活跃的一面，社长或许熟知他有两副面孔吧。

"你想象一下，正义地去报告之后发生的事情吧。"

黑田学长的语气越发严肃了。

良太……会被强制退社吗？就算不会受到这种程度的处分，下一次比赛……全国大赛，是不是就不让他参赛了？

白井社长陷入了沉默。

"但是，刚才我也说了，视频里的山岸同学并没有抽烟。何况，说得更直白一点，这也能解释成有人打算给山岸同学下套呢。如果真是这样，不就更应该向原岛老师汇报吗？"

苍学长用冷静下来的口吻回道。

苍学长应该也知道黑田学长的两副面孔吧。话说回来，下套也太过分了。

"我也觉得和原岛老师汇报一声比较好。我认为老师是一个会认真倾听学生的人，说不定能很快澄清这个误会呢……"

我也鼓起勇气说出意见。

黑田学长则重重地叹了一口气：

"一旦给他们看了视频,他们势必会去求证这件事。为什么山岸同学会拿着香烟?不管是不是他本人要抽,这根香烟都出现在田径社的活动室里。会不会是其他什么人抽的呢?是田径社的人?抑或不是?就算不是田径社的成员,也极有可能是青海的学生。现在离全国大赛只剩十天了,是想让学校在这种时候进行搜查吗?"

"这个……"

我的想象力有点跟不上。

"我问你,町田。长跑接力是各跑各的,和团队合作毫无关系吗?只要自己不是当事人,就能以最佳纪录跑完比赛吗?"

我沉默着摇了摇头。我的3千米个人最佳纪录不是在田径赛场上跑出来的,而是在最后那场长跑接力的地区预选赛上跑出来的。田径大赛在前,之后我经过了好几个月的训练才去参加长跑接力赛……但我明白,原因不仅如此。

连同良太的份一起努力,是这个念头赋予了我额外的动力。

"虽然现在才开口有点狡猾,但我也赞成黑田学长的说法。"

正也微微举起一只手,用战战兢兢的语气说道,然后环顾所有人一圈。

"换作在电视剧里,应该是热血教师独自一人解决了问题,但在现实中,尤其是最近几年,形成了这样一种规矩:即便是一点小问题,也必须严肃认真地向校长和其他老师汇报,让所有老师同步情况。不过,原岛老师这个人,看起来像是一位会为保护学生而独自承担的老师,如果日后事情败露,老师就会受到处分。尽管如此,如果老师为了遵守规定在教师会议上汇报了这件事,单凭思想顽固的教导主任的一句话,就可能强制那人退出田径社和全国大赛。这是最坏的情况。"

我听到了倒吸凉气的声音,来自白井社长、翠学姐和久米同学三个女孩子。

最快重振精神的人果然是白井社长,只听她说道:

"或许,由广播社汇报的事先放一放比较好……不过,久米妹子手机里的视频先留着吧。如果这件事会给你造成负担,就存到那台电脑里去。嗯，存进电脑更好。"

"为什么要留着视频？"

黑田学长带着一副难以接受的表情问道。我也有同样的感觉。

"说不定，山岸同学自己会去和原岛老师汇报活动室里出现香烟的事情。"

这倒是有可能。为什么我就没想到这一点呢？

白井社长接着说：

"不过，假设社团的其他成员想栽赃山岸同学有抽烟的嫌疑，毕竟嫉妒他的人还是有的……如果有人找到了香烟，还装作是第一个发现的人，到那时，这个视频或许可以当作证据，证明山岸同学只是发现了香烟。"

"原来如此……"

对此我只能表示佩服了。凭我的想象力，根本想不到百步之后的局面。

"是啊，这一点白井说得没错。久米现在就把视频传到电脑上吧。"

黑田学长边点头边说道。

"好的，但十五分钟的视频文件有点大，用邮件的附件功能可能发送不了，就算就这么留着……"

"黑田不是存了集体活动那部分吗？那保留最后三分钟的部分就行了，这样应该就能发送了吧？"

白井社长当机立断做了指示。

于是，久米同学也开始操作起手机。

"已经发送了。另外，我手机里的文件也删除了。"

久米同学把手机的屏幕面向我们，像是在展示证据一般。结果这时手机上收到一条LAND的信息，于是她急忙把手机收进了口袋里。

"是男的发来的？"黑田学长揶揄道，然后恢复了以往的开朗模样，环顾所有人说道，"搞不好，抽烟的人就是原岛老师，听到山岸同学的汇报之后，说不定会挠着脑瓜，低头连声道歉呢。"

这种事件就此告一段落的调调，仿佛让广播室里原本紧张的气氛得到了些许缓解。

"那我们开始今天的任务吧。DVD也得赶上毕业典礼的时间,这个星期内必须完成剪辑,之后可不能再接任何委托单子了。"

白井社长说着,拍了拍手掌,众人便都移动到各自的岗位上。

受黑田学长委托,我帮忙剪辑高三学生吃午餐的画面。

我启动电脑的时候陷入了思考:

第四节课的时候,原岛老师一直在操场上上体育课,应该没有时间去抽烟吧。还是说,在回办公室之前,他实在忍不住想抽一口,就直接从操场去了活动室。这样的话,时间上是来得及的。

这种程度的假设,其他人应该早就想到了吧。我重振精神,再次看向笔记本电脑。

久米同学发来的邮件也收到了,我确认了附件附带的视频。

在活动室门前,良太拿着点燃的香烟……我不再动摇了。

昨晚我睡得并不安稳,上课时大睡特睡,就连午休吃便当时也在打瞌睡。

我想过联系良太,但又放弃了。如果问了香烟那件事,他会反问我怎么知道的,到那时就不得不向他坦白那个视频的事了。但是,如果问他发生了什么事,似乎也会让人觉得可疑。

我就这么自言自语着,闭上了眼睛,结果做了一个梦。

在活动室里,良太拿着香烟,也不摁灭,一副惊慌失措的样子。这时,原岛老师进来了。

"老师,这香烟……"

"哦,抱歉。是我刚才抽到一半的。刚点着,就突然想去卫生间。"

"要命啊,老师。拜托您行行好。"

良太一脸苦笑。

不,这不是梦,而是我以自己一个蹩脚的剧本进行了一次"但愿如此剧场"的演出。不过,感觉从今早到午休,学生之间都没谈论关于田径社或香烟的八卦,这让我松了一口气。

最先得到消息并传播开来的，应该会是木崎同学那几个人吧。我忍不住望向教室里的几个女同学。大约是吃完便当开始收拾的那会儿，木崎同学从背包里拿出了一个大盒子。

"这是情人节的试制品，尝尝味道吧。"

她这么说着，开始派发类似曲奇的饼干。她先发给了同一组的人，然后站起来，发给旁边小组的女孩们。所有女生都收到了她的饼干……不，除了久米同学。她明明走到了久米同学跟前，从盒子里拿出了饼干，却又一下子收了回去。

这些人还在搞这种上不了台面的把戏吗？还当着大家的面，这么明目张胆？

可能我没忍住情绪瞪了一眼，木崎同学对上我的视线，居然快步朝我走来了。

"我可不是在孤立她。小咲……我是指咲乐，为了她那位生病的朋友，戒了巧克力。这种小事，同在一个广播社的町田同学自然是知道的吧？来，你也拿一个。顺便，堀江同学也尝尝吧。"

她把盒子递到我面前，几乎要碰到我的鼻尖了。盒子里散发出甜甜的巧克力香气，原来是巧克力曲奇。"那我就不客气了。"在我旁边的堀江说道，他抓起一块曲奇，并帮我把盒子推回去一些。

"我也不客气了……"

我低下头，为刚才的怀疑致歉，然后拿了一块曲奇。"好吃。"我补充一句，木崎同学便一脸满足地回到了自己小组的位置，途中，她在久米同学面前停下脚步。

"上次的情况还挺严重的吧？希望她早日恢复健康。"

那嗓门儿大到仿佛是刻意让我听到的。

久米同学带着一脸疑惑的表情，点点头"嗯"了一声。

虽然我完全感受不到木崎同学释放的善意，但同在一个广播社却不知道内情的我所能做的事，也只有在一旁看着。

是什么病来着？克罗恩病。为了那位受此病煎熬的朋友，久米同学戒了巧克力吗？上次情况很严重，果然是指去唱K那天她朋友出了什么事吧？

我不能直接去问些什么。不过，久米同学也没投来求助的视线。

小田同学从书包里拿出一本文库本，问久米同学看过这本书吗，木崎同学则一副什么事都没发生的样子，回到自己那群朋友身边，开始聊起最近出道的偶像。

放学后，我在广播室门前碰见了久米同学。

正当我犹豫着要不要问一句"你没事吧"，正也就来了。虽然松了一口气，但在三人都进入广播室后，我还是决定问一下久米同学。

"久米同学是为了那位患克罗恩病的朋友，戒掉了巧克力吗？"

正也露出一副"在说什么呢"的表情，竖起耳朵。

"对不起。早知道一开始戒巧克力的时候，我就该说清楚的……对不起。"

久米同学一脸歉意地低下头。

"说什么呢，哪里需要道歉了。我才该说抱歉，对不起，这明明是你的私事。"

"没事。"

久米同学抬起头，表情却是出乎意料的严肃。

"打初中起，我就知道，如果要拒绝，就应该好好说清楚。木崎同学之所以讨厌我，是因为上烹饪实操课时我们被分到同一组。她当时负责做巧克力慕斯，而我没多加解释，只说自己吃不了，就直接把慕斯给了邻座的女孩子。明明木崎同学很擅长做甜点……"

原来久米和木崎以前是同班同学啊！我思索着，又摇了摇头。现在不是想这个的时候。

"即便如此，她也不能用那种讨厌的态度对待你。"

"话是这么说，但我也没吸取教训。当时我那个朋友还能来上学，就帮我去和木崎同学解释巧克力的事，说我是因为她的病许了愿，要一起戒掉巧克力。不，她应该是被迫去解释的。然而，她和木崎同学的关系也不算很好，别说澄清误会了，连她保送升学的事也被连累了。"

她在网上被骂，被说装病、博眼球……逼得她不能来上学，那都是我造成的。"

久米同学的手机恐惧症或许不是源于针对自己的诽谤中伤，而是针对她朋友的攻击。如果可以，我真想把午休时吃的曲奇都吐出来。

"你真是不容易。"

正也开口道。

我们这才想起三人刚刚一直站着说话，便来到桌子的一角坐下。

"不过，久米妹子，呃，不是，我是觉得高二的人都这么叫你，那我是不是也可以……"正也一边挠头，一边笑着说，"久米妹子在我们给薯条淋巧克力酱的时候，不是说了自己戒了巧克力吗？要是那种东西摆在我的面前，我估计都没法好好说话了，可久米妹子还是很认真地告诉我们戒了巧克力的事。这就足够啦！"

对对对——我用力地点点头，心里不由得萌生一种对正也的嫉妒之意：又是这样。为什么这种话，我就不能自己说出口呢？

"谢谢你们。不过，万一我又有什么事没说明白，请你们不要顾虑，直接指点我就好。"

久米同学的脸上浮现出笑意，肩膀看起来像是稍稍卸下了重担。

就在我思考着说些什么有眼力见的话时，门打开了。"打扰啦！"黑田学长用充满朝气的声音打了声招呼，高二的学长学姐陆陆续续走了进来。他们该不会在外面偷听吧？

门一关上，这里就是完全的隔音状态了。不过，我也不确定那扇门关得严不严实。

对了，我突然想起有些事要向白井社长确认，便走到正把笔记文具放到桌上的社长旁边。

"关于毕业纪念DVD社团活动的部分，田径社的长跑组经常外出练习，所以很少有在校园里的镜头。我们能不能加入三崎马拉松友谊大赛的画面？"

"挺好的呀！不过，高三的人也参加了吗？"

听到社长的提问，我才意识到自己忽略了这一点。最近经常追着田径社，所以逐渐分得清高三和高二的学长们，但是马拉松大赛那会儿，我只认识良太。

"我去确认一下！"

今天的任务就是这个了。正这么想着，就听到了开门的声音。社团的成员刚刚都到齐了——原来是秋山老师。为了我们的拍摄，他帮忙开车接送，多少聊得开了。可自那之后，秋山老师就没来过广播室。

"是找我吗？"

隶属秋山老师班上的正也问道。

"不，是找所有人。有些事想和你们好好聊聊，大家能停下工作，坐到座位上吗？"

老师语气沉重，表情也很严肃。

我感受着那股不断翻滚上涌的不祥预感，坐到桌旁往常的位置上。平日里坐在上座中央的白井社长挪开了自己的椅子，还为老师展开了原本倚在墙边的一把折叠椅。

老师小声道谢，轻轻坐下后，环视了我们这群广播社成员。或许是因为从落座的位置来看，老师的正对面就是我，最后我们两人的视线完全对上了。

秋山老师下定决心似的，深吸一口气。

"原岛老师说，希望你们中止采访田径社。"

我倒吸一口凉气，而且这口气还吐不出来。不仅是我，其他成员也是……任沉闷的空气流动一会儿之后，老师的脑袋轻轻一歪，仿佛在说："为什么？是啊，为什么呢？"他可能觉得疑惑：为什么这些孩子都不问问原因？他们是不是知道些什么？

话说回来，原因不一定是那个视频。老师会介意我问原因吗？

"请您解释一下是为什么。"

苍学长以冷静的口吻问道。

"是啊，这是为什么呢？"

白井社长如梦初醒般接话道。

秋山老师又看了众人一眼，这次他的视线不是停留在我身上，而是白井社长身上。

"这件事绝对不能外传。其实,原岛老师办公室里的电脑收到了怀疑田径社成员在活动室里抽烟的画面。接下来他们要调查这件事,所以谢绝了采访。"

仿佛点击了一下保存的文件一样,我的大脑自动弹出了那个视频。

良太——我拼命咽下几乎要发出来的声音。

良太还好吗?我很想立刻起身,跑到良太身边。为了抑制这股冲动,我用力地、很用力地握紧了搭在膝盖上的双拳。

"发生了什么事?"

我从散发着淡淡生姜香味的炸鸡块上抬起视线,看到了妈妈担心的表情。

妈妈多久没这么问我了。就连我因为腿伤陷入消沉的那段时期,她也没过问我的压力问题。或许妈妈是知道原因的吧?说起来,从说完那句"我开动了"之后,整顿饭的时间我都没出过声。

虽然我不会在吃饭时向妈妈汇报一天之中发生的所有事情,但自从开始操作无人航拍机,我倒是经常聊起这个话题,还给妈妈看过手机里的视频。妈妈每次都用一样的话夸赞我,说我"拍得很专业"。

然而,并不是每天都如此。

或许是为了我的升学费用,或许是觉得我已经到了那种就算夜里放着不管也不会出问题的年纪,妈妈最近的夜间排班增多,我和妈妈已经很久没有面对面吃晚饭了。正因为如此,妈妈昨天就用特制的调料汁腌制了鸡肉,为我做了堆得像小山般的炸鸡块。与重新加热的相比,刚出锅的炸鸡块肯定更好吃。

我动作迟缓地吃了一块,放下筷子,这才让妈妈察觉"发生了某件事"吧。或者应该说,是我不小心做出了消极的表现。

要不试着和妈妈谈谈吧?之所以多少会产生这样的想法,可能也是因为"某件事"与我没有直接关系吧。"其实……"虽然想回答,但我的两颊都被炸鸡块塞得鼓起,不管怎么咀嚼,那块肉都不打算滑入喉咙深处，于是我用麦茶一口气把它冲下去。

炸鸡块卡在喉咙里下不去，这种事以前在我身上发生过吗？为自己的事烦恼时，我反倒能化悲愤为食欲，吃得特欢。因为不想去考虑多余的事情，也明白不管怎么烦恼事情都不会有什么改变，便把注意力集中在吃东西上。

毕竟这回担心的事情不一样，我也不是第一次为良太担心了，例如他受伤的事，还有县级长跑接力赛落选的事。这一次，良太的危机，会不会和以往那些的级别都不一样呢？

"抱歉，难得妈妈为我做了这么多好吃的。其实我也不知道自己这是怎么了。"

我又一次放下了刚拿起的筷子。

"没事。放凉了也很好吃。"

妈妈笑着说道。

我咽下第二句几乎要说出口的道歉，说了声"谢谢"。

回到自己的房间后，我躺在床上。

肚子空空的，脑子里却很清晰。在那清晰的画面中，是秋山老师离开之后的广播室。

给原岛老师发送视频的人是谁？听到秋山老师的话之后，我立刻发出了这个疑问，甚至做好准备，等老师离开就把罪魁祸首找出来。当然，我并不想怀疑任何人，但那个有问题的视频就存在广播社专用的电脑里，这是不争的事实。

秋山老师只是把必要的话说完，便快步离开了广播室，就像不想再接受任何提问般地逃跑了。

"怎么办？"

广播室的门刚关上的同时，白井社长便低语道。她的声音没了以往的干练，带着一些不知所措，仿佛代表了我自身的心情，肩膀也似乎失去了力量……但她紧接着的一句话，让我怀疑自己是不是听错了。

"看来，要换主题了。"

什么意思？你居然是在担心自己和广播社，而不是良太和田径社？

"比起这件事,我们不是应该先调查一下是谁泄露了视频吗?"

我被自己的声音和突然起身的动作吓到了。

"圭祐,你冷静一点。"

正也扯住了我的外套下摆,我差点整个人向前倾。然而,白井社长又回了一句让我更加哑然的话。

"难道你怀疑是广播社里的某个人把视频发给了原岛老师吗?"

难道只有我一个人这么认为吗?我避开白井社长的目光,环视了每一个人。除了低垂着脑袋的久米同学,众人都与我四目相对。我不知道每个人的真实想法,却感觉被他们责怪了。事实上,没有一个人出声维护我。

不过,他们还是做了确认。

"黑田,确认一下发给原岛老师的那个视频。"

被社长这么一说,黑田学长当场掏出自己的手机开始操作。"你们看。"他递出手机展示屏幕,那个角度像是故意给我看一般。画面上映出了高三男生们的集体活动展示,一段代表结束的太鼓连击之后,留下几秒余音,视频便结束了。

"说起来,我是把这段视频发到了原岛老师的手机上的。"

黑田学长瞥了我一眼,转而面向白井社长这么说道。

以防万一,我也检查了一下电脑。虽然一连串操作是黑田学长负责的,但邮件的发送历史里并没有原岛老师的邮箱地址。

"不过,发送之后也能删除记录,这不能证明视频不是从这台电脑上发出的。"

黑田学长说出了我的想法。

"但是……昨天是我说这件事最好汇报给老师的,所以以防万一,还是让我辩解一下。说到底,我并不知道原岛老师的邮箱地址,如果要汇报,我也会直接去找老师,不会偷偷摸摸地发什么视频。"

白井社长挺起胸脯,口气坚决。

"到此为止吧。"

出声的人,是苍学长。

"照这个节奏，大家都得给出自己的不在场证明，搜寻始作俑者。其实吧，我从一开始就完全没有怀疑告密者是不是在我们当中。关于那个视频，我们也是给出了各种意见才决定要这么处理的。不仅是白井，我觉得广播社里任何人都没有推翻决定转而去告密的动机。更何况，影响了我们自己的活动也不好办。你们再想一想秋山老师的那些话。"

我不太明白苍学长在纠结些什么。

"他是不是说，原岛老师的电脑收到的是画面？"

这么一说，我想起来了。

"就是这里，视频也可以叫作画面，但原岛老师一般会说'帮我拍个视频'或是'有没有那个时候的录像'，至少我没听过他把视频称为画面，所以我觉得，他收到的会不会是照片？毕竟那时是午休，或许有人碰巧撞见并拍下了。"

如果是站在教学楼的走廊上看得到的地方就算了，那个地方那么靠里面，有可能碰巧撞见吗？白井社长似乎是想到这一点，"啊"的一声叫了出来。

"果然是下套吧？点了香烟，然后藏起来摆好相机？如果真是这样，要是我们的视频能拍到那个人的样子，反倒能解决这件事了。"

白井社长听似不甘地说着，又带着一副不甘放弃的神情，重播了电脑里保存的那段视频。我也从自己的座位上起身，来到社长旁边，从头到尾紧盯着画面，但是除了良太，依旧没发现其他人的身影或隐藏的相机。黑田学长也加入进来了，即便使用慢放或逐帧播放，结果都是一样的。

我和社长都重重地叹了一口气。

"就算不用专门跑到天台上放飞、着陆，只要拍的是活动室大楼，或许就能知道所有真相。"

社长对着黑田学长低语道。

我也想到了那个本质的问题，恍然大悟。在讨论是谁发送画面给原岛老师之前，是不是该想想到底是什么人把香烟带进了田径社的活动室？

那是为了给良太下套吗？还是有谁抽烟抽到一半，就那么放着，之后离开了活动室，而良太刚好倒霉地进去了？

"这有可能不是个人行为，或许是有人企图阻止田径社参加全国大赛呢。"

正也说道。

我虽然没想到这一点，却又觉得这个想法是最说得过去的。

"这一点，需要原岛老师领头带着田径社去验证了。我们在这里议论也没用。"

苍学长这么说道。

电视纪录片的主题要怎么做，也得等原岛老师的通知才能确定，于是我们开始处理自己手头的事。然而，还没过十分钟，白井社长就说提不起劲，翠学姐也说自己好像有点感冒，所以大家都决定放学回家。

众人拖着脚步慢慢走着，我突然朝操场上瞥了一眼，发现不仅不见田径社长跑组的人，连短跑组的成员也不见踪影。足球社、网球社等运动类社团倒是一如往常地进行着练习。

"感觉和男校一样。"

我听到了白井社长的低语，重新看了看整个操场。确实，映入眼帘的八成是男学生。大概是因为社团成员最多的足球社就在操场中央练习，才会有这种观感吧。

"这算是曾为男校的遗留痕迹吧。"

苍学长回道。

原来如此，我在心中发出惊叹。到了初三的后半学期，为了能和良太一起加入田径社，我慌忙决定报考青海学院，但其实不太了解学校的变迁，公布合格时收到的学校指南册子也没打开过。

"变成男女同校也是二十年前的事了吧。二十世纪的遗留痕迹到现在还能造成影响，不就证明进步的缓慢吗？"

白井社长无奈地摊开双手，继续说道：

"而且，虽说文理科的男女比例是对半分的，但通过体育保送入学的人类科学科却有九成是男生。我倒是有所耳闻，说校方只找男生谈保送的事。"

"那是因为女子运动类社团还达不到冲击全国大赛的水平吧。五年前剑道社第一次成功晋级高中校际比赛的时候，女生的保送名额不也增加了吗？"

黑田学长说道。

学长学姐们明明与体育保送无缘，为什么都知道得那么详细呢？

"就是因为女生的保送名额少，实绩才会达不到男子运动类社团的水平啊。你说呢，翠？"

"就是啊！如果女子田径社也有长跑组……说不定久米妹子也能有出色表现，但是那样一来，为难的是我们。"

感觉好久没听到翠学姐的声音了。她的嗓音确实不如以往清晰了。先不说这个，我还是第一次知道，女子田径社居然没有长跑组。虽然操场上也能看到田径社的女生，但那些都是练短跑的？还是说，因为社团成员太少，所以才没法分项目呢？

这下我总算知道自己对外界的情况有多不敏感了。

直到走到车站，众人一次也没提及画面的事。白井社长一说到学校里男女差别对待的话题，苍学长就用"女性优先和女性平等并不是一回事"的观点来回怼，然后黑田学长加入其中，说与其想着竞争，不如考虑如何才能和睦相处。三人一路如此，周而复始。

"广播纪录片的主题就定这个吧，你们两个来做。"

黑田学长这么说，正也开玩笑地加了一句"要是把刚才的对话录下来就好了"，于是众人笑闹了一番就解散了。

剩下我一人之后，我脑海中再次自动播放了那三分钟的视频。现在这种时候，田径社会有些什么讨论呢？

发送到原岛老师电脑里的画面，真的和广播社的视频无关吗？白井社长说她不知道原岛老师的邮箱地址，但是，我是知道的……

我突然想起一件事。为了把微单相机拍下的田径社训练视频发给原岛老师，我问老师要了他的邮箱地址。当时他用荧光笔在B5尺寸的活页纸上写下了那串大大的文字。那张纸我是盖起来了，但在广播社专用的电脑上放了一小会儿。

那里谁都能看到，内容也不会很难记。或者说，就算无心记下那串文字，只要看上一眼，就能自然而然地留下印象。

为什么我没能当场想起这件事呢？不，我敢说出口吗？

我敢怀疑为数不多的广播社成员中的某一个人吗？

说到底，我该怀疑谁呢？

我望着天花板，眼前出现了那些画面，于是一鼓作气起身，来到书桌边。可我不是想学习。

我打开电脑，打算玩一会儿游戏，却又想起有些工作必须确认。或许我应该暂时把广播社或田径社的事从脑子里切割出去，但毕业纪念DVD是另一码事。截止日期已经很近了。

那些视频应该也放在这台电脑里了。

我打开了名为"三崎马拉松友谊大赛"的视频文件夹。

这些视频是黑田学长用微单相机拍摄的，虽然那台相机现在基本变成我专用的。此前我从未仔仔细细地看过视频，可光是播放前面几分钟，就能知道黑田学长可不是只擅长操作无人航拍机。

他的取景方式与我不同。我深切地感受到，即便我是田径场上的过来人，也不能说我拍得就好。这不是"马拉松"，而是"马拉松大赛"。从黑田学长拍的画面中，不仅可以看出运动员们在挑战纪录，还能感受到仿佛地方城市庆典活动那般悠闲且热闹的氛围。就算是不擅长奔跑的人，看了也会产生去观摩的念头。

可惜，我现在的目的不是学习拍摄技术，而是挖掘青海学院田径社高三成员的身影。一个都找不到。在所见的参加成员中，都是长跑接力赛正式队员以外的高一、高二学生。

看来，并非所有高三成员都被选为正式队员，大概是因为那些没被选为正式队员、甚至无法参赛的高三学生，和其他大多数社团一样，在夏季之前或是在夏季期间就退社了吧。

并不是因为在实力强校努力过就能轻易获得保送名额，毕业后也不一定会继续练田径。为了未来的道路，必须果断、干脆地划分清楚。

这些画面是拍得不错，但没法用于毕业纪念DVD。

可我还是想看到最后，便用快进功能播放视频。看着看着，我按住暂停，回到三分钟的位置，用正常速度播放，然后回到三分钟的位置，放大画面右端的部分。

为什么这两个人会在一起？

那两个人手上都拿着一袋两个装的牡丹饼，他们来到树荫处，然后打开其中一袋，亲密地各自吃着一个。他们脖子上挂着马拉松大赛参与奖派发的毛巾，上面还绣着徽标。这时，其中一人拿下了毛巾，然后两人各拿着一端，大概……是在擦拭被红豆馅弄脏的手吧。

这本该是令人欣慰……不，是令人羡慕的一幕，我的心中却弥漫了一种乌云般的烦闷心情。

突然，我被吓了一跳——原来是被扔在床上的手机发出了声响。

是良太发来的LAND信息。他说想和我聊聊。

难道说，良太也在搜寻始作俑者？然后，他发现了那两个人的关系，心生疑窦——

该不会广播社的人参与其中了吧？

午休时，堀江问我是不是开始去上校外补习班了，但第五节课的英语小测成绩，暴露了我上午打瞌睡并不是因为学习到半夜。

放学后，我正准备去到其他教室上补习课，堀江还用略带担心的表情问我"发生了什么事"。顺带一提，同样要上补习课的堀江好像因为橄榄球社的训练累得筋疲力尽。

对于初中时期的我来说，这都是家常便饭了，时至今日，那种因为运动累到一股脑儿趴在床上的感觉不免让人觉得怀念。我已经无法再有那种体验了吧。

不管怎么说，让妈妈担心也就算了，连同学都挂念我的事可就不太好了。亏得今天也没人传田径社的八卦，可不能因为我的态度让人察觉发生了什么事情。

"我原本是为了社团活动才花光所有压岁钱买了笔记本电脑，结果沉迷于玩游戏了。"

我这么回道,一边挠头一边朝他笑了笑。

"话说……"

堀江的话说到一半,不过教室之间的距离并不远,便作罢了。我松了一口气,要是他约我一起玩游戏,我还真不好拒绝。

松了一口气之后,我又觉得有补习课真好。

昨晚,我偶然在视频里发现了那个场景,没想到广播社成员和田径社成员有所联系。而这一点,直接关系到给良太设套的动机,但是,这算不上确凿的证据。看起来只是有一个似乎不太喜欢良太的田径社成员,和广播社其中一个人走得很近罢了。

据我所知,以那个人的秉性是不会去贬低他人的。要不要当着众人的面,若无其事地问问他们之间的关系呢?还是暗地里约出来,向那个人直接坦白我的疑惑?不管是哪一种方式,我都极有可能被认为是一个思虑不周或人格肤浅的人。

而且,在今天的社团活动期间,我必须装出一副什么事都不曾发生的样子熬过去。

因为,我和良太约好今晚见面。

良太发来的信息说,想和我面对面谈谈,约在学校外面。也不知道他是不想留下文字,还是不想用文字来表达,抑或是想看着我的表情聊。

虽然他没提及香烟或画面之类的字眼,但信息上确实写了有些烦恼的事。我总觉得,他想把那些事告诉我,不单单是想向朋友倾诉烦恼,他似乎怀疑这些烦恼和广播社有关,所以带着试探的心情来问问我是否也有所察觉。

是试探吗?不,良太是真的很烦恼。

在和良太谈话之前,我不可以自顾自地失控。话虽如此,如果我去了广播室,估计所有人都能看出我心情烦闷。就算我说是担心良太也肯定会穿帮,因为我的状态和昨天就不是一个样。如果只是这样还好,但难保白井社长会不会直接大嗓门儿问我"出了什么事"。

真是如此的话,我的眼睛该看向哪里才好?用视线画一个"之"字形吗?啊,那样岂不是成了字面意义上的"眼神飘忽"?

干脆请个假吧。可是,万一被问到请假的理由呢?

说到底,视频是黑田学长自己拍摄的,他应该不会忽略画面里的那两个人。不对,他不了解长跑接力赛成员的实力如何,也不知道最后谁能接近那个范围,所以他应该和这件事没什么关系。

不对,我要相信同伴。

这些事情在我的脑子里四处奔窜,导致我理所当然地迎来了补考之后的再次补考。第二轮补考不用改天,就在卷子批完的三十分钟后。

拜其所赐,我比往常晚了一个半小时才来到广播室……结果在活动室门口与秋山老师意外碰上了。

事情有所进展了吗?我不应该在这种时候补考的。老师与我对上视线,看似不好意思地微笑了一下。难道他带来的不是好消息?我刚想问老师几句,老师却先主动开口了:

"我想你的学长学姐会告诉你的,应该也不算白费功夫。帮不上忙,我很抱歉。"

门的另一边有什么在等着我呢?我觉得这位不谈细节只是道歉的老师也太狡猾了,但我没有追问,而是鼓起勇气推开那扇厚重的门。

与昨天一样,除我以外的所有成员都围坐在桌子前,但这一幕与我想象的场景不一样。

黑田学长摊开双臂趴在桌子上,几乎覆盖了半个桌面。白井社长则啪啪地拍着他的后背,旁边还有苍学长在吆喝"打起精神来"。正也和久米同学满脸为难地看着学长学姐们,翠学姐突然站起来。

"我去泡个红茶吧。"

那柔和的嗓音一点点渗进我的大脑,我忍不住凝视着翠学姐。

"啊,町田同学。"

学姐发现我来了,露出了和秋山老师一样为难的微笑。

"町田来了?"

黑田学长也抬起头,望向我这边。

"我感觉，我已经不行了。好想和你去畅饮几杯。"

"别说蠢话了。"

白井社长拍打着黑田学长的后背。

"我请客，吃冰激凌。下血本，买你喜欢的哈根达斯。就这样决定了，大家一起吃冰激凌吧。"

广播室里的空调算不上好，关于吃冰激凌这种事，没人会提出异议。大家都有一种很不甘心的心情，必须做一些让人冷静下来的事。搞不好社长还希望有人能开口提议，放弃以田径社作为电视纪录片的主题。

可是，最受打击的不应该是黑田学长啊！

"我去买吧。"

正也说道。

离学校不到100米的地方就有一家便利店。

"我也去。"

"那就由高一的负责去买吧。"

我也举起一只手。

询问了学长学姐们最想吃的两种口味后，我们三人离开了广播室。

"秋山老师是说了昨天那件事的后续吗？"

刚刚在学校里还聊着冰激凌要吃什么口味等无谓的话题，一出了学校大门，我便向正也问道。

"不，是另一件事。"

结果听到了意料之外的回答。

"老师说，毕业纪念DVD里不要用无人机拍摄的片段。还有，学校里暂时禁止使用无人机……"

"为什么？"

等不及正也说完，我就插嘴问道。

刚开始使用时还担心能不能在校园里飞行、会不会被投诉，现在倒都忘了，毕竟各种社团都来委托，连正式的学校典礼都要我们去拍摄。

"听说有部分高三的人去学生指导部递交请愿书，说这么做侵犯了他们的隐私权。"

"那用微单相机拍的体育节和文化节的片段呢？这不是等于不做毕业纪念DVD了吗？"

"等会儿回到广播室，可以看看那份请愿书的复印件，根据秋山老师概括的意思，那些人认为使用无人机就像在偷拍，让他们觉得恶心，还说拍摄者无法对视野范围外拍摄的画面负责。"

居然还能这么理解？我顿时哑然。

"不过，如果拍到更衣室算是侵犯隐私，那上补习课的场景呢？我们又没有飞到那种见不得人的地方去拍……"

我的后半句渐渐显得无力，因为那段视频确实拍到了一些侵犯隐私的场景。前提是这是一个要通过无人机拍摄来实现的陷阱。

"大概吧。感觉就像是正义的声讨。用类似的话术大做文章，但事情的导火索可能都不是什么大问题。比如入学考试没发挥出实力，正沮丧的时候飞来一架无人航拍机，免不了会怀疑刚才的表情是不是被拍到了；又比如单独吃便当的时候，即便脑子里什么都没想，但留下那样的画面被父母看到，也会觉得不爽。"

"啊，这一点我能懂。"

久米同学这么说。

刚开学的时候，她就在紧急逃生楼梯那里独自吃便当。这样的场景就算被拍到了，剪辑的时候也会被剪掉。不过，被拍摄的一方应该还是很介意。

即便是在观看助威团的舞蹈表演，也不是每个人的眼睛都炯炯有神。可能有的在打瞌睡，有的在闲聊，有的在玩手机。我很留意尽可能不让这些人入画，转而去拍摄那些拼尽全力加油鼓劲的助威团和由此受到鼓舞的考生。

"不过，在校园内禁止使用无人机拍摄，也就是说，社团活动的视频都拍不了了吧。这会不会太极端了？"

难怪黑田学长会那么沮丧。

"毕竟很难区分各种情况嘛，这也是没办法的事。而且，为什么黑田学长说想和圭祐去畅饮呢？在圭祐来之前，他都一直趴着不说话。我还以为自己也是无人机航拍队的一员呢。你说是吧，久米同学？"

正也一副闹别扭的口气说道。

"就是啊！明明抽中无人机的人是我呢！"

久米同学也一副无法认同的模样。

"怎么说呢，还不是因为正也主攻写剧本，久米同学主攻朗读嘛。"

"是吗？且不论热情程度，就才能来说，圭祐的播音和朗读技巧不是比摄影更好吗？"

正也若无其事地戳中了我的要害，然而我想不出自己和黑田学长还有什么共通之处，也不认为他很欣赏我的性格。

真要说的话，会不会是黑田学长看出了我身上有什么摄影的才华？意想不到的是，到了这种境况我才发现，虽然校方禁止我们用无人航拍机进行拍摄让我心生遗憾，却不至于让我大受打击。

我甚至还松了一口气，庆幸不是良太那件事有什么恶化的报告。

我们两人商量了一番，但能够方便密谈的场所，能想到的只有那一处。

初中时期，我们每天早晚都会来一趟市民运动场。路程很短，就算骑自行车过来也不会给我的膝盖造成什么负担。我回家换下了校服，半路去便利店买了两个肉包子，一路骑到自行车停放处，就看到良太已经停好自行车，站在外面的街灯下了。

运动场上的灯亮着，能听到有人在打棒球的声音。我们没有进入运动场，就在外围的一张长椅上并肩坐下，然后两人同时递出了便利店的塑料袋。

良太先笑出了声，因为我们买了一模一样的东西。

"要不，我们交换一个吧。"

在我的提议下，良太说了声"那我不客气了"，伸手探进了塑料袋。我也从良太的袋子里拿出了一个肉包子，毫不客气地咬了一口。

果然，良太带来的包子有点凉了。

"事情变得有些麻烦了。"

吃完两个肉包子之后，良太把装了垃圾的塑料袋收进绒毛大衣的口袋里，然后看着我这边说道。我依然拿着塑料袋，手心感受着紧紧捏住的强烈触感，思考着该怎么回话。

"秋山老师的电脑收到了抽烟的画面，你要说的是这个吧？"

我点到为止，只说了秋山老师来告知的部分。

"对。是我在活动室门前拿着香烟的照片。"

"照片……"我不由得嘀咕了一声，随后才发现自己给错了反应，但事到如今，我也无法不自然地惊叹一句"良太你做了这种事吗"。

"看来，你果然知道些什么。"

良太的口吻像往常一样平静，没有责怪我的意思。要不要从无人航拍机那件事开始说起？还是说说我的推测？或者在此之前，详细问问良太现在所处的境况？

"圭祐，你……"在我的思绪乱作一团的时候，良太开口了，"你有多信任那个女孩子？"

听到这个意想不到的问题，我张着嘴回望他。

"那个女孩子？"

我只能鹦鹉学舌般回问道。

良太说的是"那个女孩子"，所以要么是同年级的，要么是学妹。对我而言，称得上信任关系的对象只有一个。

"久米咲乐。那个时候我看到了，那个女孩子就在紧急逃生楼梯上。"

我发不出声音，但若要我回答，我也只能说一句"我什么都不知道"。关于良太怀疑的事情，我什么都不知道。

第六章 反应镜头

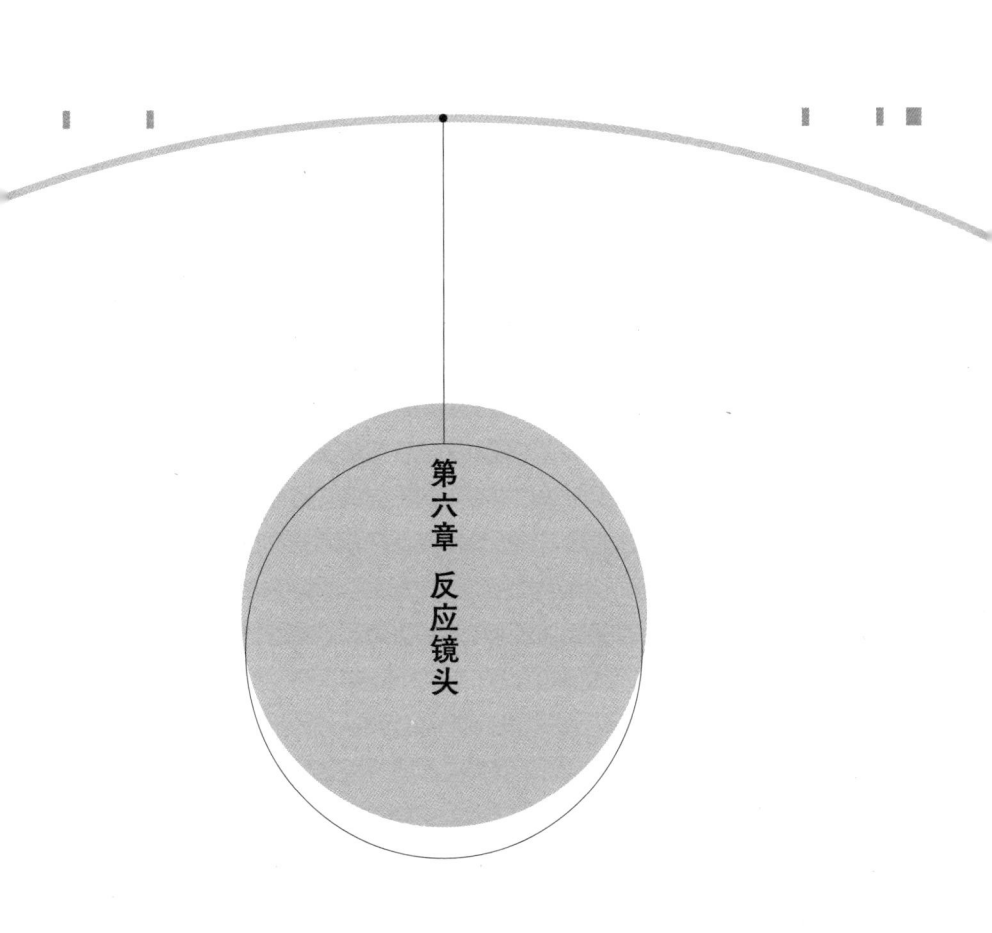

我盯着书桌上的手机，陷入了思考。

关于我不曾知晓的久米同学的事情……如果要从除她本人以外的人口中打听其初中时期的人际关系，只要联系一下当时同在一个初中的木崎同学就好了。只要用LAND发送几个文字就能办妥。几分钟之后，对方肯定会兴高采烈地向我提供一些不是我想知道的信息，甚至是一些让我不忍直视的内容。

事实上，我原先不知道久米同学戒掉巧克力的原因，那也是木崎同学透露的。她没有一丝怯意，也不是在说坏话。结果，久米同学自己来向我和正也解释了原委，但她其实是不是不想坦白呢？至少，不是以这种因他人说漏嘴而不得不补充说明的方式。

而且，木崎同学会疑惑我为什么不直接去问本人（就算找木崎同学以外的同一所初中毕业的人打听也是一样）。与此同时，她会多管闲事，刨根问底，觉得久米同学肯定做了什么坏事。如果是那种好打听又机灵的人，打听一下学校正在热议的事，或许就能把这些事和田径社联系在一起。那样一来，田径社的高一学生和我，甚至是良太，都会被人说三道四。

不对。找木崎同学打听久米同学的事情，不管问些什么内容，哪怕只是商量生日送什么礼物，也只会给久米同学带来伤害。

那么，还是直接去问本人比较好吗？

良太说出久米同学的名字之后，开始淡淡地聊起发生在他身上的事，时间仿佛开始倒带一般。

每天第四节课下课后的午休时段，良太会固定前往田径社活动室。用于竞技的器材都收纳在操场一角的社团专用仓库里，所以活动室收拾得很整洁，能腾出一点空间用哑铃做些肌肉训练。

良太会在那里做十分钟的练习，再吃个便当。

在三崎中学田径社的时候，这也是他的固定日程，初中那会儿我也经常如此。

那时的社团活动室和训练室不像青海学院田径社的那么宽敞，我们都是直接穿着校服（不像青海学院的体育保送班，除了举行仪式，还可以穿着社团的运动服或学校的体操服来上学），按照村冈老师制定的十分钟训练方案，在走廊上做俯卧撑或仰卧起坐。

一开始，其他学生还笑话我们是忘了写作业或游戏输了受惩罚，但是我们从来不觉得丢脸。就算不是同班，田径社里同一年级的人也会凑在一起。其他走廊里也有学长或学弟们的身影。每次听到他们大声喊着"一，二，三"的口号，我们也会发出不输给他们的呐喊声。

如果当时我也进了田径社……应该也会在第四节课下课后冲到活动室。就算被旁人揶揄"挺有干劲啊""练出成效了吗"，我还是会一边练习一边堂堂正正地回一句："这可是三崎中学的村冈式训练。"说不定，还会带着一脸骄傲。

而自入学以来，良太都是独自一人坚持着这套训练的。

"毕竟只有我毕业于三崎中学。"

在我看来，良太的苦笑里似乎包含着"要是有你在就好了"的意思。

"说起国立学校，果然还是五棵松中学厉害啊！学长学弟都很团结，人称五中军团来着。"

良太这么说着，轻轻叹息了一声。

这是我第一次听到他说起这所初中，我知道他为什么会提及这个校名。久米同学曾是五棵松中学田径社的成员，我们在村冈老师家里聊过这件事。

明明吃了两个肉包子，嘴里的水分本该被彻底吸走，我却能很自然地咽了一下口水。

"活动室整天都不上锁的。因为除了我，其他成员也会在吃完午饭后趁午休时间过来训练，有的学长还会过来把课本放进储物柜里。"

广播室也一样。只不过，除了播放校园广播的老师和广播社成员，其他学生也会出入广播室。

"第四节课下课后，我和一个穿着体操服、浑身是泥的高三学生擦肩而过。我一边咳嗽一边走到活动室，却发现门开着，从里面传来了一股臭味。我立刻闻出那是烟味，便在里面四处看了看，然后发现练腹肌用的长椅上有一个罐头，是饭堂前的自动售货机上卖的玉米汤小罐头，上面搁着一根点燃的香烟。眼看那香烟就要掉在地上了，我赶紧拿起，走到外面。是我大意了，早知道应该当场处理掉……"

"换作是我也会这么做。毕竟那又不是我抽的烟。"

没错。如果是自己抽的烟，是绝不会拿到外面来的。

"就是啊！我应该在察觉事情不妙时就立刻回到屋里，脑子里却在想到底是谁做了这种事，还东张西望打算找出那个人。然后，我就看到那个女孩……出现在三楼的紧急逃生楼梯上。"

"久米同学？"

"嗯。虽然隔了一段距离，但我敢肯定就是她。短短几秒间，我们对上了视线。我想她大概是在那里找手机还是别的什么东西吧。在那时我才反应过来，觉得事情不妙，然后赶紧跑回活动室，把香烟踩灭，丢进背包里。"

良太眉头紧锁，仿佛回想起某件不愉快的事情。我一时之间也不知道该怎么回话。久米同学当时居然就在紧急逃生楼梯那里，要是没有预先告知，搞不好我会陷入恐慌。

我无法下意识地说出包庇久米同学的话。

教学楼有四层，四楼是高三的教室，三楼是高二的教室，二楼是高一的教室，一楼是化学实验室等特殊教室。就算高一的学生要到紧急逃生楼梯那边稍微透个气，也没必要爬到三楼啊！

话说回来，那天久米同学一到午休时间就跑到那里是有原因的。她是为了回收自己那台无人航拍机和遥控器。

黑田学长似乎打算在中庭完成拍摄后，在广播室里把手机还给久米同学，但如果久米同学在午休期间要用手机，与其在广播室里等着，自己去找黑田学长拿不是更快吗？

如果黑田学长事先说好无人航拍机的着陆点设置在天台处，那她确实会在那里等着。

等着等着，就碰巧看到了良太的身影，还是他拿着香烟的时候。她不敢和任何人说，这种心情我也明白。

然而，当她发现自己所目击的情景，居然出现在无人航拍机拍摄到的画面中时，还有必要闭口不谈吗？

"其实，我去天台途中也看到了。"——久米同学只要这么一说就完事了，也不会遭到质疑。

然而，她不仅保持沉默，还当着大家的面说自己没去广播室是因为午休要在教室里为小考做准备，还说前一天晚上没预习是为了看电视。这种多余的解释非常不像久米同学的做派，难道是为了隐藏一些关键原因？

比起目击良太拿着香烟的事，久米同学是不是更想隐瞒自己当时在紧急逃生楼梯上的事实？

或许我应该和良太说，其实久米同学当时正在去天台的途中。面对沉默的我，良太开始说起自己的推测。

他认为久米同学先在田径社活动室里点燃香烟，再从紧急逃生楼梯那里进行拍摄。看来他似乎没有察觉无人航拍机的事。

"久米同学为什么要这么做？她没有理由这么做啊！"

这句话我倒是敢立刻说出来。就算从情况上看久米同学是可疑的，行为上也有一些让我难以理解的地方，但如果找不到动机，就不该怀疑她。

可是，良太回答了这个疑问。他不带任何情绪地回答了我，或者应该说，他很诧异我居然不知道这件事。

"这是不是说明，你和她的关系也没那么好？"

良太仿佛松了一口气，他的口吻反而狠狠地刺痛了我一下。

怎么可能呢？我带着这个念头对良太说道："我会去确认的。"

然后，我回到家，在独处的时候掏出了手机，脑子却僵住了。

我该找谁确认？

良太应该以为我会去找久米同学吧，所以他才向我道歉，说给我添麻烦了。而我当时也是这么打算的。

转念一想，冷不防地找她本人这么问，合适吗？紧接着，我发现了一个很简单又很关键的遗漏点——

当时身处紧急逃生楼梯的久米同学,手上并没有拿着手机。

这么一来,她隐瞒当时自己就在那里的事实,就显得更可疑了。若要戳破这一点,最起码要对证核实一下吧？找木崎同学来做这个核实的对象,又是否妥当？

说到底,这种事能用LAND沟通吗？会不会因为介意留下文字,反而无法坦诚地说出来呢？那样得到的回复,也算不上是真心话了。

还是直接找久米同学谈谈吧。

上次拿着便当来到紧急逃生楼梯,还是半年前的事吧。

"今天还挺暖和的。"

走在我前面的正也推开厚重的门,仰头看着天空说道。听说今年全国都是暖冬,我在电视上看了新年长跑接力赛,那两天都是晴朗的好天气,各个区段也刷新了纪录。

昨晚,我在广播社同年级的LAND群里发了一条消息,说有话想和他们谈谈。我不是害怕要单独面对久米同学,只是觉得正也还是有必要在场的。

"不穿外套也可以。"

我本想把上下学路上穿的绒毛大衣披在身上,最后还是就穿着这么一身离开了教室。没必要让班上的人知道我要外出。在走廊上等着我的正也也是一身校服的模样。

我们比平常多爬了几级紧急逃生楼梯。在连接三楼和四楼那处狭窄的楼梯平台上,久米同学正坐在那里,背靠着水泥墙壁。墙壁的另一边可以看到活动室大楼,所有活动室的门都关着,看不到一个人影。不知良太在不在里面,也不知运动类社团的人吃完午饭后会不会过去。

"在这里谈,可以吗？"

一种不安脱口而出。

一开始我是提议在广播室里吃便当的。今天轮到高二的某个人负责播放音乐,和对方交换一下就行了,但是久米同学回复了信息,说"请约在紧急逃生楼梯"。

确实，要解释状况的话，也只能选这里了……

"只要稍微小声一点，活动室大楼和教学楼应该就听不到吧？"

正也一边窥探四周，一边说道。

虽然我没和正也说要聊些什么，但他应该明白是要谈谈良太那些画面的事。

我们坐了下来。

"便当……我一会儿再吃吧。"

久米同学把原本放在膝盖上的便当袋子挪到一边。

"我也一会儿吃吧。"

边吃边聊不会让谈话显得太严肃，一时语塞时也能假装成饭菜没咽下去。出于诸如此类的肤浅想法，我才指定在午休时段聊，不过再怎么掩饰，我都无法以野餐的心情来谈这件事。

"我就知道你们会这样。"

正也从西装外套的两侧口袋和裤子的单侧口袋里各掏出一个小罐头，放在各自的跟前，是暖烘烘的玉米汤。

"我们班第四节课要换教室上课，所以我就在饭堂前那台自动售货机上买了。听说高二的人现在很流行在第二节课课间喝一罐这个，到午休时基本都售罄了。今天还真是走运呢。"

别一上来就发一个超级好球行吗？我将带着怨气翻滚而上的叹息重新咽下，偷偷瞥了一眼久米同学。可惜她垂着脑袋，侧边的头发挡着脸，让人看不透她的表情。不过，久米同学很快就伸出手，握住了罐头汤。

"好暖和啊！谢谢你。"

久米同学面朝正也，露出了她特有的笑容。受其影响，我也对正也道了谢，言语中还是暴露了一丝生硬。

"怎么了，圭祐？难不成你不爱喝玉米汤？"

"不，我很喜欢。不过，呃……"

我双手拿起罐头汤，无意识地将视线落在成分表上，说起昨晚和良太见面的事。然后，我首先解释了田径社活动室的那根香烟是如何出现在那个地方的。

"也难怪，肯定会吓一跳嘛。不过，越听越觉得这是一个圈套啊！如果他真的在抽烟，那他就是一个老烟枪，应该会携带可以放进口袋里的烟灰缸吧。这看起来就像是平常不抽烟的人，虽然知道准备香烟和打火机，但点着了烟之后不知道该放哪里，一时情急就拿了旁边现有的东西来用了，对吧？"

听正也的语气，我知道他丝毫没有想过我（或者良太）正在怀疑久米同学。说不定他猜我已经找到是哪个高二的广播社成员干了这件事，所以才在高一三人组之间商量。

接下来的话就不好说了。

"那支点着的香烟，就是放在这么小小的一个罐头上。"

我把罐头汤拿到眼前，上面标记着容量有190克。

"慌乱的良太拿着香烟冲到外面，想要寻找那个人……然后抬头看向了紧急逃生楼梯。"

我听到了一个倒抽凉气的微弱声响，心里明白这次是久米同学感到动摇了。我想问的，并不是久米同学当时在不在场。于是我下定决心，继续说道："你当时就在这里，对吧，久米同学？"

"啊？哎？慢着，你在说什么？"

我等待的是久米同学的回答，正也却闹腾起来。我无视了他，眼睛直直地看着久米同学，而她完全不肯与我对视。这不是保持沉默就可以过去的事情，我只是想证明良太的清白而已。

我没必要询问久米同学当时是不是真的待在紧急逃生楼梯上。既然良太说他看到了，那我就信他。我想让久米同学说的是我推测的那部分。

"久米同学，你那个得了克罗恩病的朋友，是松本妹妹吧？"

"你听谁说的？"

久米同学抬起了头。

看她脸上写满了不信任，我不由得庆幸自己没去找木崎同学打听。

"听了良太的推测后,我想可能是这么回事,所以向你确认一下。"

"山岸同学说了什么?"

久米同学终于和我对视了。

"良太说,为了能让松本哥哥参加全国大赛,搞不好是久米同学给他下了套。"

"久米妹子不可能做这种事。"

"正也,你别说话。"

我也不想这么逼问久米同学,只是想知道事实。我必须把事实告诉良太,仅此而已。正也一脸不爽地拉开易拉罐。

我再次看向久米同学。

"良太说,田径社里有好几个人毕业于五棵松中学,他们感情都不错,从那些人的闲谈中,他听到了一些私事。初中时期,松本妹妹的表现就比哥哥优异。然而,她得了怪病,别说练习田径了,连高中都无法正常上学。为了鼓励妹妹,松本哥哥比任何人都练得勤,不仅早晚训练,在校外也坚持训练。哥哥不停练习,希望自己能作为高二的代表被选上……"

久米同学的眼睛眨也不眨一下。

"良太也知道久米同学曾经是五棵松中学田径社的人。当时我一门心思专注在自己身上,几乎不记得其他学校的运动员,而良太想起曾经好几次看到松本妹妹和久米同学在一起的场景,觉得你们之间的感情很好。所以,他觉得,与其说是为了松本哥哥,不如说是为了好朋友才这么做……"

"最后是打算推脱责任吗?"

正也嘲弄般地说道,可以感受到他话里大概有两成的怒火。

"不是的。之前几次谈到戒巧克力这个话题时,久米同学都和我提过那位生病的朋友,但我从没把那个人和松本妹妹联系在一起。听到良太的推测时,我才猛地察觉自己是多么粗心,多么缺乏同情心。我才开始思考认识久米同学之后的所有事情。我认为不能因为久米同学是松本妹妹的好朋友,就断定她是罪魁祸首。而且,还有其他事情让我很好奇……"

"什么事？"

"我还不能说。在久米同学说清楚那天为什么会出现在这里，又为什么对这件事闭口不谈之前……没时间了。"

良太和我说了原岛老师的决定，我又把这个决定告诉了他们俩。

久米同学瞪大了双眼，紧接着垂下脑袋。沉默持续了一阵子，我再也忍受不住，打开了易拉罐。本以为这玉米汤已经放凉了，居然还是温温的。

"听我说……"久米同学转而面向我，在冰冷的水泥地板上正襟危坐，"当时，我就在紧急逃生楼梯里，准备去找黑田学长要回我的手机。其实，大约年末那会儿，我朋友……就是松本妹妹，她叫春香，是我唯一敢直呼名字的朋友。那时，春香的病况就不是很好了，或许是因为不安吧，她很频繁地用LAND给我发信息。春香知道青海的时间表，如果我在休息时间没有立刻回复信息，她就会坐立不安。"

我无法轻易追问，只是默默点头，等着久米同学往下说。我瞥了一眼，发现正也同样正襟危坐，摆出一副"我也在认真听你说"的模样。然而，我坚持不下去了。

"第四节课，不是拖堂了吗？"

"这么说也是。"

有时老师刚好想讲到某一个段落，再加上第四节课后面连着午休时间，所以偶尔下课铃声响了，老师还会继续上课，不过最多也就拖延两三分钟。

"那天下了课，我就立刻离开教室，从二楼的紧急逃生楼梯出口出去，爬上了楼梯。然后，我看到了一台手机。"

这句出乎意料的话，让我一时愣住了。

"在哪里？"

提问的人，是正也。

"刚好就在这里。"

久米同学轻轻地站起身，一只手搭在旁边一面大约与胸等高、宽

15厘米的墙壁上方,接着从外套的口袋里拿出手机,打开附在手机后壳的支架,把手机屏幕朝内放在刚刚手放着的位置上。

"手机是谁的?"

"当时没人在这里。我以为是有人落下的,或者正在拍摄什么,就靠近一看。结果,手机倒下了。幸好不是往那一边掉下去,但我想着是不是应该把它摆回原位,正着急的时候,就看到山岸同学往活动室大楼走去,进了田径社活动室,很快就出来了,过了一会儿又回去了……当时我没发现他拿着香烟,所以我才会觉得,那台手机是从这个角度拍摄田径社活动室的。然后,我重新架好手机,回教室去了。"

我在脑子里将久米同学的话转化成影像,同时问道:

"你没去天台吗?"

对于手机倒下的事,她并没有表现出很大的罪恶感,那为什么还会改变计划?

"我觉得黑田学长应该也很忙,而且我前一晚看了电视,没有为小考做准备,心里还是有些没底。"

原来那并不是借口啊!

"你那天看的节目是不是《奇幻猜谜》?"

正也拍了一下手掌,说道。

"是的。答题的配音演员团队里有小田祐,因为他表现得很好,我看完直播之后,又重看了三遍录像。"

久米同学的表情瞬间有了光彩,不过很快又收敛了。

"春香也很喜欢小田祐,说他很可爱、知识渊博,难怪她能那么开心地聊到深夜,我却还在担心今天小考有没有问题,所以午休的时候既没去拿手机,也没去广播室,而是去复习了。"

久米同学根本没有撒谎。

"既然如此,在你知道无人机拍到那件事之后,和我们说紧急逃生楼梯里放了一台手机,不就好了吗?至少,在知道原岛老师那里收到图片的时候就应该坦白了。毕竟,罪魁祸首可能是那台手机的主人。"

我一边快速转动脑子,一边这么说道。

"那台手机是很可疑，但良太拿着香烟走出活动室的时候，手机不是正好倒下了吗？那时拍到的画面应该是天空吧？"

正也提出了疑点，看那样子也不是灵光一闪想到的。对啊，如果手机的主人是罪魁祸首，那就意味着在事情尚未成形的时候，已经被久米同学阻止了。即便如此，她还是应该把可疑之处告诉我们。

久米同学是个深思熟虑的人，既然连这么一点小事都做不到……她应该有自己的原因吧。

我在脑海里开始倒带：那手机是什么型号？什么颜色？手机壳外面附着了什么东西？我和久米同学的手机外壳都是不带支架的，那人为什么要买个支架附在外壳上？

"久米同学，你看到那台手机，就以为是在拍摄田径社，会不会是因为你在广播社里见过那台手机，对它有点印象？"

因为手机主人就是当时在场的其中一人，且什么都没说，所以久米同学才无法告发吧？还是说，她发现了原因，决定包庇那个人？

"那就是说，手机的主人是高二的某位学长或学姐，对吧？"

我可以理解正也那种泄气的心情。"如果是这个人干的，那也不难理解"——我不觉得有哪一位学长或学姐是这样的人。

"可是，我不明白其中的原因。我只是不想因为那里有一台手机，就去怀疑任何人。说不定那人刚好有一台同样型号的手机，再或许，那人的手机被偷了。那人也有可能只是受人委托去拍摄，并不知道那视频是用来做坏事的……"

久米同学说得没错。还有一种可能——同伙作案。田径社的人负责点烟，广播社的人负责拍摄。这是效率最高的做法，按理说是这样的。

久米同学似乎信任那台手机的主人，但不打算包庇。

"找本人好好确认一下吧。我去问。"

我一口喝完剩下的玉米汤。此刻的汤汁却已经凉得出乎我意料。

放学了。高二年级还要上第七节课，所以我们第六节课一下课就来到广播室等着学长学姐们。在等待期间，我、正也和久米同学看了一段黑田学长用微单相机拍摄的"三崎马拉松友谊大赛"视频。

我们没什么要商量的事,也提不起兴致做其他事,但是一直干坐着也不舒服,于是我准备收拾一下从架子上拿出来的东西,正也递来一块抹布。

"在满是灰尘的环境里,聊着严肃的话题,只会让人的心情更快跌落谷底吧。"

我点点头,表示他说得没错。久米同学也开始用湿巾擦桌子。如果这是在准备惊喜生日会,或是确定晋级"J赛"全国大赛的庆祝会,该有多好!

打扫完毕后,我们也不愿坐下,就并排站着,等着迎接学长学姐们。他们似乎都没有别的事情要忙,和往常一样,白井社长打头,然后是翠学姐、苍学长、黑田学长依次走进来。

"我说,这是怎么了?你们三个都摆出这么严肃的表情,可别说要退出社团这种话。"

白井社长用大嗓门儿说道。倒也没必要这么大声。她似乎预感我们要谈一些不甚愉快的话题,为了不让氛围过于沉闷,想趁着气势冲破一下。

然而,她应该没有想到我们是来坦白的——其实,事情的见证人是久米同学,我们三个高一成员决定负起责任。

"良……我们是来报告山岸同学抽烟视频那件事的。"

"……坐下说吧。"

白井社长降了一个声调回道。

众人也纷纷坐到往常的位置上。我几乎忍不住在内心吐槽:这算是既视感吗?最近几天总是出现这样的场面。

"那一天久米同学没来广播室的原因已经在这里解释过了,但她没提及午休时间前半段的事情。我们三个商量后得出结论,觉得最好还是向学长学姐们汇报一下。"

我将久米同学坦白的事实向学长学姐们娓娓道出,就像将花了整个下午的课堂时间在脑子里准备好的稿子朗读出来一样。

"附带支架的手机外壳吗？我没用那种。那种太重了，要立在桌子上的话，用文具盒就行了。"

苍学长从西装外套的口袋里掏出了自己的手机。

他说得没错。尤其是我的这种型号，在后面附上支架的话，从口袋里拿出时偶尔会卡住，屏幕朝上放在桌子之类的平面上时也会不稳。即便如此还要用这种支架的，一般是为了自拍。

"怎么，你这三两句的就想证明自己是清白的？真是讨嫌。我可不会拿出来。"

白井社长已经知道是谁的手机了。

我也不希望最后演变成逼问的形式。

那人可能会说："受黑田之托，我也去拍了田径社午休时间的场景。因为那天黑田要用无人机拍摄，没法用自己的手机。"

也有可能会这么说："平常午休时，我都会在紧急逃生楼梯那里做发声练习。为了确认自己的表情和张口方式，我就用手机拍摄自己的脸。我也给町田同学和久米妹子推荐过这个方法，对吧。那天我之所以架好手机之后又离开了，是因为喉咙不太对劲，打算去拿喷雾喷一下。"

我这么期待着。其他人也不知道在想些什么……都望向了翠学姐。

翠学姐挺直了后背，脸部直直地朝着前方，时而闭上眼睛轻轻地深呼吸，仿佛"J赛"的播音组预选赛即将开始了。

然而，我们怎么等都等不到她发出那悦耳的嗓音。如果她正在组织谎言的稿子，就像在比赛现场编写当天主题的稿子那般，我倒希望她就此作罢。

"听说原岛老师让田径社的人等三天。他既没说让始作俑者自己去坦白，也没说要找出那个人，只是让他们等三天。"

翠学姐的眼珠子有些转动。

"田径社的人又担心又焦虑，以为三天内没解决这件事就得退出全国大赛，变得疑神疑鬼，关系很僵硬……"

"町田，别再说了。"

黑田学长用低沉的声音说道。

为什么非要训我？对田径社，还有良太来说，已经没时间了。

"别说了，先等一等。否则她怎么做好心理准备？难道你那位田径社的老师，在人家起跑前还会在一旁叽叽歪歪地做指示吗？"

"他不会。"

我闭上了嘴。

我知道学长想说什么，但是，我不希望这种事情在田径场上，在我曾经结出努力结晶的地方，一而再再而三地出现。

一阵轻响。

翠学姐拿出手机，屏幕朝下、支架朝上地放在桌子上。

"帮我把手机重新架好的人，果然是久米妹子啊！"

"为什么？"

听到翠学姐一如既往的温柔语调，白井社长问道。

应该是和什么事有关吧。居然做了这种事？居然那么干脆地掏出手机来？居然还能一副心平气和的样子？或者应该说，居然能一副大无畏的样子？

翠学姐的那个表情让我非常恼火，但是我刚刚已经被黑田学长警告过，也只能朝学姐瞥了一眼。

"为了拍到拿着香烟的山岸同学。"

我感觉脑子深处仿佛中了一箭，毒素正从中箭的地方不断漫延。不知是谁发出了一声"唉"，也不知谁重重地叹了一口气。

仅仅是自己所怀疑的人亲口承认了事实，就让人心情如此不快。而那些从未怀疑过翠学姐的高二成员们，此刻会受到多大的打击？

"有人让你这么做吗？"

白井社长的声音很温柔。

我在期待着，期待她还是我认识的那个翠学姐。

"不，是我自己决定，自己行动的。第四节课的时候，我因为感冒去了一趟保健室，在下课前十分钟的时候，我谎称要交一份作业，离开了保健室，然后直接从一楼的紧急出口出去，跑到田径社活动室点着了香烟，放下之后就跑了出去，然后跑上紧急逃生楼梯，来到三楼和四楼之间的那道墙壁……应该算是围墙吧。我在那里摆放了手机，结果听到楼上的紧急出口处传来推门的声音，大概是四楼吧……听到脚步声是往上的，我松了一口气，但又担心那个人一会儿下楼时我该怎么办，于是我从三楼的紧急出口进入了教学楼，在教室里等了一会儿之后才去拿回手机。"

听着这段毫无怯意的平淡解释，我在脑海里重现了翠学姐的行动，却不知道该从何处开始吐槽。

"但是，学姐的手机里没拍到关键的画面吧。"

估计正也的脑子也在播放当时的影像吧。他双手交叉抱在胸前，一副对所得信息难以消化的模样，开口询问道。

"手机倒下期间，拍到的是天空和……无人机。我不知道黑田那天计划用无人机航拍。我很害怕……"

翠学姐重重地叹了一口气。她的肩膀猛地卸下力气，表面看似正常，其实神经一直绷得很紧。不过，她在害怕什么呢？

"那架无人机是什么时候起飞的？会不会拍到我？"

"话又说回来，那可是在上课时间，你移动的距离也不算短，难道就没想过会在半路上碰见什么人吗？"

苍学长说道。

我也想知道这一点。难道她就没想过停止，没想过退缩，没有一丝改变心意的想法吗？

"要是突然碰见老师或学生，什么地方该说什么借口，我早就想好了。不管在哪里遇到，我都能应付，但关于移动的路线，我没考虑过用什么借口。"

她的意思应该是，如果被无人航拍机拍到了移动的路线就没有借口了吧。

那么……我打定主意，开口问道：

"如果在活动室和良太面对面撞见了呢？"

"如果是在香烟点着之后，我就装成第一发现人。"

看来她设想过这个可能性了。

"可是，说到底，看到翠学姐出现在田径社活动室，良太应该会感到奇怪……"

"那我就说，我是来给朋友送玉米汤当慰问品的。"

久米同学一直没说话，用双手覆盖着脸庞。正也和我对视了一眼，也垂下了头。

堡垒一个接一个被攻破了。除了我，久米同学和正也或许都在期待着一个真相，期待翠学姐是同伙中负责拍摄的那一个，企图通过撒谎独自担责。

在翠学姐解释这一系列流程时，因为没谈及香烟的摆放方式，我的期待略微有些膨胀。原本还打算等她说完问一句"当时香烟摆在什么地方了"，或是来一句"你说得不对，是想包庇某个人吧"，然后由我亲自说出那个人的名字……

玉米汤……

"这个不是借口。如果只有摆香烟这一个目的，说不定我会中途怯场，所以就多加了一个目的。"

不知翠学姐是怎么理解我们这三个高一成员的反应的，居然加了一句我不想听到的补充。怯场的话，退回去不行吗？把玉米汤放进储物柜里不行吗？

然而，她点燃了香烟。

"原来如此，所以山岸才会拿着那根烟跑出来。我就在想，为什么不把香烟摁在罐头里，原来是因为罐头没开封啊！"

正也自言自语地嘀咕着，说到最后一句才看向我，像是要寻求确认。

"什么意思？"

被苍学长一问，我才说出从良太那里听来的信息：那根香烟是摆在玉米汤罐头上的。

"原来是这么回事。好不容易多做了一个准备，要是用来摁香烟，就没法找借口说自己只是去送慰问品，不知道香烟的事，或者就不能说自己进入活动室的时候香烟已经放在那里了。难怪你会那么在意无人航拍机。"

苍学长的口气并非在责怪翠学姐，不过他离白井社长比较近，肩膀还是被社长狠狠戳了一下。社长此刻的情绪肯定还是乱糟糟的，没能调整过来，但她仍旧很抗拒将心中的怒火对准翠学姐，苍学长算是受到牵连了吧。

话说回来，从我的立场来说，翠学姐能够毫无畏惧地将情况化作言语推进下去，还是很难得了。尽管我预测到翠学姐是为了某个人才这么做的，但最关键的问题——"是谁将图片发送到原岛老师的电脑上"，还是一点线索都没有。

"第五节课，我也请假了。"

翠学姐转了转肩膀，挺直后背说道。嗓音就像在给纪录片念旁白，诉说别人的故事一样。

"我没去保健室，而是来了广播室。对于无人机，我还一知半解，以为无人机的机子里会插入用于存储视频的SD卡，便打算把SD卡偷走。"

"什么？"

黑田学长大喊出声，随即闭上了嘴，也不知咽下的是一口唾沫，还是翻滚而上的情绪，然后他又像停止呼吸了一般陷入沉默。

"我把无人机从盒子里拿出来，发现底部有说明书。上面写着，所拍影像会保存于安装在遥控器上的手机里。我心想，黑田会看到那些影像的。我感到绝望，这样说或许有些夸张了。我沮丧地坐在旁边的一把椅子上，发现了一台连着充电器的手机。那是久米妹子的手机。我想，说不定无人机拍到的视频就在这台手机里，于是打开来看了。对不起，我擅自动了你的手机。"

她今天的首次道歉居然是为了这件事？

"密码呢？"

苍学长问道。

他几乎没有接触过无人航拍机，所以不太清楚。可他为什么对这东西那么不感兴趣呢？他又不是机器白痴，甚至还是社团里最懂电脑的人。有时拍摄的视频太大，导致画面卡顿，一旁的苍学长用几秒钟就能帮忙搞定。

"无人机的盒子里放了小纸条。上面只写着两串数字，一开始我并没留意，看到手机之后才想到会不会是密码，然后决定从上面那串开始试试。"

那分别是黑田学长和久米同学的手机密码。虽然没签过只能在用无人机拍摄时使用密码的保证书，但因为彼此信任，才会把密码写在纸上放进盒子里。

"我播放了视频，先是为没有拍到自己松了一口气。要是那个集体表演提前一点点结束，我就危险了。"

"除此之外，那里面还有你想要的视频。"

苍学长这句发言也可以当作是诱导，白井社长听到后，这回则是用两只手从旁边将他推飞，椅子都被推到翘起了半边。苍学长不发出一点声响，把椅子归位，轻轻拍打西装外套的袖子，抚平褶皱，但没有对社长发火或抱怨，而是淡淡地环视了所有成员之后，重新望向了翠学姐。

"你暂停了视频，用自己的手机拍了照片，趁内心还没动摇时，把照片发送到原岛老师的电脑上。"

也就是说，在我和其他成员看到视频并感到震惊的时候，原岛老师已经收到了图片。

"之前我偶然看到了写着老师邮箱地址的纸条，就记在脑子里了。知道那个邮箱地址之后，我才想到了这个计划。"

她的意思是，这都要怪我喽？因为我把那么重要的东西随意乱放，才会被人利用。若是没有那张纸条，她就不会那么做了吗？

"你这么说是几个意思？不知道邮箱地址，你就不会发送到别的地方吗？你是用自己手机发的吗？"

苍学长问道，非常尽力地维护了我一把。

"嗯。我几乎没怎么使用手机的邮箱，买的时候也是用字母和数字的随机组合申请的，以为不会被别人认出来。之后我立刻更改了邮箱地址，觉得这样应该不会那么容易被查到。"

我并不知道这些事。原岛老师到底知道了多少？我甚至越来越觉得，老师已经看穿了一切，打算试探一下我们。或许当时身在操场的老师，亲眼跟随了无人航拍机的轨迹，以确保拍摄的顺利。

在那个过程中，他或许就看到了翠学姐的身影。

话说回来，翠学姐若想保持沉默也撑得过去，她也确实撒了谎，却如此轻易地道出了真相，应该不是因为受罪恶感之困。这倒是很遗憾。

因为她知道，受害的人不仅是良太，还包括整个田径社。难道她没听说过连带责任这个说法吗？还是觉得那是过去的规矩了？或许她是为了喜欢的人才做了这件事，但是，她就完全没想过，这种轻率的行为，甚至会给喜欢的人带来负面影响吗？

还是说，她有某种很大的压力，大到无暇顾及这些事情了？

"你说要送玉米汤当慰问品的那个朋友，是谁？"

终于触及核心问题了。苍学长询问的语调还是和刚才一样。翠学姐原本柔和的表情瞬间绷紧了。

"这件事，是我一个人乱来的，所以我会去找原岛老师。这样满意了吧？"

会满意吗？如果她是以强硬的口气说出这句话，说不定我还敢顶一句"怎么可能会满意"。用棒球来比喻可能不太形象，但这就像是飞过来的球过于慢悠悠，以至于我只能架着球棍，眼睁睁地目送它过去。看到那颗球落入捕手的手套之后，才恍然回神。

我必须负起责任和良太说清楚翠学姐为什么要陷害他。不，是我想确切地知道，为什么她要做出这样的事？

难道该由我来说出那个名字？

"是松本。"

我瞪大双眼，张大嘴巴，望向了黑田学长。

"为什么……"

翠学姐喃喃自语。

"为什么黑田会知道？"

白井社长插嘴道，声音嘶哑得仿佛已经好几年没出过声，但是没人去吐槽这一点。众人各自的脑子里应该都出现了不同形态的问号。

或许他们怀疑，黑田学长其实是喜欢翠学姐的，一直偷偷地观察着她。

"马拉松大赛。"

黑田学长有些生硬地回道。

是同一条路线！我真的觉得没能立刻想起来的自己很愚蠢。那个视频就是黑田学长拍摄的。

当时画面边上的远景里，拍到了他们两个的身影，看上去感情很好的样子。学长也注意到了，但他没和其他同年级的社团成员八卦这件事，更没去取笑当事人。之前我就一直觉得黑田学长是四个高二成员中最友好的一位，而且他也很懂得斟酌人与人之间的距离感。

"什么意思，马拉松大赛怎么了？而且，你们这些高一的，怎么一副早就知道的表情？"

白井社长朝我们三个高一的露出不满的神情。她故意夸张地鼓起两颊，翠学姐没有坦白这事，或许真的让白井社长觉得很受伤吧。

"黑田学长用微单相机拍的视频里，就有翠学姐和松本哥哥在一起的画面，我也是上次制作毕业纪念DVD的时候才发现的……"

尽管我没做什么该觉得内疚的事，却有一种秘密曝光时的心境。

"什么哥哥啊？"

对了。动机会不会就同我和良太怀疑久米同学的时候一样，起因就在这位哥哥身上？根据良太和久米同学所说的情况，我大致有了一些推测，可最好还是让翠学姐说清楚才行。

众人原本四处飘移的视线，慢慢地都转向了翠学姐。

翠学姐又是一副站在演讲台上的神情，她做了一次深呼吸之后，开口道：

"我和松本初中时不是同校，但是同在一个英语补习班。"

居然是那么久以前的关系。我没有上补习班的经验，现在才知道原来在那里还能认识其他学校的人。

"当时，我们也没怎么说过话。在9月份的体育节上，他是高二的执行委员长，我则是本校的司仪，一起碰头交流的机会就多了。然后他说,其实在补习班的时候就很关注我了,我也觉得他还不错,心里很高兴……"

翠学姐的话尾渐渐变弱,脑袋也垂下了。若是处境相反,这无疑相当于公开处刑。倒也没必要把那些事一五一十地说出来,不过怎么取舍都是翠学姐的选择。

松本哥哥确实长得很帅。松本兄妹那么备受关注,当然是因为他们连连取得好成绩,但也与他们的外表有很大关系。脑袋小,腿又长,听说两人都被星探问过要不要当模特,且没人质疑过这个传闻。人们都会在内心发出感叹,然后对他们敬而远之。

也就是说,他们是从今年秋天才开始正式来往的。

"你和松本平常都聊些什么?"

白井社长似乎期望这件事是松本哥哥教唆翠学姐所致的。

"我们聊天的内容,大多和动画相关……"

久米同学发出"啊"的一声,略微给出点反应。在讨论电视纪录片主题的会议上,翠学姐提出了采访小田祐的方案,是不是也和这一点有关呢?

"我们都没有深入地聊过彼此的社团活动,不过在敲定电视纪录片要做田径社的内容时,我就告诉他了。因为我很高兴,这下可以正大光明地参观田径社的练习了。结果,松本显得很为难,问是不是要采访他。"

该不会是因为良太受到关注而面露难色吧?

"我告诉他,片子的主角是高一的町田同学,还向他解释,我们的目的是通过町田同学的角度去拍摄田径社的成员如何挑战高中长跑接力对抗赛。听我说完,松本表示他也知道町田同学的情况,很佩服町田同学为新事物努力的样子,还说很期待这个作品。"

松本哥哥居然认识我!即便在这样的情况下,我还是为此感到高兴,便难为情地低下了头。

"虽然从广播社的立场来说,应该支持山岸同学,但我个人是想选松本的。"

"就因为这个？"

白井社长发出了呆愣的声音。我也在内心发出同样的呐喊。

"怎么可能？我只是想尽自己所能为他加油，例如做个便当什么的。而且松本也说，虽然山岸同学的成绩在进步，但还没赶上他，他还扛得住。我也相信他说的话。"

"那为什么……"

翠学姐闭目了一小会儿。是在回想什么事吗？

"在我们去县民森林广场采访之前，情况都还算顺利。我和黑田要了无人机拍的视频，我俩一起看的时候，都觉得这东西真厉害，看到可高兴了。我甚至想去请教你们怎么用无人机。可没过几天，他突然用LAND发信息给我，说暂时不想见面了。我问他原因，他也没回复。于是我发信息对他说，每天午休我都在紧急逃生楼梯那里等着，直到他愿意来。到了第三天，他终于来了……"

翠学姐就是因此才感冒的吗？

翠学姐毫不拖沓地说完，便低下了头，先是用力地抽泣了一声，接着眼泪便像决堤一般涌出。久米同学立刻站起来，从架子上的箱子里拿出纸巾，递给正在口袋里找手帕的翠学姐。

关于松本兄妹的事，久米同学到底知道多少呢？

正也从脚边的背包里拿出水壶，开始咕嘟咕嘟地喝水。果不其然，社长狠狠地瞪了他一眼。

"嘴巴太干了，忍不住。"

正也这番漫不经心的语气，似乎让社长想到了什么，便劝说翠学姐也喝些水。结果众人也纷纷补充水分。黑田学长还用事先备在社团里的速溶咖啡给自己泡了一杯，被白井社长训了一句只顾他自己。训是训了，他还是没给所有人泡。

翠学姐把擦过眼泪的纸巾丢到活动室角落的垃圾桶里，然后坐回椅子上。下半场（也不知是什么对决）开始了。

"松本说他不能跑了，如果不是广播社做了多余的事，事情也不会变成这样。说完,他就回教室了。"

翠学姐停顿了数秒。

关于动机的解释到此为止了吗?

"你的意思是,因为广播社要采访田径社,所以原岛老师选择让山岸同学参加全国大赛,而不是松本?"

白井社长对翠学姐问道,像是在向她确认,想当场把这件事理清楚。

"除此之外,广播社还能给他们造成什么影响?"

翠学姐第一次这么声色俱厉,似乎是在乱发脾气,认为自己与松本哥哥的不和都怪广播社。但是,事情真是如此吗?原岛老师真的是那么选拔人员的吗?会不会有其他原因呢?和广播社有关的事情……

我回想在县民森林广场那次之后有关田径社的采访内容,并没有想起什么特别的。良太、原岛老师……话说回来……

我起身去拿笔记本电脑,回到座位后开机。白井社长问我怎么了,我也回答不上来。因为我正要调查,究竟有没有答案。

屏幕上出现了当时的视频,就是这个视频让翠学姐得知了原岛老师的邮箱地址。此刻,画面上映出了田径社成员在县民森林广场外头公路斜坡上奔跑的身姿。

原岛老师当时问我,有没有从正面拍摄跑步的姿势。

画面里的松本哥哥正在跑下坡路。我用慢速播放,等他从镜头前跑过之后,又倒回去播放了一次,然后重复了一遍。

我对这种跑步方式有点印象。尽管乍看之下没发现,但放慢之后就能看出那种特征了。这个姿势,和当初良太膝盖疼痛却隐瞒不说时的跑步姿势一模一样。在一次小规模的地区比赛之后,我反复观看妈妈拍的录像带,看着看着就觉得,良太的重心比平常跑步时低了一些,当时我还以为他改变了跑步姿势。可第二天,也就是星期一放学后,良太就被村冈老师带去了医院。

"他在护着右边膝盖。"

我吓了一跳,回头望去。黑田学长不知何时来到我身后,看着屏幕说道。

"是啊！原岛老师会不会就是想确认这一点？"

"或者说，老师用肉眼发现了端倪，问松本哥哥是不是膝盖疼，但是那家伙否认了，所以老师可能给他看了这个视频，说他为了忍耐膝盖的疼痛换了重心，于是劝他停止训练去治疗。"

黑田学长把屏幕朝向众人，重复说了一遍。如果这个视频被当作了证据，也难怪松本哥哥会迁怒于广播社了。

"那也是为了松本好啊！老师不想松本为了眼前的大赛勉强自己，给今后留下无法挽回的伤害。"

白井社长的话让我想起了良太入读青海学院的保送条件。恐怕那不是原岛老师的意思，而是青海学院的意思，或许老师也对松本哥哥做了同样的解释。

白井社长继续说道：

"所以，广播社不应该被责备。说起来，松本才高二，明年不是还有机会吗？如果高二成员都被选上，唯独他成了候补也就算了，但正式队员不是只有高三的吗？既然明年确保能入选，与其今年勉强自己导致膝盖恶化，还不如为了以后韬光养晦。这点道理连我都懂。"

"说得没错啊！"

苍学长也表示赞同。

但是，翠学姐摇了摇头。

"必须是今年。不，是越早越好。因为松本那么拼，不是为了自己。"

说着，她拿起桌上的手机开始操作。"你们看这个。"她把手机屏幕朝上，放在桌面上。那是新闻社的网页版报道——《交给哥哥吧！为了与病魔搏斗的妹妹，哥哥承载梦想冲向全国！》。

"啊……"我发出了比叹息更惋惜的声音，但这一声被久米同学那句"就是这个"的激动呐喊盖过去了。翠学姐露出了仿佛得到知心人士支持的愉悦笑容，我却感受不出个所以然。

"在讨论电视纪录片的主题时，久米妹子提到的那位朋友就是松本的妹妹吧？我们再说回那件事吧，当时我并不知道他妹妹的情况，所以也想不通为什么松本听到要采访田径社后，会表现得那样为难。我带着疑问去调查了一下，结果就看到了这篇文章。"

文章里写道："我每天的训练量都是别人的两倍，这都是为了告诉妹妹，努力终究有回报。我想让她带着希望去挑战与病魔斗争的生活，那个参加全国大赛的梦想，我会替她实现。"

"我知道松本背负着沉重的任务，也知道他没剩多少时间了……寒假的最后一天，我约他去看电影。放映前我们一起在咖啡厅里等着，结果松本的LAND收到一条消息，说他妹妹上了救护车，让他赶紧回家。松本一直很期待那部电影，但他连新年限期供应的热巧克力特饮都没喝上一口，就直接放下离开了。"

那一天，久米同学也急急忙忙地回去了。而且木崎同学也说，松本妹妹出了大事。

"之后，他和我联系，说妹妹的情况稳定了，也为自己中途离开的事道了歉，但没和我说细节，毕竟那不是好宣扬的事。所以，我决定装作不知道他妹妹的事，一心为他加油鼓劲。如果只是为了他自己，明年再参加也无妨，但松本是为了妹妹而奔跑，必须是今年，所以……"

所以希望我们理解她？我再也无法保持沉默了。

"你是觉得，良太不是非得今年参加吗？"

脑海中回响着自己的嗓音，那声音比我想象中的更低沉。原来我还能发出这样的声音啊！是什么样的情绪促使我发出这种声音呢？

"我仔细查过校规了。这种事只需要在家反省两个星期，三个月内不能参加社团活动及期间举办的大赛，不会让他退出社团的。"

因此，她觉得这么做没问题？我握紧了双拳。

"如果那天午休，先去活动室的人不是良太，而是高三的人呢？"

"我事先就知道，第四节课一下课就去那里训练的人只有山岸同学，因为我也经常在吃饭前去紧急逃生楼梯那里做发声练习。"

"……笑话。真是个笑话！"

倒下的椅子发出"砰"的一声。我再也坐不住了。

"你知道这些情况，所以利用了他吗？为什么这么做？你自己也有梦想，为了那个梦想努力冲向全国大赛，为什么要做这种践踏别人努力的混账事？什么今年明年的，和这个根本没关系。重点在于他们时常需要为眼前的挑战全力拼搏。万一受伤了怎么办？万一预选赛落选了怎么办？这些都是领队和教练掌控的事，他们只能看着眼前。要是你不明白这一点，那你的努力也不过是在闹着玩。像你这种人，还想当主播？你能向大众传达些什么？"

"町田，住口！"

又是黑田学长。

虽然很生气，但我还是停下话头，回过神来。翠学姐一动不动，只有我独自亢奋。

"为自己不懈努力的町田，眼里不是也看不到某些事情吗？"

她温柔地这么说道。

唉，没意思。无法沟通。我扶起椅子，做了一次深呼吸，重新坐下。

"不管是谁，即便是承载了别人的想法，其实核心也应该是为了他本身。松本哥哥也一定是这样。毕竟，当努力得到回报时，最高兴的人不就是他自己吗？就算是为了让别人高兴，说到底，不也是因为那人高兴了，自己也会觉得开心吗？说得更简单一点，努力有所回报之后，会有一种超乎自己想象的快感在体内瞬间释放。为了追求这种快感，会开始下一轮努力。为了今年的全国大赛，他会提升自己的体能和心智，就算只是候选队员，还是设想着自己当天会上场，去迎接那一天的到来。就算要尽全力去隐瞒膝盖的疼痛也在所不惜。所以，他会迁怒于广播社。我能够理解那种心情。但是，冷静地思考之后，他还是会改变主意，想着明年再努力。或许，他还会来找翠学姐道歉。"

翠学姐叹了一口气，仿佛在说，我们谈不到一块。

"町田，你再把这篇文章认真看一遍。"

翠学姐伸手递来屏幕早已变黑的手机。

她的眼泪涌上来。这些话有那么难理解吗？

我没听到任何声援我的声音。你们在制作作品时，难道没有这种感觉吗？写剧本的时候呢？喂，正也，在确定晋级全国大赛的时候，难道没有感受到瞬间释放的快感吗？即便此时此刻不用认真对待，就算去了全国大赛,就没留下些什么来支撑自己吗?没有获得什么能推动自己往下一个目标前进的吗?

"既然打开了手机,就请看一下新闻社发表的关于我的文章吧。写的是关于我失去父亲,由母亲一人带大,为母亲而奔跑的故事。其实我那么努力,是为了能够参加全国大赛,是为了和良太一起奔跑。"

说到这里,我突然想到一件事。

"广播社和田径社是不一样的。我们不能为了自己去报道……"

我站起来,拿起脚边的背包背上。

"抱歉,我要回去了。翠学姐会去找原岛老师说清楚吧?"

看到翠学姐点了点头,我走向门口。万一他们突然露出同情我的表情,我会很难为情。明明可以跑,我却走得慢悠悠的,或许我自己在期待有谁能来留住我。

"圭祐!"

是正也。

我不知道自己该摆出什么表情,只是停下了脚步。

"对不起!对不起……都怪我邀你加入广播社……"

我一口气冲出去,头也不回地离开了学校。

第七章 候场

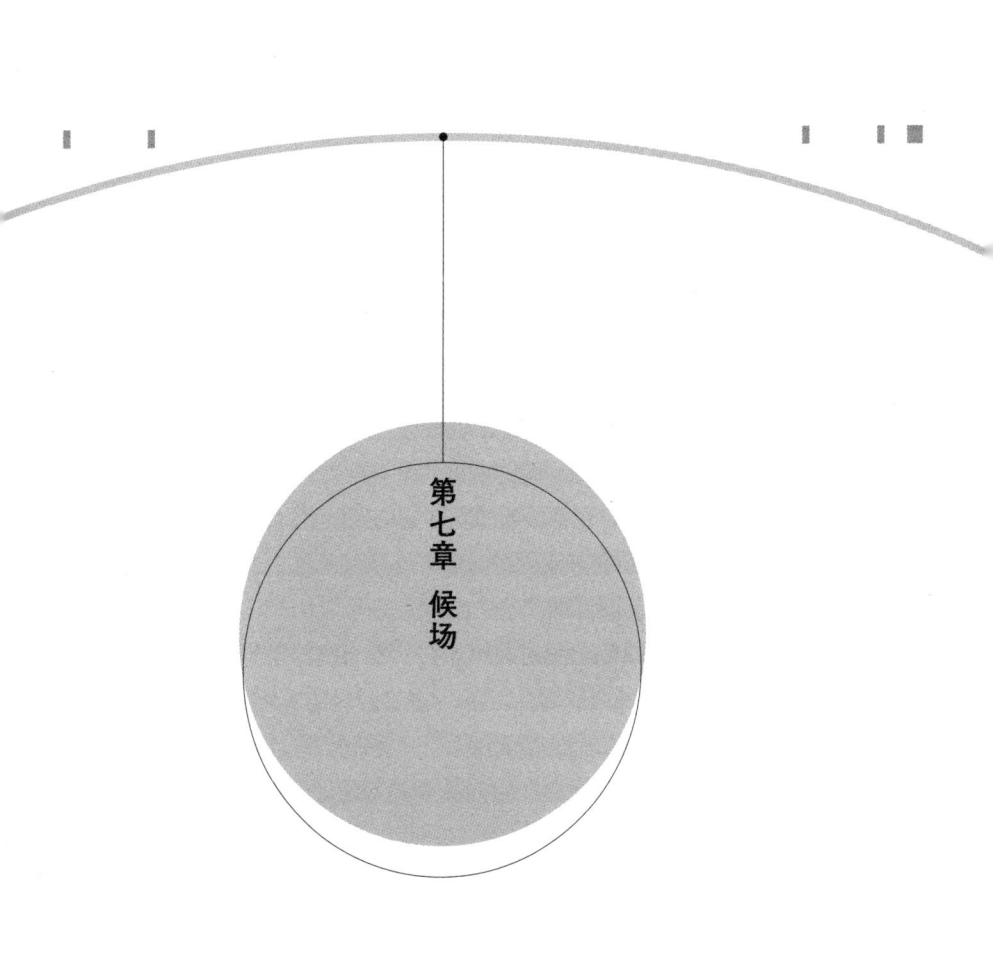

虽然良太没有入选正式队员，我也很清楚自己再也不会在那里奔跑了，但是在电视里看到新年长跑接力赛的时候，我还是很想亲自去感受日本全国高中长跑接力对抗赛。另外，一种后悔的心情也在背后推搡着我，早知道就去观摩一下"J赛"的全国大赛了，哪怕需要自费。

说起来，日本全国高中长跑接力对抗赛（怎么就没有像"J赛"那样的简称呢）是在京都举办的，比起东京近得多了，不需要为了路费去向家长低头，我还把一部分压岁钱放进信封留着备用，但最终还是决定在家里看电视。

而且还是窝在被炉里，一边吃橘子一边看，就像在看新年长跑接力赛一样。偶尔还躺下来看，去冰箱拿饮料的时候也是快进快出，在电视机前几乎就没有坐端正的时候。

良太没被选上正式队员。松本哥哥也没有。

大概和那个抽烟视频的风波无关。

我没和良太见面解释事情的原委，只是用LAND告诉他，始作俑者是广播社的学姐，她会直接去找原岛老师说明情况。我实在没法用名侦探一般的口吻对他说：你的冤屈已经被洗刷啦！

如果松本哥哥是同伙也就算了，但这件事是翠学姐独自计划独自实施的，也就是说，这是广播社的一名成员乱搞出来的事，总觉得……我也变成搞事一方的人了。

在弄清事实之后，广播社决定从第二天起，暂停放学后的社团活动一个月。

白井社长用LAND发了一条简单的信息通知大家，至于翠学姐个人会受到什么处分我并不知情，也不知道她和松本哥哥之间会变得如何，更不清楚松本哥哥对这件事了解多少，又会如何消化。

我也不知道田径社的人会怎么看待广播社，甚至不知道广播社的人都在做什么。

那次冲出活动室之后，我就再也没回到广播社了，还刻意不与同班的久米同学对视，而她也没有主动靠近我的意思。

我无所事事地过着每一天，仿佛时间都停滞了。昨晚是大赛开始前一天，我带着田径社能顺利晋级的祈愿，掐着时间去看大赛主页公布的所有参赛学校各区段的选手，确确实实地看到了青海学院那一栏。

看到校名旁边没有标示"弃权"二字时，我放心了。接着看了各区段选手的出场顺序名单，结果没找到良太的名字，我失望地垂下肩膀，也接受了名单中没有松本哥哥的事实。那么，到底是谁被选上了呢？我再次注视着手机的屏幕。

所有选手都是高三的，虽然接棒顺序有所改变，但参赛者和县级大赛那会儿是一样的。

也就是说，那位在县级大赛之后伤了腿的学长顺利归队了？

即便没有这一层预想，电视里实况转播第二区段时，主播也颇为激昂地为观众们讲解了：

"林走太郎，为奔跑而生的男人，林走太郎！"

被主播以这种方式喊出全名的林学长，接过绶带时暂列第七名，在3千米的路线中，独占了至少五分钟的镜头。从始至终，他都处于在领头梯队和第二梯队之间独自奔跑的状态，所以很容易被镜头捕捉到，更何况，他身上还有值得报道的前情往事。

"升上高二之后，林走太郎首次当选正式队员，在去年的县级大赛上，他以数秒之差无缘第一名。他曾在睡梦中数次落泪，要是能再快五秒就好了。"

我本应该抱着怀疑的态度看待这段略显多余的个人情况播报，但这件听着并不陌生的轶事，让我突然萌生了感想。

"这样不是也能勉励那些与你有同样境遇的孩子吗？"

我的脑子被这个突然复苏的声音占据了。

"但是，他说不甘心的何止他一个。他在心中发誓，明年一定要冲进全国。他和同伴们互相激励，只能流汗不能流泪。这一年他在原岛信幸教练的指导下，进行了日复一日的训练。而这位原岛教练大学就读于东和学院期间，曾连续两年参加新年长跑接力赛并在大四那年获得了'区间奖'。"

可以看出，主播不仅介绍了林学长，还打算借此机会一口气将青海学院介绍一番。

"今年，林选手拿到了通往梦寐以求的全国大赛的门票。他跑完了10千米的第一区段，漂亮地拿下了'区间奖'。在与同伴们分享喜悦之后，悲剧降临在他身上。他的大腿肌肉拉伤，医生说需要七个星期的治疗才能痊愈。"

从县级大赛到全国大赛，也差不多是七个星期。虽说恢复了，但也不能立刻跑得像之前一样，所以我本希望那个空位能由良太补上。那些在县级大赛没能被选上正式队员的成员也盯上了那个位置，肯定都拼尽全力训练。

不知林学长是抱着什么心态看待这些情况的。田径社长跑组的所有运动员都接受了采访，当时负责拍摄的是黑田学长，负责访谈的则是我。

"确定晋级全国大赛之后我的腿受伤了，对此我懊恼不已，但与其让队员们为我担心，我更希望他们在正式上场时能拼尽全力。"

当时林学长是这么说的。

我没有针对受伤的事提问，并不是因为顾虑学长的感受。

明明靠自己的实力拿到了通往全国大赛的门票，却无法使用那张门票。这原本是今年夏天整个广播社讨论很久的问题，也是我曾经有过的不满。

要不是因为良太的事……如果去年三崎中学能够晋级全国大赛，参赛者会是哪些人呢？首先，我肯定是很高兴的。在良太没有参加县级大赛的情况下，我们做到了。我可以和良太一起去全国大赛了，可以让他在那里奔跑。这些都是我想象过好几次的事。

可是，在那之后呢？良太能跑，就意味着参加过县级大赛的某个人要让位。如果被要求让位的那个人就是我呢？

我只考虑过对自己有利的情形。明明自己厌烦那种偏颇的报道，却打算以偏颇的角度进行采访。虽然我背地里有目的地想给良太一个专人特写,但我们和田径社说好会平等对待所有人,才获得了采访的许可。

实况转播还在继续。

"林选手的田径人生可以说是一场与伤痛的斗争。"

主播从林学长小学四年级加入当地体育少年团的田径社开始说起。我也是在小学四年级的时候加入了学校的课余田径社,于是竖起耳朵听了起来。

学长的经历与我完全不同。他在小学六年级就以100米赛跑运动员的身份参加了全国大赛,从初中一年级开始就被选为县里的强化选手,目标是参加青少年奥运会。然而这些耀眼的经历,常常伴随着伤痛。膝盖受伤、肌肉拉伤……在初二那年的夏天,他的韧带受伤,便以此为契机改变方向,专攻长跑项目。

"即便如此,他也从未想过放弃田径。给予他支持的,是当地整体(注:通过按摩或器械调整并矫正骨骼或肌肉的特殊疗法)治疗院一位出色的整体师——沟口康彦老师。从他家到那里要走十分钟,沟口老师从林选手孩童时期就一直为他的活跃表现保驾护航,即便是医生都无能为力的伤痛也不曾放弃。老师夜以继日地专心研究最新的治疗手法,一路跟随陪伴,让林选手在运动员的道路上越走越远。本来林选手对今年这场大赛已经不抱任何希望了,正因为有沟口老师,他才能够及时恢复,迎来了这一天。林选手肯定也想让沟口老师看到他矫健的跑步身姿。"

我不由得心想:要不要也让这位老师给我看看腿脚呢?

能够左右人生的,说不定就是人与人的邂逅。我感觉,如果我没认识良太,如果我的顾问不是村冈老师,就算进入了田径社,我也不会有什么不得了的成绩,而是就像普通人那样直接从初中毕业了。

如果没遇到正也……

"对不起!对不起……都怪我邀你加入广播社……"

正也的话在我的脑海里回响。我摇摇头,然后注视着电视屏幕。

实况转播还在继续。

"今年参加大赛的运动员们,基本都决定上大学之后继续练田径,而林选手似乎想好了要报考整体师的专科学校。多亏了沟口老师,林选手才得以度过了不留遗憾的运动员生涯。他表示，希望今后的人生能像老师那样，为那些苦于伤情和病痛的运动员提供帮助，也算是报答所有帮助过自己的人……"

林学长摘下了绶带。穿着绿色队服、担任青海学院第三棒的运动员举起一只手，高呼一声："最后！"

"林选手刚刚交接了绶带。我手边的时钟显示八分二十三秒。虽然无缘'区间奖'，但也刷新了他自己的最高纪录。"

九分钟的障碍，已经算不上什么了。

林学长双手扶着膝盖，弯着腰，喘着粗气，而他的眼睛里，泪水仿佛决堤一般涌了出来。这时，有人拿着风衣外套跑上前。是良太，他的眼睛看起来又红又肿。

我发觉自己的眼睛也渗出了泪水，用运动服的袖子擦拭眼睛时，镜头已经切换成青海学院300米前方的领头队伍。

良太肯定切身体会到了林学长的无憾，想必松本哥哥也是。当有空位了，他们都希望自己能补上。这个念头同时承载了林学长的念想，更让他们感受到了一种压力，他们必须跑出和林学长一样，甚至比他更好的成绩才行。

估计在这种压迫自己的过程中，他们也发现自己与目标背道而驰，心中开始期望林学长能够康复吧？

如果我也能坦率地面对林学长，是不是就能直接从学长那里打听到沟口老师的事，还会有成为整体师的想法？

如果能采访到候补运动员的心声，知道他们会如何争取那个因正式队员受伤而空出的名额，翠学姐还会钻牛角尖去做那种错事吗？

我以为那才是拍摄田径社的意义所在。

除了从正也那里学会如何放飞无人航拍机，如何用鸟瞰的角度拍摄之外，我没有任何成长。

我只考虑自己和良太……不，我只考虑了自己的事。不仅如此，我还单方面地抛出了自以为是的言论，就那样离开了广播室。

也难怪广播社没有一个人发信息给我。

所以嘛，就不该用LAND这种玩意儿……

我看了看自己房间里的天花板，又看了看手机屏幕。

上面的标题是《希望天上的父亲能一直守护着，为回报辛苦劳作的母亲而尽力奔跑！》。

即使知道自己的不足之处，对于这个标题我也没有情绪的波动。只不过，我能察觉到并不是所有媒体都是这样的态度。

第三区段之后，青海学院运动员的镜头就少了很多。

虽然各个区段里也有几位镜头不少的运动员，但没有人像林学长那样，因为伤情病痛，没能发挥出入学时众人期待的成绩，状态一时萎靡。他们本身没有经历挫折的轶事，所以没有提及他们的父母如何如何，或是有没有身患重病的家人。

到了后半场，当领头的学校遥遥领先，镜头特写果然就紧紧锁住那位运动员了。并不是每个人都有过挫折。或许媒体在赛前通过采访或征询过所有人的座右铭，当主播介绍起这些时，我倒也听得津津有味。

就是不知道有多少是出自选手本人之口，有多少是主播的原创了。

先介绍那句话出自哪位战国时期的武将或幕末志士，又谈到那位伟人与京都相关的逸闻，说得仿佛那位运动员就是伟人的转世，再次回到这片土地上奋力奔跑。这样的实况转播，倒是与这一天的好天气相辅相成，我也通过电视画面感受到了那种明快的氛围。

当然了，座右铭的出处不局限于伟人，也有恩师、父母或漫画作品中登场的人物，横跨多个领域，那些座右铭都伴随着积极向上、朝气蓬勃的趣事，简单来说，就是为"纯粹奔跑"的运动员赋予个性，促使人们萌生一种为其加油的心情。

当中，"承载了某某的期待"这句话总是被反复提及。

到了最后一个区段，争夺前三名的其中一个学校，代表的是去年某个遭遇了严重洪涝灾害的县，而且最后一棒的运动员的老家就是受灾最严重的地区，主播也提到了他的赛前发言："想用自己的奔跑为老家的人们加油鼓劲！"

精彩的赛况，乏味的赛况，为了自己而跑，为了某人而跑。

我知道自己没有立场去评判这些。在此之上，"为了老家而跑"也不是没有可能。说到底，参赛学校的身上都背负着各自都道府县的招牌。

我和你，不一样。

"你的努力，能赋予那些与你同一立场的人勇气。我的工作，就是以记者的身份向世人传递这份勇气，而世人也有'知道的权利'。"

手机屏幕已经全黑了。我一番操作，又回到那篇文章。

去年，当地的两家报社对县级长跑接力赛进行采访、报道。其中一家在我们凭借《屏蔽》成功晋级"J赛"全国大赛时也来采访过。当时，这家报社不仅采访了社团所有成员，也多费了一些功夫提及在地区大赛上表现优异的运动员。

不过，另一家就没那么做了。

接受采访时需要监护人的许可书，我没怎么深思熟虑就把妈妈签了名的纸张交上去。

"每次比赛，你妈妈都会来看吗？"

对于我的提问，就是从这一个问题开始的。我回答"基本都会来看，除非要工作"，对方又问妈妈做什么工作，我便滔滔不绝地说起了自己的家庭情况。可以说，对方很会引导。

虽说我个性单纯，但从不觉得自己的环境或境遇有什么可自卑的。借着此刻的后悔，我才明白，警戒心是因为有事想隐瞒才产生的。

如果我能记得那些与父亲共度的、比现在富裕一些的生活，或许会觉得现在的自己是不幸的，但当我懂事时，父亲已经不在这个世上，我也从未听过妈妈悲叹或怨恨父亲的离世，所以对我来说，这样的生活也没什么奇怪的。

与其他同级生相比，我也不觉得自己有过特别难熬的时候，还上得起这种私立学校。

我不抱任何疑虑地回答了问题，但还是不免觉得流程有些许奇怪。

"那么，你那么努力是想让妈妈高兴，对吧？"

"嗯……但是，我们是一起努力走过来的……"

"哎？你对妈妈没有心怀感激吗？她可是既当爹又当妈，含辛茹苦地把你养大。"

"不，我是对妈妈心怀感激的。"

对话怎么会变成这个样子？就在我的心情开始变得烦躁时，村冈老师说着"久等了"现身了。

"与田径无关的学生个人情况，还请手下留情，不要再深挖了。"

对此，记者又用刚才那句话回复。他没看着村冈老师，反而转向我，仿佛在教导我，他这样的成年人才是合情合理的。

不仅如此，老师甚至没能审查那篇新闻报道，一旦接受了采访，剩下的就只能交给记者或报社去斟酌了。

之后，便有了那样的标题。

那一天，我被人认定是一个条件不佳却发奋努力的人。我很难为情，也觉得对不起妈妈。

即便如此，我对这篇文章并没有那么排斥。因为妈妈看了新闻之后还是一如往常，原先关系疏远的亲戚也打来电话，告诉我们父亲当年在运动会和马拉松大赛上也有过优异表现，这让妈妈和我都很高兴。

那位记者要是知道了这件事，估计会一脸得意地点头吧。一想到这里，我就很生气。

不过，我也想过，因为良太没出现，所以记者才没东西可写。如果良太克服了伤痛，可以参加比赛，而记者还是以那个标题来报道，说不定我会更觉得膈应。

虽然学校或周围的大人都教导过我们对网络上的文章不能全信，但他们没说过要去质疑新闻报道。

明明之前待的地方是可以说这种话的，我和翠学姐都是如此……

在日本全国高中长跑接力对抗赛上，青海学院获得了第六名。

如果没发生那件事，就算良太没被选为正式队员，我还是能给他发信息说一声祝贺。

明年终于是良太可以奔跑的一年了，直接去京都跑……

之前正也约我（估计也约了久米同学）在2月份第一个星期的入学考试假期去看那部热门电影，如今我犯难了，不知是一个人去看，还是干脆放弃算了。那是一部由校园推理漫画改编的真人版电影，在我住院期间，良太把这部漫画送给了我，我本来也想以此为契机去联系良太，但终究没有付诸行动。

　　就在这时，堀江在LAND上约我去看。看来同班同学这种朋友还是该交的。

　　堀江没看过原著漫画，他的目的是去看出演神秘美少女一角的女演员。从会合的车站到电影院这一路上，他一直自顾自地喋喋不休："她该不会被杀吧？""难道说她是凶手？""慢着慢着，你可别剧透！"而我几乎插不上话。

　　我看过原著，岂止知道那个神秘美少女是什么角色，电影宣传又没有宣传最后一幕和原著不同，所以我连结局如何都知道了。

　　即便如此，我还是满心期待，好奇这么大篇幅的原著如何浓缩为两个小时的电影。而且主角每次解谜的时候，头脑中会展开一个宇宙空间，将此前所有的谜团和线索汇集起来进行一场头脑风暴，不知道这一幕会用什么方式来描述。

　　不过，看到堀江以那种全然未知的状态去接触这个故事，我又觉得非常羡慕。要是有一种可以让人在电影放映时暂时失忆的药就好了。

　　我们各自买了一个薯条加可乐的套餐，并肩坐着。这时，我看到零星几个看似青海学生的身影。离放映还有一点时间，我开始担心堀江会聊起学校的话题。万一他问我"你是不是在躲着久米同学"，我可就为难了。然而，他一直给我看他手机上那个饰演神秘美少女的女演员的照片。

　　这部电影的配角都挺符合我的想象，唯独她不是，但这种话我无论如何也不敢说出口。就在我苦笑时，电影开始了。

　　"谢谢你约我来看。"

　　电影结束后，在馆内灯光亮起的同时，我的嘴里自然而然地说了这句话。单凭头脑风暴那一场戏，就很值得来电影院一看了。

堀江看起来好像有很多话想说，于是我们移步到电影院一楼的咖啡厅。在这里，堀江又来了一场个人演讲。

　　"最后居然替那家伙挡下一箭死掉了？没想到是被十字弓射中的，唉……"

　　他哀叹了一声，仿佛他喜爱的女演员真的死了一般。

　　不过，那个演员演得还挺生动，我甚至在心里向她道了歉：之前觉得你和角色不搭，真是失礼了。

　　然而，我想聊点别的话题，例如看似用无人航拍机拍摄的在校园里追踪犯人那场戏，或者是剧本。虽然是将十册单行本的内容压缩成两个小时的电影，但我喜欢的台词居然一句不落。

　　堀江的视线无意间往门口附近瞥了一下，接着立刻从高脚凳上下来，恭敬地点了一下头。我也投去了视线，但是那人我不认识。堀江重新坐下，拿起装了咖啡的纸杯。

　　"熟人？"

　　"嗯，橄榄球社的学长。大概也是来看这部电影的吧。"

　　"噢……话说，之前我们在外面碰见时，你也和黑田学长打过招呼来着。听说他是你初中时的学长，难道是网球社的？"

　　我想起堀江初中时期是网球社的成员。

　　"他确实是我初中的学长……咦，町田你不知道吗？黑田学长原先是很厉害的橄榄球运动员呢。"

　　见我呆愣地转过头，堀江便和我讲起黑田学长曾经有多么优秀的表现，那口吻仿佛在谈论他喜欢的女演员，不，甚至更加激动。

　　入学考试假期结束了。我吃完便当，闭上眼睛做了一个深呼吸，然后顺势站起来。

　　"要不要一起去？"

　　堀江依然坐着，抬起头来。

　　"不用，没关系。谢谢。"

　　在他嘴里嘟囔一句"我就知道"之前，我便离开了教室。

第七章　候场

即便同在一个年级，每次造访全是体育保送生的人类科学班教室时，都与造访文理班的心情有所不同。

这里是另一个世界，加了一层名为"憧憬之地"的滤镜。

不仅如此，现在还多了一个"比我高一年级"的重负，导致我爬楼梯的脚步比平常多了几分沉重。相对的，折返之时就会使出比往常快几倍的速度，一路冲回自己的领地。

不要回头，圭祐。

"初中那会儿没有橄榄球社，不过学校附近有三叶电器的工厂和运动场，那里开了一个橄榄球队的青少年培训班。"

脑海里回响着堀江的声音。

三叶电器的橄榄球队是一支实力强劲的企业队，这件事连我都知道。新年长跑接力赛第二天的赛事一结束，电视上的同一个频道会直接转播决赛，而这支队伍是决赛的常客。

"一般是上了初中才能加入的，但黑田学长在小学五年级陪着哥哥参加入队测试，在负责人的劝说下也报考了，结果两兄弟一起合格，于是破例让他入队了。从那之后，他进步神速，在初一那年就成了三叶电器的正式队员，还被U15日本队选中，好几次出国征战呢。我哥哥和他同级又是同班，说他的公欠（**注：一般指日本学生因服丧或参加比赛而缺席，不作缺勤处理的制度**）请假条上写的是'奥兰多'。而我，光是修学旅行去一趟东京就畏首畏尾了。"

说到谁去东京这个问题……那时的黑田学长有什么表情，我已经不记得了。反正那时我也不关心这种事。

"确定拿到青海的入学保送时，学长们都高兴坏了。毕竟他们在全国大赛总是止步于四强，心想这下终于能拿冠军了……"

我完全没有把橄榄球社内部的事情听进去，因为在此之前，出现了一个无法跳过的关键词。

入学保送？是指体育保送吗？我记得在广播社做自我介绍的时候，黑田学长好像只说了一句"我是高二的"……

爬完楼梯，我来到二年（一）班——人类科学班的教室门前站定。或许是为了隔断冷气，教室前门和后门都关得很严实。当然了，我也没有勇气推开前门，于是朝后门慢慢地伸出手。

突然，后门猛地打开了。

"啊……"

我差点撞上从里面出来的人，先拉回半个身体躲开，然后对上了视线。居然是松本哥哥。

"哦哦……"

松本哥哥似乎也认得我。大概并非认得以前在田径社的我，而是广播社的我。他正皱起的眉头就是证明。我该说些什么呢？

"找黑田？"

听到比想象中温和的语气，我松了一口气，用力地点点头。不管是田径社还是橄榄球社，各个运动类社团的精英都聚集在这个教室里，而黑田学长每天都要在这里进出，我驱使自己用稍微有些进步的想象力尝试描绘他的心情，但即便只是在脑子里想想，我也无法在这个教室待够五分钟。

然而，从教室里出来的黑田学长就像进入广播室时一样，步伐悠闲，还带着略显失望的表情笑道："原来是町田啊！"

"松本说有高一的广播社成员找我，还以为是久米带巧克力过来了，搞得我还挺期待，没想到是你……找我什么事？"

"那个……"

"毕业纪念DVD已经完成剪辑了。秋山老师在教师会议上帮我们提了议题，用无人机拍摄的视频，也就是学校典礼和课堂期间的画面，都可以收录其中了。今后的重点应该会放在助威团的舞蹈和集体表演上。"

"好的……那个……"我挺直了后背，坚定地看着黑田学长的眼睛，然后吸了一口气，从腹部深处发出声音，"实在对不起！"

说着，我深深鞠了一躬。

"喂喂喂……"

黑田学长很是着急地扣住我的肩膀。我抬起头，发现围在旁边的人比预想的还多，又立刻伏下脑袋。

"紧急逃生楼梯可冷了……好吧，就去广播室吧。我午休有空。"

黑田学长逃跑似的离开现场，走下楼梯。我也快步地跟在他身后，但我们都不敢在过道上跑。虽然，我们也不是遵守规定的好孩子。

白井社长在广播室里，她有时来放音乐，有时来朗诵委员会或社团活动的通讯稿。靠门边的房间角落里有一张打开的折叠椅，我的视线落在那上面的英语单词本上。

"白井，我来和你交班。"

黑田学长用漫不经心的口吻说道。

社长闻言抬头，看到我的时候，一瞬间露出了惊讶的表情。

"我不能待在这里吗？"

"你想听荤段子的话也可以留下。"

白井社长一副受不了的样子站起来，把英语单词本塞进装了便当盒的小包里。

"记得关掉麦克风的电源。"

留下这句话之后，她便出去了。明明我们不打算聊那种话题的。黑田学长还当真去检查校园广播的话筒是否关掉了，接着打开墙边的折叠椅坐下，又用下巴示意，催促我坐在白井社长刚才坐的椅子上。

我该从哪里开始说起呢？应该再道歉一次吗？

"你……并不是为DVD剪辑的事来道歉的，对吧？"

以黑田学长的性格，这个语气算是很严肃了。

"是的。"

"大概是听谁说起我以前是练橄榄球的，还是体育保送进了青海，觉得自己不该说'你们这些没练体育项目的人怎么会懂我的心情'那种话，所以自我反省了一下。"

"是的。"

"你打听过我放弃橄榄球的原因了吗？"

"听说是因为生病……"

"入读青海之后没多久，我就被选上了春季综合体育大赛的正式队员，我铆足劲儿参加比赛，没想到在带球奔跑时，眼前突然变得一片雪白，摔倒了。我都没意识到自己晕了过去，连鼻子都摔骨折了。据说是因为我的心脏有一条很重要的血管太细了，幸好当时没破裂，不过，也不知道什么时候会破裂，所以医生告诉我不能再进行剧烈运动了。那时是4月底。"

居然是这么严重的病，而且是持续性的。又是这样。我本该有余力想到的：他没有全权负责马拉松大赛和体育节的摄影，会不会是有什么原因导致他不能运动。

"我那时还考虑过休学，幸好，校方说我可以继续留在人类科学班，也可以在升上高二后参加文理班的插班考试。之后，就是苍和白井拉我进广播社。我和你，还挺像的。"

"怎么会……我怎么能和学长相提并论呢？说到底，我也没有那种水平。"

这件事我不知道可以触及多深。

"听白井说起你的情况时，我不知道你能想通多少，当我知道田径社来拉人，你却选择了广播社时，我就觉得你应该不需要我的建议。早知道我们应该好好谈谈的，不过，现在也能谈。"

我又想向黑田学长道歉了。每当我快撑不住的时候，都是学长帮我扛住的。而这些事情，是我知道学长的情况之后才有所察觉的。

"人类科学班，也就是体育保送班，在外人看来，估计觉得很酷吧。事实上，午休时被女孩子叫出去，在我们班已经司空见惯了。要不是鼻子断过，我也是有机会的。"

学长的鼻子已经治得很好了，要是不说都看不出断过——这种话我实在说不出口。

"不过，从里面看的话，你就会发现其实很多人的脸上都是想不开的表情。有的苦恼于伤痛；有的因为辜负了期待，萎靡不振；还有人会和一种莫名其妙的自尊心较劲，不想被文理班的人超越。本来嘛，体育运动应该是一件令人享受的事，虽然我并不喜欢这个说法。所以，我每天在教室里都会思考该如何享受体育运动，实地操作的课程也见习了一半，尽管做了，也是偷工减料，所以写不出什么报告。"

"其实，我也是。"

"是嘛，看来我们有很多事都聊得来嘛。我的报告标题常常写'如何享受○○'，然后把当时玩的玩意儿填入那个圈圈里。高一期间因为没得出让自己接受的答案，所以没参加文理班的插班考试。我事先说明，可不是因为我没有那个脑子去考文理班。玩橄榄球也是要用脑的。"

我眼前的这个人，仅仅比我早出生一年。而且他曾经那么出色，是我远远比不上的。

"为什么学长能想得那么通透呢？"

"这些话我只对你说，我真的愿意掏心掏肺和你说明，连苍和白井都没这个机会。"

这些话我真的能听吗？我不由得咽了一下唾沫。

"我晕倒的时候，去了那个世界。我的脚边有狗叫的声音，仔细一看，发现是半年前死去的汤加……哦，那是我家之前养的狗的名字。本以为汤加是来接我的，结果它突然咬了我一口。不管我怎么轰它赶它，它都汪汪叫，用力朝我扑过来，然后我尽全力逃走了。是啊，那是我最后一次全力奔跑。然后，等我睁开眼睛，发现自己已经在医院里了。"

学长突然跳脱地说起这种精神世界的话题，我更不知道该怎么回应了。

"不过，我们都还活着。那么，与其哀叹失去的东西，不如思考快快乐乐活下去的方法，这样不是更好吗？"

"说的……也是呢。"

我也是这么想的。发生意外之后，妈妈和身边的人都庆幸我留下了一条命。

"在学弟面前自以为是地说出这些话，其实也是在说给自己听。我没和苍、白井说过汤加的事，因为我知道他们会吐槽，说我还远远不到那么豁达的水平。去年的我还不至于像你那么悲观，上次制作'J赛'的作品时，我也想过以后可以从事一种通过摄影传递运动乐趣的工作。自从学会使用无人机航拍，我觉得这件事还挺有意思的，这是我很久没有过的心情了……喂,你怎么哭了?"

黑田学长那只粗糙但温暖的手搭在我肩膀的瞬间,泪水滑过我的脸颊。我很惊讶,自己居然压抑了那么久。

"啊……啊……要命。"

黑田学长说着,从口袋里掏出一个东西触碰我的眼睛。那竟是一条光滑到反光的布,是他随身带着用来擦拭无人航拍机镜头的。这种布可以把手上的油脂擦得干净,却很难吸走水分,所以他很用力地连续按压了几下。

我忍不住笑了。

"怎么了?是想起什么好笑的事吗?"

"不是……我在想,如果久米同学在这里……"

有一位学长为自己擦眼泪,是一种什么感觉?我的脑子里浮现出俯瞰自己的画面,突然想到,这难道就是久米同学口中的"好萌啊"?此时的背景该不会飞出玫瑰花了吧?说笑了,我实在无法对着黑田学长说他"好萌啊"。

"我在想这一幕实在难得,可以拍张照片了。"

我依然笑嘻嘻的,其实也是在掩饰难为情,黑田学长的脸一下变回了严肃的模样。

"对啊,久米。町田,你来找我道歉之前,去找过他们两个了吗?"

"哪两个?"

"宫本和久米啊!"

"没有……"

"之前你出声斥责那些没有正经练过体育运动的人,根本不会明白田径社的人是什么心情,更准确地说,是你的心情。明明如此,结果发现我竟是一个体育过来人,你就跑来道歉了。你啊,搞错方向了。"

怎么可能——这句话已经推到喉咙边上了,却无法化作语言说出来。我明白的,可是,那两个人当时也没来帮我啊!

"你站在广播社成员町田圭祐的立场去想想吧。我可不希望社团再有成员离开。如果你冷漠地认为只有过来人才能理解,那就太草率了。

不管是什么内容，在大部分情况下，你所传达的对象都是毫无经验的人。以此为前提去想想传达的方式吧。如果你传达不了，那就得怪自己不成熟。"

"明白。"

见我点点头，黑田学长嘻嘻一笑。

"我说了太多自以为是的话了。不过，你可要好好珍惜社团里的同级生啊。在那之后，久米可是……"

宣告午休结束的铃声响了。五分钟之后，铃声将再次响起，下午的课程——第五节课也将开始。

"那些事不该由我来说。我得比你多爬一层楼，先走了。"

说完，黑田学长站起来，伸了一个大懒腰，离开了广播室。

在那之后，久米同学怎么了？那天在我离开之后，这里发生了什么事吗？而我从未想象过到底会发生些什么……

LAND真的是很方便。在第五节课的上课铃声响起前，我发了一条简短的消息，说放学后三个人见个面。不管那两人是已读不回，还是要拒绝我，我都可以有五十分钟的时间做好心理准备。

到了下一个课间，正也回了信息："去哪里见面？"我提议去车站附近的公园。事实上，整个第五节课我都在思考这件事。

对现在的我们来说，紧急逃生楼梯不是一个让人愉快的地方。广播室又不能去，图书室又被高三那些自主学习的人当自习室使用。可我现在也没什么心情去快餐店，所以才想到了去公园。虽然冷，但可以避人耳目。

久米同学也回了一个表示"收到"的动漫表情，但没和我一起离开教室。我迅速地收拾好东西，急急忙忙地出去了。毕竟是我约他们出来的，总要送一些暖饮之类的，于是我准备去一趟便利店。

出了大门，我往便利店所在的公路边上的信号灯走去。因为这里和车站是相反方向，所以我也很久没到这个十字路口来了。

这是改变我命运的十字路口。人行横道的对面立着一块告示板，上面会贴一些寻求交通事故目击者的信息。我不敢看那块板子,想快速通过路口,但信号灯不巧变红了。

"町田?"

有人从背后喊了我一声。我回头一看,是谁呀?稍微思考了一下,好像是田径社的……

"森本学长。那个,上次的事,真的非常抱歉。"

他是田径社社长,高二,隶属短跑组,不过我还是低头行了一礼。

"道什么歉,我喊你可不是想听你说抱歉的。我之前就很想找你谈一谈。"

森本学长看着我,露出可亲的笑容。我心想,这人很会活跃气氛啊!我的紧张感多少得到了缓和,但是我不明白他找我谈有什么意义。

"和我吗?"

森本学长依然满脸笑容地点点头。

"我初中的时候曾经想过放弃田径。地区大赛时不知道自己能不能勉强跑进前三,就算运气好去了县级大赛,也会在四分之一决赛败退。我本来打算上了高中后不再参加社团了,但是顾问老师让我继续练。他说我身体条件好,以后还能有长进。啊,你要过马路吗?"

信号灯变绿了,我和森本学长并肩而行。

"我们的顾问老师是一位快退休的老爷子,这么说有点不礼貌,不过老归老,他说青海田径社的顾问原岛老师是他的学生,而且原岛老师和我是同个类型。原岛老师进了青海的文理班之后进步神速,不仅在大学时期参加了新年长跑接力赛,在企业队时还作为日本代表参加了亚运会,路越走越宽了。"

我们走过人行横道,同时停下了脚步,或许是因为彼此都不知道对方要去往何处。虽然我对他说的内容很感兴趣,但本身已经约了人,真希望他差不多该结束话题了。

"啊,抱歉。我说话铺垫很长,经常被人骂。老爷子和我聊这些的时候,运动场上刚好有人开始3千米竞跑的比赛。老师对我说,那孩子也是。他念出那孩子的布条号码,我一看,有些诧异。因为那个人跑在中间偏后的位置。事后我查了那人的名字，原来叫町田圭祐。"

如果是在我没遇到交通事故，且带着"没有体育保送资格进入田径社没问题吗"的惶恐心情来观摩学习的时候和我说这番话，我整个身体估计都会飘在半空中吧。眼前的景色会变得缤纷多彩，仿佛看到新生活在发光发亮。

"可是我……"

"嗯，我知道。这话不应该在这里说的，抱歉啊！"

森本学长快速地往旁边的告示板看了一眼。交通事故的目击者信息……我的那份早就被撤下了。现在这份似乎是关于一个星期之前行人与汽车相撞的事故。

"还是需要监控摄像头啊！"

"哎？"

"我家就在这附近，每次发生事故时，街道会议都会讨论要不要向市里申请安装监控摄像头，但周边住家的人说这么做侵犯隐私，不让安装，还说这样成了'监视社会'。马路上哪有什么个人隐私或监视啊！"

我看了看周围的房子，有的房子围墙上还贴着当地政治家的海报呢。我不知道那家人是否反对这件事，但这样难道不是更加曝光了个人隐私吗？

"抱歉，我不该说这些的。总之，我想和你说的是，希望你今后和田径社多一些联系，哪怕是以广播社成员的身份也好。"

"可是，广播社……"

"原岛老师只是和社团的成员说了一句'事情解决了'，但白井同学拜托他，说是想代表广播社来道歉，然后在我们训练后的小会上，他们来了。白井同学对我们鞠躬，说当初那个拍摄田径社的方案是她提出的，而有所偏颇的拍摄手法造成了一些令人担心的解读，导致其他社团成员被人误解……看来你并不知情。"

我瞪大双眼，点点头。

"不过，也怪我先前过于激动地对白井同学说了山岸和町田的情况，所以我也向大家道了歉。之后，白井同学还郑重地对山岸和松本鞠躬，怎么说呢……算是解决了吧。嗯，事情解决了！"

"谢谢你……"

"还有，虽然事情变成这样，但我们都觉得广播社挺厉害的。我们社里的人也经常相互拍视频，以便确认动作姿势，不过看到广播社给我们拍的，都嚷嚷着想要这样的视频。县民森林广场跑道上的那一段，就是町田拍的吧？短跑组的人，尤其是跳跃竞技组的，想拜托你明天帮他们拍摄。总之，我们非常欢迎广播社。"

说完，森本学长又重复了一次"非常欢迎"，还用力地拍了我的后背两下，然后没有沿着马路离开，而是拐进一条小路朝住宅区走去了。

我抬头望着天空，试图把学长的话一句一句地渗透进脑子里，以便回家后还可以拿出来回顾。我闭上眼睛，又睁开了，将视线投向远处，结果看到正也和久米同学就在人行横道的另一边。看那样子，不像刚到，倒像是在那里站了好一会儿（或许是我自以为是的臆想吧），也有可能是他们看到了我和森本学长在一起，便在路边等了大约两次绿灯。

虽然隔了一段距离，但我与正也明显对上了视线，便微微扬起一只手。等信号灯变了，我与走过来的两人会合，却不知道该如何开口。

"你怎么会在这里？"

正也这么问道。这也是我想问的。

"我打算去便利店买点热食之类的。"

"我们居然想到一处了。"

正也笑道，与久米同学对视一眼。

"刚刚正和宫本同学聊起町田同学喜欢什么馅的包子。"

久米同学也生硬地笑了笑。

"那你们聊了些什么馅？"

没想到能和他们这么正常地聊天，这让我松了一口气。

"我猜你喜欢红豆馅的。不过，要是猜错了，我也不想自己吃。"

"我猜你喜欢肉馅的。我自己喜欢咖喱馅的，还想着如果町田同学喜欢咖喱，就和你交换。"

"好了，久米同学赢了。不过，谢谢你们还惦记着我喜欢的口味。

原本我就打算买三个肉包子。"

"那就这样吧。这算是最保险的选择吗？"

我们一边聊着，一边进入便利店。正也说"今天就不用你请客啦"，于是我坦率地接受了（大概是不希望我为了道歉或别的什么事请客吧），决定各自买自己喜欢的包子和饮料。

店里有限期售卖的特制叉烧包，我们三人都选了这一种。

"刚刚和你在一起的人是……"

去公园的路上，正也有点犹豫地问道。

我告诉他们，森本学长和我说了白井社长代表广播社去田径社道歉的事，关于我田径方面的内容，我则省略了。看样子，正也和久米同学也不知道这件事，两人都沉默了一会儿，似乎在整理自己的心情。

走到差不多能看到公园的地方时，正也开口了：

"向良太道歉我倒是能理解，向松本学长道歉算是怎么回事？确实，如果在他不知情的情况下，翠学姐为了他那样乱来，他应该是心情最复杂的人吧？虽然立场会变得尴尬，但他应该多少有所察觉吧……啊，抱……抱歉。我并不是想试探些什么。"

正也对着久米同学举起没拿东西的那只手示意，道了歉。

"似乎真的是翠学姐一人所为。不过，松本学长听到原岛老师说起抽烟画面的事时，好像怀疑过可能是翠学姐干的，但他没有勇气去确认。他说，一切都是自己的错。被原岛老师发现膝盖疼痛的事，明明不是广播社的错，他却迁怒于广播社，还用了那种会让人误解的说法。白井社长还对松本哥哥说——松本哥哥叫夏树来着，她说'希望夏树不要去苛责翠学姐'。我在想，白井社长或许是带着一种想袒护翠学姐的心情去道歉的吧？"

"说得也是……"

正也点点头表示同意。对于久米同学平淡地聊着松本哥哥相关话题一事，他似乎不觉得膈应，这与我不太一样。

反观我，从久米同学口中意外听到松本哥哥所说的证词，不由得涌上一股自觉窝囊的情绪，心想自己到底做了些什么。

我又不是这件事的当事人。

我只不过是夹在受害者和加害者之间，却表现得仿佛自己是受害最严重的一方，与大家背道而驰，也帮不了被人下套的良太。我从没考虑过像白井社长那样——解决根本的问题，消除产生的隔阂。

不仅如此，我甚至因为没人给我站队而闹别扭。

到了公园，刚好有一个带屋顶的凉亭空着。矮墙边上摆着"L"形长椅，我在其中一边坐下，正也在另一边靠近我的位置坐下，久米同学则坐在他旁边。

要不先趁热把叉烧包吃了吧？不，还是先说正事吧。

我把便利店的塑料袋放在一边，双膝并拢，把双手搭在膝盖上。

"正也，久米同学，对不起。"

我低头行礼。

"你道什么歉啊？"

听到正也的问题，我抬起头。他用手指尖挠了挠鼻子，有点困惑地盯着我，语气听上去并不是在问我具体为哪件事道歉，而是真的不知道我为什么要道歉。

久米同学不知所措地来回看着我和正也。旧话重提，会不会反而伤害了他们呢？不，那只是自私的逃避罢了。

"因为我说了那种话，贬低了正也和久米同学一直很珍视的地方。"

"我没觉得你有贬低的意思啊！"

正也说着，咬了一口叉烧包，大声说了一句"好吃"。

"可是，正也不是和我道歉了吗，说很抱歉拉我去广播社。"

"……当时我是这么想的。其实我感觉自己在不知不觉间，总是在回避和你聊起田径相关的话题。在县民森林广场的时候，我看出你明显渴望自己也能去跑，但我总觉得，要是和你聊起这个，你或许就会转到田径社去了。"

"怎么可能……"

"要是之前能和你谈谈就好了。我已经做好心理准备了，如果圭祐想去田径社，我会支持你的。"

"虽然……我脸上或行动上可能表现出想奔跑的念想，但是我认为，自己的归宿就是广播社。"

所以，当他向我道歉时，我有种被抛弃的感觉……那时我很伤心。

"我知道。在那之后，我听了久米妹子的话，也发现自己弄错了。"

又是"在那之后"。我看向久米同学，发现她已经吃光了叉烧包。

"对不起，町田同学。"久米同学也向我道歉了，"要是当时我立刻反驳就好了。翠学姐摆在大家面前的那篇文章的标题，并不是当事人的意思。我明明知道这一点，却没有出声。"

"什么意思？"

久米同学拿出手机，点出之前那篇新闻报道——《交给哥哥吧！为了与病魔搏斗的妹妹，哥哥承载梦想冲向全国！》。

"这不是关于长跑接力赛的采访报道，而是夏树学长在青海高一的时候参加春季县级大赛新人战获得5千米冠军时的报道。那位记者知道他们兄妹俩在田径上成绩优异，就问他'妹妹是不是最近状态不太好'，结果是另一位社团成员说妹妹似乎得了顽疾，而不是夏树学长说的。当时他委婉地表示不要提及这件事，写出来的报道却成了那样。不过嘛，周围的同学都不怎么看报纸，所以他的难为情只持续了一天。他以为放着不管就消停了，也没让学校去表示抗议。结果，那件事根本不是一天就能结束的。"

这似乎和我那时的情况完全不同。可能是因为口干了，久米同学说了句"不好意思"，喝了一口热乎乎的奶茶。

"当时春香的病情还没那么严重。大多数日子都是无症状，只是偶尔会有突然腹痛的感觉。春香原本打算带病坚持练田径，她也想像夏树学长那样获得青海的体育保送资格，所以很勤奋地进行自主练习。但是，五棵松中学田径社的其他男生都获得了体育保送资格，春香却没有。春香说，都怪那篇报道，大家都认为她再也练不了田径了。还说那些人根本没想过去了解那种病，随意拿来说笑……她的精神变得很不稳定……去唱K的那天，我没想到夏树学长会在同一天出去玩。春香觉得我和夏树学长都在享受自己的校园生活……或许是因为太羡慕了吧，结果就做出了自残的行为。"

"居然出了这种事……这些话，确实不适合轻易当着大家的面说。谢谢你鼓起勇气告诉我。"

要不是那天我夺门而去，也不必让她把这件事又拿出来说一次。久米同学抿着嘴唇，摇了摇头。

"春香的愿望是，自己能靠田径竞技再次站上领奖台。为此她才戒了巧克力，这件事夏树学长也是知道的。对于'因为春香的情况不太好，夏树学长坚持必须在今年当选正式队员'这个理由，我听着就觉得奇怪。他们兄妹，彼此都是与自身拼搏的。"

"这些也是在那之后说的？"

"是啊！久米妹子都和大家说了。"

回答的人，是正也。他不仅吃完了叉烧包，还喝光了牛奶咖啡。久米同学难为情地缩起肩膀，伸手去拿塑料瓶装的奶茶。

"连戒巧克力的事都说了……"

"说起来，最近春香的精神状况也挺稳定的。之前和高二的学长学姐一起回家时，听他们说田径社女子组没有设立长跑组，体育保送生的大门暂时很少向女生敞开，我当时挺受打击的。我算是搞明白了，春香之所以没获得体育保送资格，并不是因为病情或那篇新闻报道。一个项目里几乎没有女运动员，如果能早点质疑这一点，就能早点发现问题了。夏树学长也说，校方好像在女子田径方面不怎么发力，但是在春香听来，哥哥的话只是借口。"

"然后呢，你是怎么做的？"

"我去查了过去十年来凭借体育保送入学的学生中各种竞技的人数和男女比例，还有田径社女子组的活动记录，然后都给春香看了。虽说她没有立刻接受，但我想她似乎也一点一点地理解了。"

"那就好。"

"久米妹子真是能干啊！这一对比，我才意识到自己对圭祐说了很过分的话。"

"很过分的话？"

"你看，鹦鹉学舌！开个玩笑。翠学姐盲目相信那篇新闻报道，还将它作为辩白的证据。而久米妹子知道圭祐被写过类似的文章，也知道这件事的内情。不仅是她，连我和高二的学长学姐们也不得不对翠学姐心生怀疑。或许圭祐一开始是站在田径运动员过来人的立场责怪了翠学姐。然而，大家对那篇新闻报道的解读有了越来越多的疑问，不仅会从运动员的角度去提问，也会从传播者的角度去提问。可当时的我们，至少我在听取那些话时，认为圭祐是站在运动员的立场发表自己的观点的。那天在场的人中，最有资格作为广播社成员的是圭祐。"

"不，你先别……"

就算正也把这些话这么正儿八经地说出来，我还是难以接受。正也太抬举我了。"我那时的行为太幼稚了。""不，是我们不好……"我们就这么你一句我一句地拉扯着，但架不住这里实在太冷了。

我把剩下一半、已经凉透了的叉烧包塞进嘴里，又灌了一口仿佛泡了冰块的柠檬茶。

"我想到一个电视纪录片的主题，不过不知道能不能让我们做。如果你们不赶时间，能不能到一个暖和的地方听我讲讲？"

正也和久米同学都用力地点头。我吸了一下鼻涕，另外两人仿佛被我传染，也跟着吸了一下。每个人的鼻尖都被寒气冻得通红，惹得我们互相笑闹起来。

* * *

《町田圭祐的点子簿》

（电视纪录片项目组）

标题：实况转播自我修改

着眼点：个人隐私的界限在哪里？

表现活跃的人暴露些许隐私是理所当然的吗？

大家都想知道你的情况——你是怎么看待这种说法的？

报道者想表达的事情，与当事人想传达的事情，并不一定是一致的。

再者，同观众们想知道的事情也不一致。

首先要明确这三者之间的鸿沟，思考如何填补的对策。

报道文章不是记者或主播等报道者发表小作文的地方。

要秉持信念，不能过于突出自己。

但如果让当事人自己写稿子，会不会出现过分谦逊的情况？

方法：申请采访各个社团里表现活跃的人。

运动类社团三人、文化类社团三人。或让社团内部推荐。

采访当事人。

找同个社团的五名成员（年级随机），围绕当事人的情况进行采访。

他们会不会一边夸赞，一边曝出意想不到的个人隐私？

他们可能也会误以为自己是在代替不会自卖自夸的当事人发言。

也有可能偏向引人发笑的风格。

拍摄活动场景。

撰写实况转播的稿子，给活动场景的影像加上旁白。

请当事人修改。

如果当事人说想剪掉某些片段，就用消音代替。

如果当事人希望有些内容换个委婉点的说法，就加入字幕、改变文字颜色？

追加的项目是否让其他人来念旁白？

考察：让当事人、五名受访者，还有五个熟悉当事人的人、五个不熟悉当事人的人分别观看配好旁白的完成版视频，看这片子是否展现了当事人的优点，并请他们评分。

其他：毕业纪念DVD是否也可以用这种方式？

* * *

今天午休是我当值。来到广播室时，我发现翠学姐就在靠外那间屋子的架子前。听说她因为校内出现烟头一事，被罚居家反省两个星期，是已经结束了吗？

一种尴尬的感觉涌上心头，我不经意一瞥，发现翠学姐脚边有一个纸袋，装的是发声练习的课本和马克杯……是翠学姐的私人物品。

"学姐在做什么？"

"还没告诉你们几个高一的呢。我，要离开广播社了。"

"为什么？都已经受过处分了。"

"我觉得光是处分还不够。"

"怎么会？这还不够吗？"

"高二的人也挽留我了，但我觉得，只要我说清楚，他们会明白我的心情的。"

也就是说，现在我在这里说什么都没用了吗？

"我知道以我现在这种状态，和町田的田径生涯相比较，实在是冒犯了，但我觉得，或许町田是最能理解我的人，所以我要说出来。我想成为主播，会视它为毕生的事业继续努力。但是，此前的我只会考虑眼前的事情。'传播'意味着什么？为了这个事业，我必须成为一个怎样的人？如果在找到这些答案之前我就贸然前行，没等我成为主播就会栽跟头。考试失败的时候，不是意识到自己能力有所不足，而是责怪考官，或者钻牛角尖地认为需要找个门路才行，在自尊心破碎之前就逃走了。为了能用一生的时间长久地挑战下去，我需要暂时离开一下，重新制定计划，包括改造自己。"

虽然这次的风波仅在最小范围内公开，但翠学姐被罚居家反省，总会被人传一些没有同情心的流言，但她依然一脸不以为意。

"这样啊！"

"嗯，我还没向你道歉呢。对不起，町田。"

"我也是……非常对不起。"

"你和山岸同学关系还好吗？"

"村冈老师，就是我们在三崎中学田径社时的顾问老师，自掏腰包买了无人机，但是用得不顺手，所以我和良太准备过去看看。"

"是吗？那挺好的。我和松本分开了，但是他说可以去高中对抗赛为他加油，一副很得意的样子呢。"

"这很像松本哥哥的处事风格。"

这不就是为了长久地走下去而暂时分离吗？我心里这么想着，但置喙他人感情这种事，对我来说还早一百万年。

"你要朝着'J赛'全国大赛的目标好好加油啊！"

"是。"

"我觉得，町田很适合播音组这个方向。"

既然翠学姐都这么说了……

"我会努力的。"

"对了，这个借给你。是借的噢。'J赛'结束之后要还给我。"

说着，翠学姐从纸袋里拿出马克杯，然后把袋子递给我。我手中所承受的重量，应该不仅仅是那些播音课本。

"还有这个，交给你和久米妹子保管吧。"

翠学姐从西装外套的口袋里拿出一个东西……是钥匙。我的视线自然而然地转向收藏着宝物的抽屉，然后慢慢地点头，接过钥匙，握住了手。

或许对于现在的我，对于身为广播社成员的我来说，这把钥匙就是绶带。

终章

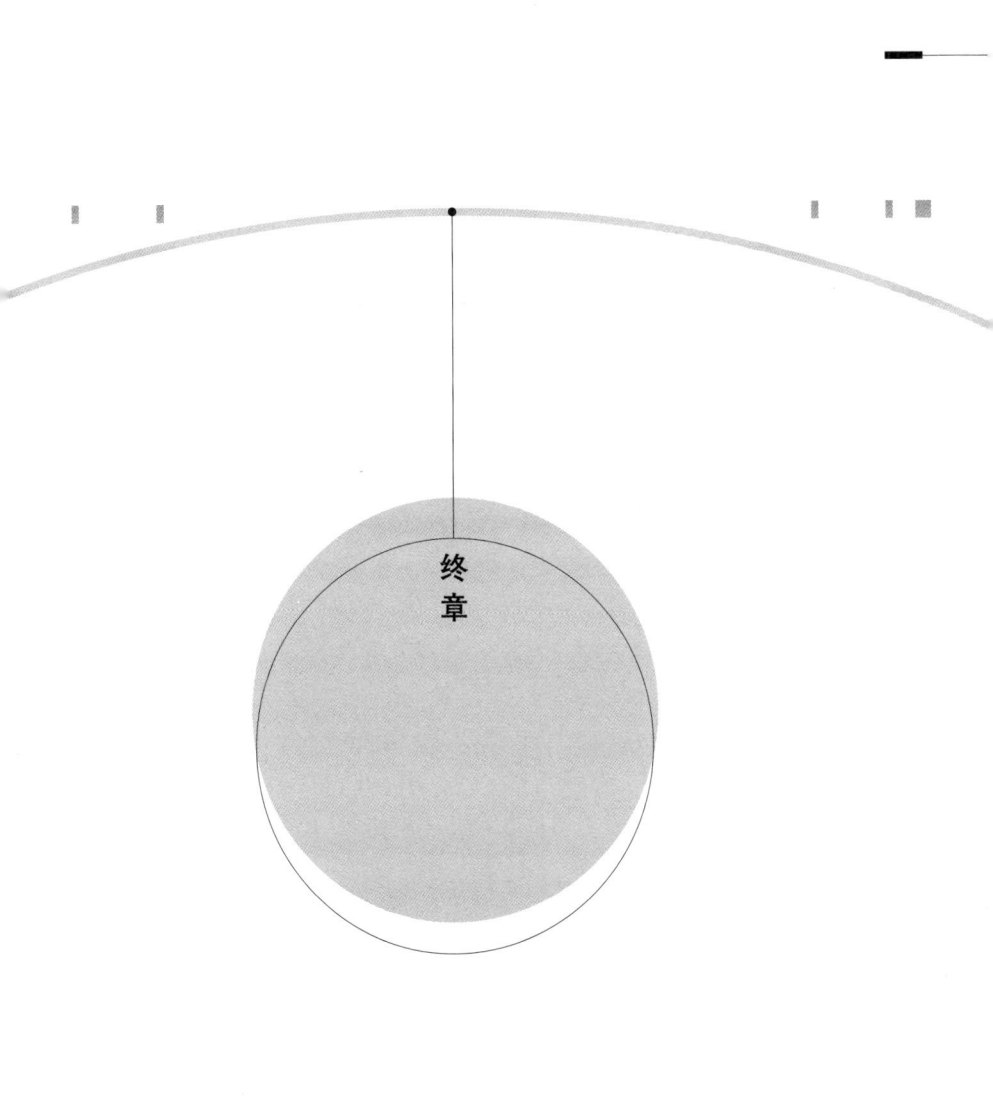

高中二年级的夏天，我们甚至无法去挑战比赛。

因为"J赛"——JBK杯全国高中广播大赛中止了。

哭诉比赛中止的可不只是全国的广播社社团成员。田径社、棒球社、排球社、足球社、吹奏乐社、合唱社……运动类、文化类，几乎所有社团活动的大赛都无法举办。

不仅如此，从早春到初夏，我连上学都成问题。我在手机的屏幕上看到"J赛"中止的通知时，胸口仿佛遭到大炮突袭，被炸出了一个大窟窿。更难过的是，我无法见到同伴和学长学姐，与他们一起接受这个变故。

如果是因为受伤、事故、违反校规，或是没发挥出实力而落选正式队员这种源于自己的原因，我还能强迫自己去接受，虽然可能得花些时间。为什么会发生这种事呢？我用尽全力依然想不出个所以然，也不知道该怎么做才能接受这件事。即便如此，我还是有安慰自己的法子。

反正，还有明年。就算未来的一年世界变得愈加无法想象，名为"希望"的选项也不会消失。

说到底，"J赛"为什么会中止呢？

电视剧项目组和纪录片项目组甚至只需要提交作品，即便出现最坏的情况，社团没有一人能出席现场，作品仍可以进行评审。也就是说，比赛仍然是成立的。哪怕播音组和朗读组只有参赛者一人站在舞台中央，也是可以进行的。

倒不如说，广播比赛并不用聚集在真实的赛场上，以线上方式来办，不也可以吗？虽然作品制作方面会受到限制，但相反的，肯定会催生出在这种情况下才会有的作品。

诸如此类的事情我都能想到，但就是没有举办大赛的能力。不过，有人可以理解广播社成员的遗憾。

发起人是配音演员小田祐辅。小田祐本身就参加过"J赛"，还有夺冠的经验。他向活跃于各界的广播社社团出身的人发出呼吁，在线上举办了一个代替"J赛"的广播比赛。

虽然还有其他类似的活动企划，但青海学院广播社自然会去参加由母校校友号召的比赛。

我们不能像之前那样聚在一起制作作品，也很难直接采访自己学校的学生，或是让人来参演戏剧。

我向正也和久米同学提议过的那个电视纪录片作品，在不上学的情况下很难制作出来，所以不得不死心了，毕竟制作时间是有限的。

于是，我们决定分为少数队伍或个人，各自报名参加一个项目。我们在LAND上主要都是聊这些事，久米同学发来"幸好我们都开始用LAND"的信息时，我打心里觉得，现在的情况也并非都是往糟糕的方向发展呢，明明我开始使用LAND的时间也和久米同学差不多。当然了，我也有同感。

先把人员分为新的高二生和新的高三生，然后我们三个经过讨论，再分为我和正也一组，久米同学单独一组。这不是排挤，久米同学自己明确提出要求，如果要她参加某个项目，她想挑战朗读组。

正也当然是想挑战广播剧了，于是我决定帮他一把。正也把广播剧的剧本用邮件的附件方式发送给我，我把它打印出来做成简易的本子，勤加练习。因为，我要一人分饰五角。

这个故事讲的是，天才高中生以自己的数据为基础，制作了一个复制机器人，把一些棘手的事，例如上学或跑腿之类的，都交给它去处理。然而，这个机器人总是做出一些他自认为绝对不可能做的事。这个主人公开始思考其中的原因，其间想起了自己曾遇到的人和影响过自己的人，这才意识到，如果没发生那件事，没有那场相遇，他也不会变成现在的自己。于是，他改变了那种以为自己是天选之子的傲慢态度。

虽然这个复制机器人与真人的相似度高到连旁人都无法察觉端倪，但毕竟这是一个广播剧，我还是得演绎出本人和机器人的区别。每次录到这种戏份，我都会打给正也，让他确认，然后录下自己的声音，剪辑，加上背景音乐和音效，做成一个长达九分钟的作品。

听说久米同学那边是从指定的五部作品里挑选了芥川龙之介的《杜

子春》，自己摘录要朗读的部分，然后从拍好的好几段视频中，选择自己最满意的一段发送过去。

事后她向我们汇报，拍视频的时候她相当紧张，为了克服正式上场容易紧张的毛病，她想多找些机会在人前朗读，就当作是为明年举办的"J赛"做准备。听说她的最终目标就是"在木崎同学面前朗读"。和正也用LAND聊天说到这件事时，我不由得感慨：久米同学也变得可靠了。

刚升上高三的白井社长、苍学长和黑田学长，彼此的家都离得很近，所以他们三个一起制作了电视纪录片去投稿了。

等我们都各自完成投稿，学校也复课了，社团内部的发表会也开始了。虽然多少有些问题，但大家对于自己以外的作品都进行了一番吹捧，说"做得比想象中的好呢"。

不管赞美的话说得多天花乱坠，唯独一句话，大家都没说出口——要是"J赛"能办就好了。

我不知道每个人都有些什么感觉。

对我而言，一半是为了争口气。虽然有人会用"运气不好"这句话来安慰自己，可一旦认同了这一点，可能最后感受到的是一种巨大的挫败感。而另外一半原因，或许是我萌生了一股强烈的念头，想通过自己在广播社里的活动，积极地走下去。

所以，对于那些愿意朝我伸手、愿意一起渡过难关的同伴和学长学姐们，我已坚信不必再做确认了，哪怕我们带着希望能共同参与更多活动的念想，迎来了最终的那一天……

7月的最后一天，我穿上用白色文字印着"SBC"标志的蓝色polo衫，走向广播室。

厚实的门敞开着，用制门器固定着。我走进里面，看见正也坐在靠内的房间那张桌子的一角，正捣鼓着彩色卡纸。发现我来了，他抬起头。

"哟，圭祐。你也快点来写。久米妹子做了很厉害的东西。"

我靠近过去，拿起一张彩色卡纸。卡纸中央写着"致白井社长"，上面还有白井社长手持场记板的速写肖像画。

这是准备送给今天退社的学长学姐的东西。苍学长手里拿的是笔记本电脑，黑田学长则是无人航拍机。

"原来久米同学画画也这么厉害。"

"真的是多才多艺啊！而且，她还给我留了这么多空位，真是体贴。"

我在苦笑的正也旁边坐下，也拿起了笔。正也用的是绿色，那我就选蓝色吧。

"我们三个要把这张卡纸都写满！"

我对学长学姐们的感激之情太多了，多到只用一句话根本道不尽。可一旦要我写到这卡纸上，我就很抗拒像写信那样写出冗长的句子。说不定他们的家人也会看呢……

"真没想到，新生居然一个都没有。"

"不过，第二学期开学典礼时会重新做新生指引，我还是很期待的。我想用无人机拍一个很酷的社团介绍视频。"

没什么新人入社的社团可不止广播社。听说除了通过体育保送入学的人类科学班的学生，其他新生基本上都还没加入社团。有些新生还在迷惘，不知道文理班的学生进入运动类社团合不合适，也不知道上了高中能不能开始接触新的事物。我们想做一些东西去推他们一把。

"我们还留有一手，广播社今天拍摄的一部分内容也可以让校方用在新生指引上。到时，来广播社的新生会不会多到挤不进来呀？"

"这个嘛，得靠我们这些现役成员多努力了。"

"那至少可以要个签名吧，当成广播社的宝贝。"

听到这个干劲满满的声音，我回过头去，看到久米同学站在门口，手里提着车站前某家鲜花店的纸袋。

"这些彩色卡纸，还有其他各种准备都麻烦你了，真是不好意思啊！谢谢你。"

"没事没事，这些事都是我喜欢做的。"

久米同学早就用橙色笔写好了要送给学长学姐们的留言。等我和正也都写好之后，她把卡纸重新装进购买时附带的透明袋子，再系上蓝色的缎带。除了彩色卡纸和花束，还有我们商量之后买来的纪念品——仿造话筒形状的优盘，上面印有学长学姐们各自的名字。

就储存资料的方法而言，优盘已经日渐过时了，但我们三个认为，这个物品包含着希望他们继续创作的念想，是再适合不过的礼物了。

虽然有点超出预算，但这是送给学长学姐们的最后一份礼物，相比之下，这点东西根本不算什么。

"慢着，你怎么就开始吃了呀？"

门口附近传来了白井社长的声音。被训话的人估计是黑田学长了。只见他嘴里含着一根冰棍。

"因为快融化了啊！"

"所以我才说都买成杯装的冰激凌嘛！"

苍学长把塑料袋放在桌子上，看来冰激凌也算了我们一份呢。

"里面有一个苏打味的嘎哩嘎哩冰棍，你们谁来拿走吧。"

听到黑田学长这么说，正也回应道"那给我吧"，然后一步上前拿走了冰棍，打开袋子咬了一口。光盯着人家吃冰棍感觉怪怪的，于是众人决定一起吃冰激凌。

"你们怎么有气无力的呀？"

白井社长嘟囔了一句。

我们三个高二的也是这么想的。本来计划三人并排站在靠内那个房间的门口，鼓掌欢迎学长学姐们的到来。被任命为今天活动主导人的我，却不知道该从哪一刻重整态势。

这一点，学长学姐们似乎也有所察觉了。

"要不从进门那里重新来？"

白井社长和黑田学长坦率地听从了苍学长的提议，我们也走到当初计划好的位置排好队，鼓掌迎接高三的学长学姐们。虽然也邀请了翠学姐，但被拒绝了。

学长学姐们没落座，而是走到白板前，三人并排站好，白井社长居中——是久米同学悄悄引导他们这么站的。

我轻咳了一下，说道："广播社高三成员欢送会即将开始。不过流程和普通的欢送会不太一样，首先，由高二成员赠送纪念品。"

"没有高一的吗？"

黑田学长嘀咕道，白井社长轻轻戳了他一下。趁这期间，久米同学把彩色卡纸递给正也，又把优盘的盒子递给我，自己则拿着花束，按顺序给每个人奉上。这么一来，我们都变成了面对面的姿势，可以彼此交流。

"谢谢你们。""辛苦了。"众人的声音此起彼伏。

"那么，请落座吧。"

在我的招呼下，所有人都在桌边往常的位子坐下了。

"这盒子，可以打开吗？"

白井社长问道。

正也回答："请别客气。"

白井社长感叹"好可爱啊"，黑田学长说"还有这玩意儿啊"，苍学长则说"连名字都写上了"。看来他们都挺高兴的。彩色卡纸上的速写肖像画也备受好评，我和正也、久米同学互望了一眼，彼此点头示意，然后我站起来说道：

"接下来，新任社长宫本正也向大家致辞。"

不知不觉中，我们这一代成了社团里年级最高的了。在学校生活、日常生活里，有一大堆扛也扛不住的事，都不知道该怎么去面对，唯独在新任社长这件事上三下五除二就敲定了。顺带一提，我是副社长，久米同学兼任记录员和会计，真是彻彻底底地展现了社团里成员不够的人事现状。

待我坐下，正也站了起来。

"白井社长、苍学长、黑田学长，你们辛苦了。老实说，俺……呃，我当初刚进社团的时候，觉得你们这些比我大一岁的学长学姐很可怕。不过，当白井社长帮我去和高三的学姐们说，应该让我去参加'J赛'的正式选拔时，我真的很感动，心想原来你们聚集在广播社并不是为了放学后找个乐子，而是以广播社成员的身份在认真地参与社团活动。

能与这样的学长学姐们共事真是太好了，青海学院真是正确的选择。啊，这可不是玩笑话哟。"

众人笑出声来。

"我本来相信，今年夏天大家可以一起去东京，可谁知道会发生这样的事呢。去年夏天，我在JBK演播大厅的卫生间里哭出声来。那时高三的学姐们都在大厅前面拍照留念，可我不拍，心想明年一定要来雪耻，根本没想过会'没有明年'。我太受打击了，连电脑都不想碰了，不知道自己在做些什么。这个时候，白井社长来联系我，说有个代替JBK的比赛，让我去参加。但那根本不算是'J赛'，或者应该说，如果在这个比赛中拿到好成绩，会更让人觉得，要是'J赛'能办就好了。然而，白井社长还是像往常一样，发来了大赛主页的网址，帮忙问了进展。我这才明白，能在逆境中前进的人，才是真正的强者。明年，还不知道有没有大赛，但是，正如学长学姐今年把我们维系在一起，我们也想把青海学院广播社一直传承下去。啊，我们会努力招募新生的！"

学长学姐们鼓起掌，我和久米同学也紧随其后。

"哟，新任的宫本社长！"

黑田学长打趣着，正也用指尖挠挠鼻头。

"谢谢你们把我们的声音带进全国大赛。"

苍学长这句话，让我再次想起广播剧《屏蔽》是全体社团成员一起创作的作品。学长学姐们再继续说下去，我的鼻子深处都要开始发痒了，于是我站起来，换正也坐下了。

"谢谢新社长宫本的发言。那么最后，嗯，应该是第一环节的最后，请白井社长为我们说两句。"

看到白井社长已经起立，我安静地坐下了。

"首先，我很高兴大家能像这样聚在一起，面对面地交流。虽然发生过不好的事情，我们之前也遭遇了青海广播社自身的困境和难题，还失去了一名伙伴，但正因为当时大家用自己的想法互相碰撞，即使在无法见面的日子里，我们依旧齐心协力，才一起渡过了难关，不是吗？"

我的脑海中浮现了良太和田径社成员，还有翠学姐的脸。

"说实话，我很想去东京，想在JBK演播大厅的舞台上领奖。虽然抱怨过那些比我高一级的学姐们，但我其实很想和大家一起去时尚的咖啡厅喝东西。不过，换一种思考方式去看，或许正因为这个世界就是这样的，那个作品才会得到那样的评价。"

白井社长望向白板。

"恭喜获得ABC杯全国高中广播比赛电视纪录片项目组的最优秀作品奖！"

"ABC"不是电视台的名称，而是"All Broadcast Club"的简称。学长学姐们制作的作品参加了电视纪录片项目，获得了相当于第一名的最优秀作品奖。

作品题目是《那种解说，我看不懂啊》。

在大部分人不能如愿外出的时期，有一本名叫《新手也无妨，一个煎锅也可以宅家办派对！》的食谱书非常热销。白井社长在家阅读这本书，并从中选了一道看似简单的甜点——"嘎嘣脆的坚果蜂蜜布朗尼"，打算自己动手制作一下。书里的配图只有一张放在煎锅里的完成品，中间的流程全部只用文字叙述。

"搅拌到差不多没有粉状颗粒""在煎锅里倒入适量油""等煎到焦度适中的时候，把事先搅拌好的蜂蜜酱汁倒进去"……白井社长一边用字典查着"差不多""适量""适中"等词语的意思（此处有花式字幕），一边制作甜点，但做出来的实物与照片相去甚远。

于是第二次，她当着食谱书作者本人的面再次挑战。而这位作者，居然就是白井社长的妈妈。而且，在介绍完她是"美食专家"之后，便直接点明她是社长母亲的身份。

"因为这本书而受挫的各位，请你们放心。女儿做出来的也是这种水平。"

白井社长引入这句自嘲式的梗，与妈妈来上一段亲子相声般的对话，在这过程中，她想到了一个问题：妈妈学的那一辈的家政课，与自己这一辈在课堂上学习的存在很大的差别。以前主要是教烹饪和裁缝，现在主要是关于泛泛家庭生活的讲座，要是能安排一次烹饪实操就好了。也就是说，两代人的基础不一样。有些被妈妈视为基础和常识、可以省去的事情，白井社长并不知晓。

"你应该懂得怎么切成末吧？"

"不懂。我说，这坚果都变得不像坚果了。"

其间还有这样的对话。这里就要讲究两者折中的方法了。如果因为预算要限制照片数量，可以在结尾处附上用语一览表，也可以使用插画或附上视频的链接。在片子的结尾，白井社长终于做出了与照片一致的甜点，并做出了总结。

"我想了很多与本书有关的方案，但是我在想，向自己身边擅长烹饪的人请教自己不懂的地方，不就是最快的解决方法吗？即使分隔异地，也可以用线上的方式轻松交流。明年我就要离家去上学了，我会充分利用线上的方式，问清楚不明白的问题，从而提升烹饪手艺。"

片子里还有一个彩蛋，学姐的妈妈指着一开始的失败作品，笑着问："你会发来这样的照片吗？"白井社长则嘟囔道："就是为了不做成这样才要问清楚嘛。"

这个方案是去年那次主题讨论会上苍学长提出的，字幕和音效的剪辑工作也是他做的。黑田学长则负责拍摄，他不仅擅长拍摄运动的场景，拍美食视频也很棒。

这个主题不仅取材了现今的世界风貌，还带有高中生风格，拿第一名毫无异议。

顺带一提，我和正也的广播剧，还有久米同学的朗读视频，都冲进了半决赛（可以算是进了前十名吧），但没能挺进决赛。

"现在我可以把在广播社里的经验和这次的获奖化作自信，在未来几年里，我会把这些当作愉快的回忆和必经阶段，好好地珍惜，今后我也想做一些与广播相关的工作，比如，入职JBK之类的。在很多场合，我总是挺招人烦的，但在这里，都是愿意从正面理解和接纳我的人，让我非常舒心。谢谢。我期待你们未来的活跃表现。"

白井社长利落地低头行礼。苍学长和黑田学长也站起来，学着她的样子向大家致意。

我有点后悔，早知道应该把这一幕拍下来的，转念一想，这个场面应该会永远铭刻在我的脑海之中吧。

"好了，该去准备了。"

白井社长环顾众人。

"那么，先去吃个饭吧。"

我站起来，宣布第一个环节结束。

我们三个高二的把久米同学制作的、写有"欢迎小田祐学长"字样的横幅贴到上座位置的墙壁上。

第二个环节，是特邀嘉宾小田祐辅先生的一小时研习会，这是ABC杯全国广播比赛的附加奖品。各个项目组共享的附加奖品，是大赛发起人团队里的其中一位到访获奖学校进行研习会，而青海学院的校友小田祐选择了母校。

我们收拾好桌上的东西，用消毒湿巾把桌子的边边角角擦了一遍。确认桌面干燥之后，久米同学在各自的座位前放下一份用B5复印纸装订的资料。黑塞那本《在轮下》的文库本版本，是小田祐在广播社那会儿参加"J赛"时用过的。我们把这本写满笔记的文库本复印下来，装订成册。

应我们的要求，研习会的内容从这份资料开始。明明可以请教关于节目制作的内容，但学长学姐们还是选择了朗读讲座，算是送给学弟学妹们的临别礼物。

正也那份复印件的旁边还放着《在轮下》的文库本。我们向小田祐学长请教复印件上记号的意思，用于我们自己做出全新的朗读文本。

我们三个事先商量后决定多买一本文库本，要把书和研习会的总结笔记一起交给翠学姐。慎重起见，我们也向白井社长确认了一下。结果她说"我也打算这么做"，还向我们道了谢。

从我的角度看来，若事先知道要把东西交给某个人，做的笔记也会简明易懂一些。

久米同学开始做深呼吸了。原本应该所有人都到大门口迎接，但是为了避免引来其他学生，引起骚动，还是让小田祐从后门进来，到校长室等着。等约定的时间到了，再由秋山老师领他来到广播室。

今天负责摄影的人是秋山老师。我去问老师需不需要也给他准备一本文库本时，他竟主动提出要负责拍摄。微单相机的使用方法我已经给老师讲解过了。

老师试拍了一段我、正也和久米同学的蹩脚舞蹈，看那段视频，他拍得还挺好的。

"真让人怀念啊……"

门的另一边传来了仿佛能震撼我大脑核心的悦耳嗓音。

所有人都两眼放光地互望一眼，接着飞快地朝那边跑去——

文章首发

序章到第七章连载于《小说 野性时代》2020年1月刊至2021年1月刊,终章为全新撰写。